模糊

田中禾 著

南方出版传媒
花城出版社
中国·广州

图书在版编目（CIP）数据

模糊 / 田中禾著. -- 广州：花城出版社，2020.12
ISBN 978-7-5360-9397-3

Ⅰ. ①模… Ⅱ. ①田… Ⅲ. ①长篇小说－中国－当代 Ⅳ. ①I247.5

中国版本图书馆CIP数据核字（2020）第260485号

出 版 人：肖延兵
策划编辑：程士庆　朱燕玲
责任编辑：李倩倩　李嘉平
技术编辑：凌春梅
封面设计：DarkSlayer

书　　名	模糊 MOHU
出版发行	花城出版社 （广州市环市东路水荫路11号）
经　　销	全国新华书店
印　　刷	恒美印务（广州）有限公司 （广州南沙经济技术开发区环市大道南路334号）
开　　本	880毫米×1230毫米　32开
印　　张	11　2插页
字　　数	217,000字
版　　次	2020年12月第1版　2020年12月第1次印刷
定　　价	68.80元

如发现印装质量问题，请直接与印刷厂联系调换。
购书热线：020-37604658　37602954
花城出版社网站：http://www.fcph.com.cn

作者简介

田中禾，当代著名作家，1941年生于河南，历任河南省文联副主席、河南省作家协会主席，第五、六届中国作协全委会委员。代表作有长篇小说《匪首》《父亲和她们》《十七岁》《模糊》，中短篇小说《五月》《明天的太阳》等。《五月》曾获全国第八届短篇小说奖，《明天的太阳》曾获第四届上海文学奖，此外获得《天津文学》奖、《莽原》文学奖、《奔流》文学奖、《山西文学》奖、《世界文学》征文奖、首届杜甫文学奖、第一、二、三届河南省文学艺术优秀成果奖等多种奖项。部分作品以英、日、阿拉伯语译介国外。

目 录

楔子　来自库尔喀拉的邮包

无名作者的无名书稿

 第一章　《初恋》是一本书　　013

 第二章　鸟儿飞去了　　051

 第三章　夜里的事儿和白天的事儿　　076

 第四章　天边的白房子　　121

 第五章　齐娜伊达的鬼魂　　153

 第六章　女人，女人　　187

 第七章　天山的那一边　　219

寻访故事的主人公

 第一章　故事外的故事　　231

 第二章　积雪下的黑水　　262

 第三章　眺望之城　　289

 第四章　出生在荒漠路上的女孩　　316

楔子

来自库尔喀拉的邮包

故事由一个陌生人的邮包引起。如果没有这个邮包，我不想把一段涉及个人情感的往事翻腾出来，去影响亲人和读者的心情。我们本来就是一个乐天知命的民族，善于忘记，是我们的天性。吃喝玩乐，今天多快活！及时行乐，是消解沉重历史的灵丹妙药。人生如白驹过隙，转眼就是百年，何必为过去的事破坏今天的心情？过去发生的，现在和将来还会发生，只是时机、形式、情节不尽相同罢了。在时间的长河里，个人的辉煌与失败、喜剧与悲剧，都只是过眼烟云，渺如尘沙。一个故事，不会因为发生在我的亲人中间而显得更为重要。当金钱、享乐成为时代主流，人们忙于赚钱、忙于购物、忙于旅游、忙于性享受，沉醉于花花世界的时候，谁愿意陪你为陈年旧事感叹，被过往的伤痛扫兴，耽搁了当下的快乐时光？

　　邮包寄到单位后我没及时去签收，当时我正准备出差。现在我已记不清是哪天，记不清当时我在哪儿。收发室小张言之凿凿，说他给我打过电话："你忘了？我在电话里说，张老师，有你的挂号邮件，请你抽空来签收一下。你问哪儿来的？我说，新疆一个什么地方。你问啥东西？我说，像是一包书稿。你笑了一声说,先放那儿吧,我外出参加个活动,回来再说。"我想了想,元月份我的确到南方去了一趟,先到博鳌,后到三亚。能记起这趟旅行,是因为陪我们去东瑁岛的女孩挺阳光,挺招人喜欢,她的身影和笑容在我的记忆里留下暖洋洋的印象,让我躲过了中原最寒冷的日子。这是一条有力的证据,证明小张的话并非妄言。从海南回来,赶上咱们中国人最繁忙的季节,春节前各种聚会、联欢、座谈,走访、看望老同志,团拜、饭局,亲友团聚,开车游玩,忙得不亦乐乎,哪有工夫想起一包从新疆什么地方寄来的、毫不相干、没什么要紧的邮包?

由于我没及时去取邮包,牵出了梭梭草这个网友。

那是春天的某一天,在我的博客后台留言里有条提示:"梭梭草关注了你。"过了几天,又一条提示说:"梭梭草邀请你为博客好友。"让我注意到梭梭草这个名字,是她(不知为什么,我觉得这是个女网友,一个爱好文学的女粉丝)在我的相册里留下的一条评论:"老师好帅呀!你们家的人都这么帅吗?"这可能是玩笑,可能是套近乎的手段。现在人们都爱信口夸赞别人"美女""帅哥""最美什么什么"(这些时髦的奉承用语,标志着中国人的价值观发生了多么不可思议的、翻天覆地的改变!从我拿起小学课本到从大学走出来,我习惯了把"美"这个字看作洪水猛兽,把爱慕美人和美物看作下流、贪婪。在漫长的岁月里,在公众心里,只有流氓和别有用心的人才会用这样肉麻的话去挑逗别人)。虽然我知道这是客套话,可我还是宁愿相信她是由衷的赞赏。她那好像熟悉我和我的家人的语气勾起我的警觉,我当即登录了她的博客。她的主页没设头像,博客里没有个人信息,没有文字和图片,只是一个僵尸户头。可就凭这条留言她吸引了我的关注。我甚至自作多情地揣测她注册这个账户,只是为了登录我的博客,给我留言。这就是语言的魅力。没有哪个人不喜欢好听话,哪怕明知是哄你骗你,明知是别有用心,也难以抵御花言巧语的诱惑。人性如果没有这个弱点,天下就太平了,人间少了许多悲喜剧,我们作家这个行当说不定会失业。

> 谢谢这位目光和语言同样率直的朋友。常来啊!

我在她(?)的留言下这样回复,既是礼貌,也是目光和语言的回报。

隔一天,她在我的博客里发来一个纸条:"老师有QQ号吗?"

"抱歉,我不聊天(那瞬间我真有点遗憾)。"

"老师应该有邮箱吧?"

邮箱没问题,又不是手机号,向陌生人泄露,风险不算大。

于是,我的邮箱里收到一封信:

> 老师,您的照片真的是风度翩翩哦,儒雅、自信,神态温和,让人有种天然的亲近感,不由得想和您对话交流(这话让我心里乐滋滋的,看来我这个样子对异性还挺有欺骗

性)。现在我手里拿着一张旧照片,照片上的人和老师很相像。那脸颊,额头,眉宇,嘴角,都很熟悉的样子,让我有种想流泪的感觉。这照片给我很多联想,引发我的想象,让我沉浸在逝去的年代里。我觉得人性、人情是没有时间隔膜的,无论发生在哪个年代的情感故事都能打动人,让人感到亲切。我寄给您的邮包你还没打开吧?虽然我知道您很忙,可我还是希望您能在百忙中把它打开,读一读我寄给你的东西。您的时间不会宝贵到没有打开一个邮包的工夫吧?您一定很好奇,想象不出我是谁。一个素不相识的人突然出现在您面前,打扰了您的平静。一个远方的陌生人的期望,不只是为了自己,更是为了一位放不下终生遗憾的老人。请原谅我的冒昧。

这时我倒觉得真的需要一个QQ号,靠电子邮件,对话显得很不连贯。

"朋友,你给我寄了邮包吗?"

"去年元旦前寄的。"

"对不起,朋友,容我查查。你寄的地址对吗?"

"我到邮局去核实了,他们说邮包已经寄到。我找到您单位的电话,打过去问,他们承认已经收到邮包,您一直没去单位拿。我问老师的电话号码,他们不肯告诉我。"

"有这样的事吗？真对不起。我马上去查。顺便问一下，你手里的照片有什么故事，能讲给我听听吗？"

"您先把邮包打开看看吧。"

"如果没什么不方便的话，可不可以把你手里的照片发一份给我，让我分享？我真的很好奇耶。"

我和收发室小张通电话的时候，照片发过来了。看到照片的刹那我愣住了。这个梭梭草是谁？这张照片她（？）是从哪儿弄到的？

发过来的两张图片是一幅黑白照片的正反两面。正面这位年轻人，头发浓密，眉目清秀，眼睛明亮，雪白的衬衫扎在挺括的毛呢西裤里，裤襻从腰际攀过双肩，把一个英俊潇洒的青年衬托得傲气十足。这不是我二哥张书铭吗？我的影集里有一张同样的照片，是张书铭从西安交通专科学校毕业分配到乌鲁木齐刚刚参加工作时寄给家人的。

照片反面的文字证实了我的判断。这就是他。二哥的笔迹个性鲜明，像他的人一样，不拘小节，有几分自信，有几分天真、浪漫，又有点优雅和温情。字迹虽然被粘连得模糊不清，但"铭……于乌市"这几个字还能清楚地辨认出来。

"朋友，能告诉我，你是从哪儿得到这张照片的吗？"

…………

"你好！朋友，如果没什么不便，请把你的情况告诉我好吗？我相信你明白这张照片对我的意义，它在我心里勾起的感慨是多么复杂——我也像你一样，有种想流泪的感觉了。你与这张照片的来历对我很重要，知道吗？"

"老师，您是不是有位哥哥叫张书铭？"

这是我得到的最后一次应答。

当我申请了QQ账号，想和她（？）聊天时，她（？）从我的邮箱和博客里消失了。

我从书斋里走出来。春天的阳光很明亮，我不得不抬起头，眯了一会儿眼睛。现在我必须到单位去，拿回邮包，把它打开——看来，想要忘记过去并不那么容易，虽然我曾努力把二哥忘记，却经不起一张旧照片的挑动。

看到邮包上的地址，我的心怦然一动。我把剪开的封套抚平，摆在桌面上，仔细察看上面的文字，嘴里默念着：库尔喀拉，库尔喀拉……我不禁有点内疚，当小张说"新疆一个什么地方"的时候，为什么我没想到库尔喀拉？难道我真把这个地名忘记了？我二哥张书铭在那里工作了大半生，经历了人生最重大的转折。对于我，库尔喀拉是一个牵系着半生惦记、诱发着我的想象的地方，在我的心底留下了不堪触碰的记忆。

书稿里夹着一页短信：

　　张书青老师：您好！请原谅我的冒昧。您是否有位哥哥叫张书铭，曾经在库尔喀拉工作？有位老人说她是张书铭的同事，和他很熟悉。她向我讲述了这些故事，希望有人把它写下来，寄给您。我担当了这个任务。我没有别的想法，只是为了完成老人的心愿。如果您觉得这些文字还有点意思，您可以在作品里使用。我不要求什么，只希望这故事不被湮没。有什么指教，请通过电子邮件与我联系。

信后附了一个电子邮箱地址。

这部电脑打印的书稿，编辑规范，装订整齐，显然是由专业人员制作。我翻遍前后，没找到书名，也没找到作者署名。掀开空白封面，扉页上有一行题记：

　　本书纯属虚构　请勿因偶然巧合对号入座

我忍不住抿嘴笑了一下。这是此地无银三百两的表白，不光为了卖弄玄虚，摆脱干系，也是想逗起读者的好奇心，勾起人们对书中人物原型的猜想。

我拿起书稿在手里掂量，仿佛嗅到一种亲人的气息。

无名作者的无名书稿

第一章 《初恋》是一本书

"在那遥远的地方/大漠边有座小城/红柳摇着粉色云霞/绿洲里透出白白的屋顶……"这是宋丽英刚来库尔喀拉时写的诗。认识章明之前,她不知道自己是不是恋爱过。丽英的经历很单纯。来到人世二十年,她有十二年是在学校度过的,两年前她还不知道库尔喀拉在哪儿,想不到世界上有这样一个地方,像在天外,像在梦里。初到库城,这里的一切让她感到新奇,诱发着她的幻想。走过县城,像走过历史深处的城堡。僻静的小街,围着白色泥墙的院落,高高低低的土墙、泥楼。巷子干净、空落,商店狭小、幽暗,店铺里摆着装饰精美的铜器、闪闪发光的民族用品。站在街头放眼一望,就能看到集市尽头无边无际的戈壁滩,苍苍茫茫,一直连着巍峨起伏的天山。山顶雪峰洁白,在太阳下闪光。天空碧蓝碧蓝,抬头看一眼就能让人感动得直想流泪。在铁红色大山的影子里,小城像一簇灰灰的骆驼草,被浓绿的榆树和胡杨包围着。库尔喀拉的巴札仿佛她小时候读过的《一千零一夜》里的童话世界。背着馕包、骑着毛驴的人赶进城来,攒动的人头让她眼花缭乱。白色的圆布帽,尖顶的四楞帽,插着羽毛的小花帽;黑色的面纱,杂色的披肩,绘着华丽图案的头巾;还有中原地带见不到的各种面孔：垂着山羊胡的精瘦的脸，留着唇须的油光光的脸，裹在丝绸里的苹果似的脸……对于一个从中原内地来的年轻女孩，来到这儿，她才知道世界有多么宽广，天地有多么辽阔，中国有多么大。

是章明的到来，唤回了她对现实世界的真实感。

章明穿着一件苏联花布衬衫，蓝底，玫瑰花似的暗红色图案。领口敞开，露出健康的脖子和锁骨。他的上衣扎在裤腰里，裤管挺括，两腿修长，两手插在裤子口袋里，用一种腼腆的微笑看着她。两人初见的这一刹那把丽英镇住了。她从没见过这样的男人，高高的身材，温雅的神态，彬彬有礼的微笑，眼睛里透出一种灵气。丽英有点紧张，她从桌边站起来，咧嘴笑了一下。他伸出手的时候，她也把手伸过去，以为他想和她握手。可他只是冲她笑了一下，把手伸向桌上的蘸笔，同时从裤子口袋里拿出另一只手，在她的文件筐里扒拉。她明白了他是想找一张纸，她的脸一下子红了，连忙帮他找到一页白纸递过去。他把蘸笔在墨水瓶里戳一下，在瓶口荡了荡，俯下身，就着桌边写了一张领条："今领到办公桌一张，椅子一把……"丽英不由得抬眼看看他，这个人的字和他的人一样爽利，让人看着舒服。他就是章明，那个从乌鲁木齐下放来的人？

科长叫丽英带他到库房去挑选桌椅，领取蘸笔、墨水、公文筐、稿纸、账簿。他挑选算盘时那副认真样子让她心里暗叹。那是一把挺好的算盘。章明拿到手里摇了摇，很不放心地举起来察看。他指着那些被算珠磨薄的档柱说:"这还能用?"她说:"这是老会计留下的,他一直在用呢。"他从鼻子里哧了一声。

章明来到单位的第一件事就是要求买个新算盘,他还要求到乌鲁木齐的文具店里去挑选。当他认真地对科长说这些话的时候,丽英觉得这人真的有点怪。他不是挺英俊,挺精明吗?刚进办公室就对科长提这样的要求,难道他不知道自己从省城调到这个偏僻地方来是为了什么?说这些话时,他真的没留意别人看他的眼神?本来她有几分胆怯,这个章明不太爱说话,见到他的一刹那她心里有点慌乱,怕对付不了他,抓不到什么材料,没法向组织汇报。看到章明对算盘的认真劲儿她松了一口气,这个人看似聪明,其实有点傻傻的。

章明不知道,在他到来之前,老耿找宋丽英谈过话——丽英没想到老耿会找她谈话。在这次谈话之前,丽英从来不敢正眼看老耿。老耿背着手在单位院里走,人们看见他要么赶快溜走,要么立刻站住脚,脸上堆出笑容,点头哈腰和他打招呼。大家都叫他老耿,没人称呼他的职务,可谁看见他,脸上都会情不自禁地浮起讨好的表情。在这次谈话之前,丽英对自己的人生没什么奢望,不过是好好工作,安分守己地处世。每当碰到老耿的时候,她只是微笑一下,既没显出谄媚,也没露出怠慢。在这样一个天外仙境般的地方工作,每月能给万里之外的家乡父母寄钱,她心里很满足。丽英对自己的家庭出身很敏感,她时时刻刻提醒自己,无论什么时候都不和别人比,不和别人争高低,只站人后,不站人前，不出风头。这是她生来就有的意识，用不着父母教育。老耿找她谈话她有点受宠若惊，她没想到组织会想到她，把这么重要的任务交给她，让她监视一个下放基层、被组织审查的人。她想象不出一个受了处分，从省厅调到下面来的人会是什么样子。她做了种种猜想，却没料到章明是这个模样。他脸上没一丝阴影，好像什么事儿也没发生过，什么倒霉事儿也没碰到过。从省城调到这儿来，他好像一点也不在乎。

从此以后丽英有了事儿干，她每天要认真观察这个人。走进办公室，她的第一反应就是首先扫视一下那人的桌子。如果他埋头在账簿上，一手拈着账页，一手噼里啪啦拨打算盘，她心里会很踏实；如果他的位子空着，她会忐忑不安，没法安心工作。大多数时间他在她之后来到办公室，从她身边走过，直接走到自己位子上，拿起鸡毛掸，把桌面、椅子掸一遍，让算盘发出噗笃噗笃的响声，然后泡一杯茶，坐下来，打开公文夹和账簿。当她看他的时候，他正端着搪瓷茶缸，眼睛看着前方，一缕气雾绕着他的脸，从他头顶飘起来。丽英希望他能转头看她一眼，可他喝完茶就埋头在账簿上干自己的活儿。隔着账册垒起的高墙，她能看见他的头顶——又硬又密的头发，几根短发从偏分的发隙里翘起来，随着他的姿势颤动。算盘在他手下发出流利的响声，让她觉得他打算盘很陶醉，不光盘子飞熟，节奏也像音乐一样好听。

这让丽英不痛快。这个人给人一种傲慢的感觉。每天在一个办公室里坐，隔着两张桌子，难道他连看她一眼的兴趣都没有？

丽英勾头向自己身上看。她的胸脯平平的，花格子上衣土里土气，刷子辫翘在脑后，像个从偏僻的穷乡来的没毕业的女学生，和他那帅气样子比，她有点灰心，有点生气。

第一次向老耿汇报，丽英就怀着这种不平的心情。事前她想了很多，在笔记本上做了一番整理，进了老耿办公室她还是有点慌乱，把想好的词儿忘了，不得不临时翻手里的本子。

"他有点傲气，对自己犯过错误不在乎……虽说现在政府号召穿苏联花布，可他穿一身花衣服上班，大家还是不习惯。他对机关的条件不满……他说那算盘是废物。那是老会计用了多年的算盘。他要买新的，还要到乌鲁木齐去挑选……"

她偷眼看老耿，老耿脸上没什么表情。

"这个人吃喝穿戴很讲究，把自己打扮得像个阔少爷。他桌上没灰沙，干净得不像办公桌。他用的搪瓷缸天天擦洗，里外不沾一点茶垢。一个男人，用的手绢镶着花边，头发上打发油，每天把皮鞋擦得锃亮。"

说这些话的时候丽英怕自己脸红，她拼命把热辣辣的感觉压下去，可压着压着整个面颊热起来，耳根也开始发烧。

"他上厕所用的都是特意从商店买的桑皮纸，裁成长方块，整整齐齐放在办公桌抽屉里。他用蓝天牌牙膏刷牙，百雀羚润面脂搽脸。"

那天他从商店回来，手里拿着这些奢侈品，看她眼睛里露出惊奇，他笑了一下，郑重其事地对她说："牙膏，一定要用好的。"——这是他第一次看着她说话。她不明白这样的小事他为何那么认真,什么牙膏不都一样刷牙吗?

"这个人和周围同事不一样,和我们办公室的风气不一致。"她再次抬起眼睛,看了老耿一眼,然后用一种坚定的语气说,"这个人,不像无产阶级,不像社会主义劳动者,资产阶级作风严重!"

老耿的眼皮动了一下,丽英觉得受到了鼓励。

"他不爱说话,不爱和人交往,不知道是性格问题,还是有意躲避,掩盖自己。"

她最后这句话得到了老耿的赏识,他脸上露出明显的笑意。

宋丽英结束汇报之后,老耿点一下头:"注意他的言行、信件、跟谁来往。"

老耿虽然没表扬她,可她觉得她的第一次汇报还算成功。走出老耿的办公室,她脚步轻飘飘的,有种压抑不住的成就感。

章明还坐在那堆账册后,她走进会计科他也没抬头。瞥着他的头顶,丽英脸上浮出一个暗笑。

章明的确像个不懂事的傻公子。他没觉得自己犯了错误。他认为自己只是在不恰当的时候说了一句不合适的话。他写了几次检查,接受了几次帮助,组织没给他结论,也没给处分,只是把他从省里调到偏远的县城,他以为自己的事儿已经完了。在乌鲁木齐待了三四年,他对新疆这片神奇的土地充满好奇,北疆、南疆广阔的地域吸引着他,楼兰、龟兹、轮台、吐鲁番、塔里木、罗布泊、玛纳斯……那么多地理、历史书上读过的地名让他心驰神往。现在调出省城,能到天山脚下,大漠戈壁边缘,到这座充满民族风情的小城来,摆脱烦恼,改换一下心情,他很高兴。他像宋丽英刚来库尔喀拉时一样,对这里充满新奇感。下了班,他在街边溜达,看远处的山、城外的荒漠、头顶的天空。在维吾尔族老乡的烧烤摊边停下来,买几串梭梭柴烤出的羊肉串,撒上孜然,香香地吃。学着他们的腔调,用半通不通的汉话和他们交谈。"羊娃子嫩嫩的嘛,茶喝哈(下),馕吃哈(下),火墙热热的躺哈(下),美着呢。"他这个腔调和脸上的笑容让维吾尔族老乡很开心,从火上拿起一个滋滋发响正在冒油的羊肉串递给他:"送你一个嘛,没关系的,不客气的嘛。"

库尔喀拉就那么一条街、几条小巷,加上一些算不上街也算不上巷的旮旯,这个省城来的年轻人没多少地方可去。走着走着,他拐进了书店。书店离烧烤摊不远,门头上汉文和维吾尔文两种文字书写的"新华书店"几个字很醒目,一看见这几个字,章明的腿就自动带他走进去。他已经不写诗、不投稿,也下决心不进书店,可看见书店的门额,他还是不自觉地走了进去。

和乌鲁木齐比,这书店很小。两个书柜对成一个拐角形柜台,柜台内外各有一排书架。看见书架上的书,章明像教民进了寺,脸上没有了微笑,神情变得恭敬。为了看清书脊上的字,他伸长脖子,踮起脚跟,嘴角绷成一条线。他抽出一本书,站在书架前，不大一会儿就沉浸在书里，一个人影走到他跟前他也没在意，直到耳边响起一声咳嗽，他才把眼睛抬起来。他看见宋丽英站在他旁边，正探着身子歪头看他手里的书。他把书翻转来，让她看书的封面。她嘴里轻轻念道："初、恋。"他解释说："这是屠格涅夫的名著。"她说："我知道。"她脸上有一点微红，可她的回答让他高兴。

"想不到这儿还有这么好的书。"

"小地方，不能有好书？"

"我不是那意思，我是说……"

这是章明来到库尔喀拉之后第一次和宋丽英交谈。他不知道，为了找到这个机会，宋丽英在他身后瞄了很久。书店是个好地方，在这儿和他搭话最合适，这个傻公子，见了书，肯定会多说一些话。这个书店她常来，这本书她翻看过。《初恋》这个书名对年轻女孩子很有吸引力，她想买它，可不好意思拿到柜台上去结账。

站在书架前，章明不像在办公室那样拘谨，言谈举止放松多了。他从书架上取下几本书，在她眼前摊开，指点给她看。

丽英淡淡地说："这套书摆在这儿一年多了。"她走到书架另一边，从上面抽出几本，"这儿还有……"

念出手里的书名，章明眼睛放光，脸上露出惊喜："这些书我在乌鲁木齐一直没买到。"

丽英翻眼看着他："知道为什么在这儿能找到好书吗？"

章明不知道。他傻傻地笑。

宋丽英像个老师一样给他批讲："虽说这儿离苏联很近，可这个小县城有多少人？有几个人读普希金、屠格涅夫的书？再说……"她没把话说下去。这地方虽然偏僻，可它和全国所有的地方一样，刚刚经历过一场运动，文学变成了害人的东西。沾着文学、爱情一类的书几乎没人买了。年轻人到球场上跑，在乒乓球案上玩，不再进书店。

"今天你不买，下次来，它还摆在这儿。"

章明高高兴兴把这两套书买下来，像得了宝贝，不等营业员包起来，就忍不住拿起来翻看。丽英没有阻止他，她只是更坚定了自己的看法：这个英俊的男人是个傻公子，他的傻劲儿挺可爱。

库城的黄昏很长，当夕阳在天山的山头上慢慢坠下去之后，天空还是一片明朗，直到月亮像透明的碧玉高挂在天上，天色还不肯暗下来。

两人走出书店，在空旷的街上往回走。

"从乌鲁木齐调到小地方来，习惯吗？"

"这儿不错。"

"太偏远了，还没有口内的一个小镇大。"

"清净。空气好。下了班在街上走走，很享受。"

他突然转过头说："咱们去吃烤肉吧。"

这让丽英没想到。她站在那儿犹豫了一下，看到章明脸上现出那种腼腆的干笑,她爽快地说:"我带你去个地方,那儿的烤肉特别好吃。"

他们一起度过了一个愉快的晚上。章明买了新书,宋丽英带他去吃了库城有名的"买买提烤肉"。章明掏出钱包的时候被丽英推了一把,她利索地付完钱,他的手还在钱包里笨拙地摸索。他捏着钱站在那儿傻傻地看着她——这表情让丽英很得意。犹豫了一会儿,他尴尬地笑了笑说:"好吧。下次我请你。"

第二天,丽英向老耿汇报。听说章明到书店买了书,老耿的眼睛亮了一下,看来他对章明买书很关心。丽英把她的本子拿出来,上面记着章明每天的活动。"他买了九本书,四本屠格涅夫的小说,五本普希金的诗。"她看着本子,把书名一一念给老耿听,把每本书的内容做了简单说明。

她没汇报他们一起去吃烤肉。这本来是同志之间的正常交往,没什么可隐瞒。再说,她接近他,是为了完成组织交给的任务。可她心里有个阴影,让她不想提起这回事。和章明分手的时候,丽英心里有过一闪念,现在想起来有点害臊。月亮已经升起,天山的影子、小城和街巷的影子,全都沐浴在淡淡的月光里,戈壁滩上吹来一阵冷风。她看着章明的身影,他走路的姿势让她想到沙漠里的胡杨树。那瞬间她心里涌上一种渴望,她非常希望章明能张开臂膀把她搂在怀里。这是一种奇怪想法,过后她感到很羞耻,很可笑。可那会儿这个愿望很强烈,他身上散发出的气息很迷人，他的怀抱吸引着她，让她觉得他的胸脯一定很温暖，贴上去一定很舒服。如果他把她揽紧，勾下头亲吻她，她一定会心神荡漾。长到这么大，她是第一次有这样的渴望。可是，走向集体宿舍的时候，这家伙直奔那座大房子，连头也没回。

"这个人很傲慢，目中无人。"

这句话本来可以算作这次汇报的结束，可她脑子里突然冒出一件事："他问我看没看过《洼地上的战役》。"

老耿眼睛里现出一丝惶惑。丽英补充说："这是一个反革命分子写的书。"

老耿的脸色严峻起来："他买了这本书？"

"书禁了，他买不到了。"

"他说什么？"

老耿的脸色让丽英害怕，这个细节她完全可以不汇报。她连忙缓和说："他问我读没读过这本书，我说我没读过。"

"就这些？"

"就这些。"

老耿意味深长地"哦"了一声。

走出老耿的办公室，丽英心里像长了一丛棘棘草，毛毛辣辣的不舒服。老耿那一声"哦"，究竟什么意思？

这影响了她的心情。她说不清是后悔还是懊恼。后悔那天晚上没沿这个话题说下去，掏出更多对组织有用的材料，还是后悔不该向老耿汇报这个细节，弄得自己心神不宁？她说的是实话，她没诬陷章明。她带他往"买买提烤肉"走的时候,他的确这样问过她。当时气氛很轻松,如果沿着这个话题说下去,这个傻公子肯定会说出更多有用的材料。老耿不知道这本书的来历,她知道。她对老耿撒了谎,她在学校时曾经爱好文学,读过这本书,心里很崇拜这本书的作者,看到报纸上揭露他的反革命罪行,他被划为反革命集团成员,她感到后怕,幸亏她对谁也没说过。章明提起这本书,她没沿这个话题说下去,是因为她养成了远离这类话题的习惯。何况那会儿她正沉浸在兴奋的心情里,头脑有点乱,不知道自己在说什么。这是她第一次和一个小伙子在街上走,被一个小伙子邀请去吃烤肉。他那么英俊。街上虽然行人不多,她还是能感觉到路边有人看他们,那感觉让她兴奋。她只顾向他夸耀库尔喀拉各种好吃的东西、好玩的地方,只是随口应了一声就放过去了。向老耿汇报这件事,不只是因为对章明的傲慢生气,还因为宋丽英从来没接受过组织交给的任务,现在接受了,要表现出自己的忠诚。

章明的办公桌增加了她的烦恼。他的办公桌空着。搪瓷缸孤零零地立在蘸笔、墨水瓶和公文筐旁边。她问了老耿,知道这个人请假了。他趁月初账目不忙请假回一趟乌市。看不见那小山似的账簿后晃动的脑袋,她心里很不安。他为什么要回乌市?就为了去买一把算盘吗?到了第四天还没看见他的影子,她感到焦灼、忧虑。他干吗在那儿耽搁这么久?出了问题怎么办?

宋丽英没法放心。他一天不回来，她一天不能安心。他的办公桌那儿飘过来一种气味，让她不断回想起这个人来到会计科之后的种种表现。他嘴唇边挂着的微笑，背后是不是藏着诡计？他在办公室里传播的气味，是不是一种资产阶级的腐化空气？他在书店里对《初恋》入迷，他向她夸赞这本书写得多么好，把书借给她，害她每晚沉浸在恋爱的幻想里，他心里是不是藏着男女之间见不得人的坏念头，有意拿这本书来引诱她？他邀她吃烤肉，和她一起在街上走，两个人那么开心、轻松，分别的时候他却头也不回，没一点留恋的意思，第二天在办公室见了面像原来一样冷淡……这个人看似傻傻的，可他的心思叫人难以捉摸。

她对他的怀疑和忌恨随着心里的挂念不断增加。看到镜子里自己的形象变得憔悴灰暗，宋丽英吃惊地想，看不见这个人，我为什么这样痛苦？我是不是爱上他了？她"喊"了一声，摇摇头：我怎么会爱上这样的人呢？一个犯了错误被组织审查的人！我不过是因为组织信任，交给我这样重要的任务，看不见这个人，我心里不踏实。

她去找老耿汇报。

"章明去乌鲁木齐四天了。"

老耿"嗯"了一声，眼睛盯着她的眼睛，让她感到耳根发烧。头一天看不见他的时候她找过老耿，是他告诉她，那个人请假了。本来她很冲动，想对老耿倾诉一下心里的担忧，可老耿的眼神让她心虚，她不得不婉转地解释说：

"脱离了组织监视，会不会出什么问题？"

老耿看了她一眼。他对她的着急露出一点疑问。

她说："有人给他来信了。"

老耿的眼皮翻起来："哪儿来的信？"

自从老耿交代她注意他的信件以后，她每天到单位的信札那儿去看看。这封信是她从信札里捎回来放在章明桌上的。

"是他家乡的地址。"

"注意他有什么反应。特别要注意有没有同学、同乡，北京、上海啊什么地方的来信。"

"我担心他去乌市这么久……"

"不要紧，我们会注意的。"

回到办公室她还是坐立不安，没法集中精力工作。她坐在那儿翻弄账页。那封信就放在章明桌子上，压在他的茶缸下面。它吸引着她，让她没法抑制心里的冲动。

下班了，人走了，办公室里静下来，那封信的诱惑更强烈。

她把它拿过来，仔细翻看。她明白了，这封信吸引她，是因为信封上写着一行字："内有照片，请勿折叠。"

信封的顶端粘得很结实，可信封的底端并不严密。她把小刀插进去，刀背轻轻拨动，信封就打开了。

她轻轻地轻轻地把折着的信纸抽出来，小小心心展开。一张照片出现在面前，一个女孩神气地望着她。丽英屏着呼吸，看着这女孩。只是短短的一瞬间，她已经明白了她是谁。她感觉到心脏收缩了一下，胸口像挨了一刀，不由得躬起了身子。

  亲爱的明：来信收到了。接到你的信，我打开地图，我的手指沿着你走的路向西找，我的心跟着你走。手指停下的时候，我的眼泪落在了那个地方，把"库尔喀拉"几个小字打湿了。库尔喀拉，这名字很好听，又神奇又亲切，好像我在梦里去过，我心里有颗星在那儿照着你，它就是你去的地方。我把你的信读给妈听，把地图展开给她看，你信上说喜欢那儿，她老人家很高兴，弟弟也很高兴。妈留我在家吃饭，给我包饺子。妈说，明到了一个新地方，咱们给他祈福，祝他平平安安，健健康康。弟弟唱了一首歌，他把那首歌的歌词儿改了："在那遥远的地方，有个好儿郎。为了建设伟大的祖国，不远万里扎根在边疆。"
  …………

  宋丽英流下了眼泪。她感到奇怪，读别人的信，自己为什么流泪？她把那张照片拿起来，再把那女孩仔细看看。她的年龄应该比她大，眼睛里透出精明和成熟，算不上漂亮，只能说挺精神。她没想到这个人已经结婚，家里有媳妇。这个媳妇好像在县城的医院里工作——她用的是县医院的信封和信纸。看来她和他的母亲相处得很好，和他的家人很亲密。从信上的字迹看，这女人没受过太多教育，不像是医生，更像是勤杂、护理一类。可她能感觉到她很聪明，笔迹幼稚，话语机灵，乖巧，好像和章明的感情很深。

宋丽英在桌子上发狠地拍了一掌，对自己说："现在你知道他是什么人了！"

把信塞回信封之前，她把它抄了下来。为了完成组织交给的任务，她觉得这样做很必要。

隔了一天，又一封章明的信出现在信札里。同样是他家乡的地址。上封信是县医院的公用信封，这一封是手写的地址：河南省唐河县牌坊街76号。

信纸展开的时候，她看到了一个慈爱的老人的影子：

  明，吾儿如面：寄的钱和信都收到了。昨天李梅回来，她把你的信念给我听了。知道你去了一个新地方，妈很高兴。人挪活，树挪死，吾儿换了新地方，要尊敬新领导，团结新同事，好好工作。以后你不必给家里寄钱，妈不缺钱。你一个人在外面，要吃好，穿好，攒几个钱，置买些东西。以后安家，用钱的地方还多。你要照顾好自己，不要惦记我。李梅在县医院干得不错，两个季度都评上了先进，还在争取入党呢。平时没事我不让她回来，叫她专心工作，争取进步。章清今年高中考试成绩全县第二名，是优秀团干部，学校老师都很喜欢他。

  …………

信上的字写得很老派，一看就知道是托人代写的。这个母亲的一片苦心让丽英心里生出忌妒。也许是家庭出身给她心里罩上了阴影，也许她家女孩多，四女一男，父母把心思用在了弟弟身上，从出生起，她就觉得自己和父母的感情不像别人那样亲。母亲是个糊糊涂涂的人，只知道溺爱弟弟；父亲不想让丽英读书，她有意和他作对，读书特别发愤。毕业的时候，她报名支援边疆，就是想离他们远点，离家乡远点。她很少给父母写信，他们也很少给她来信。在偏远的乡下，找个读信、写信的人不容易，信封、信纸、笔墨都不好找，一年也不一定能通上一封信。现在，她和家里的关系只是按月给他们寄钱。寄回去的钱都被父母用在了弟弟身上。弟弟早就辍学在家，平时不爱干活，喜欢到城里、镇上闲逛，对老人也不大孝顺。妈妈护着他，父亲骂他打他，她和姐姐们都无可奈何。

从此以后，丽英又多了一个爱好——拆看章明的来信，把他的信抄下来。她干得很老练，像受过专门训练。小刀插进信封底端的封口，轻轻拨动，拆开，看完信按原样折好放回去，在封口处薄薄涂上糨糊，轻轻抚平，一丝破绽也看不出。章明是个大大咧咧的人，他根本不会注意信封的底端有没有异常。

回到乌鲁木齐，章明发现他还是很喜欢这座城市。热闹、繁华，车辆行人稠密，不同民族的人群熙熙攘攘在大街上流动。楼房，马路，商场，饭店，显出和库尔喀拉完全不同的气派。吃的，喝的，穿的，用的，丰富多彩，直扑眼睛，在人心里激起一阵阵热浪。只有在小地方住一段，才会发现城市的魅力。城市就是城市，它比县城更吸引人。走在熟悉的街上，章明的心情很复杂。抬头望见红山的山崖，高高耸立在城市屋顶和马路上空，山顶宝塔映着蓝天，像亲人召唤着游子，他心里涌出一股温暖，有种回家的感觉。可那熟悉的建筑，走过无数遍的街道，却又显出生疏和隔膜。人一离开，这座城市就不再属于你。它处处唤起回忆，可你在这儿已经是局外人。局外人的心情和主人的心情有这么大差别，他不由得在心里感叹。

他到乌鲁木齐的第一件事，是到黄河路人民银行储蓄所去取钱。去库尔喀拉时他存的钱还没到期。然后到新华路和中山路拐角的洗衣店，把毛料中山装和皮大衣取出来。那是他动身去库尔喀拉之前放在那儿的。现在看来，当初这样做很正确，在库尔喀拉，他还没发现有这样的洗衣店。为了这套衣服和大衣，他把小木箱留下了，以免带衣服时把它弄皱。

取完衣服，到解放路买算盘。那里有个不错的文具店，铺面大，东西齐全，内地的纸张、账簿、本子，铅笔、钢笔、蘸笔、墨水，从苏联、印度、南亚来的文具、相册、镜框、花瓶，办公用品，琳琅满目，应有尽有。从前他常到那儿去，和那儿的营业员相熟。

他想去原来的单位看看。因为这个单位，这座城市才像亲人一般让他留恋。那白色的围墙，红色的大门，浓绿的树木，树影后带着异国情调的俄式楼房，曾经给他幻想，让他骄傲，给他留下了许多回忆。他在那儿度过了走出校园后最美好的时光，虽然受了挫折，离开了那里，可他对那儿还是怀着深厚的感情。作为一个刚从西安交通专科学校分配到这儿来的毕业生，由于成绩优秀，他被留在省城，留在厅机关，成为同学们心目中的佼佼者。他每天在这座楼里出入，满面春风，走路的脚步也显得格外神气。每到周末，同学们会从外地赶过来，他们组织了文学社，聚在一起高谈阔论，趾高气扬地走过大街，到悦宾楼去吃小烤馍，到老满城去吃波糯抓饭。登上红山，让风吹乱头发，拉着手风琴，放声高唱苏联歌曲，朗诵马雅可夫斯基的诗。那是一段多么令人难忘的时光啊。他满怀建设边疆的热情，从学校来到这儿，不知道自己怎样稀里糊涂变成了运动的对象。他至今还没想明白，文学怎么会变成害人的东西，连读书也变得不光彩，只能在宿舍私下读，不可以在办公室里谈论。文学社不知怎么成了"小集团"，让一群年轻人变成肃反运动的对象。参加文学社的人，有的检讨，有的挨批，有的调离，有的下放劳动，同学们不再聚会，甚至连消息也不敢互通。这群年轻人虽然还没明白生活究竟是怎么回事，但起码他们知道了自己并不是天之骄子。

沿着宽大的楼梯向二楼走，他的心情变得越来越兴奋，一看见原来的办公室，脸上就禁不住浮起复杂的表情。枣红色木地板，踏上去有种坚实的弹性；双层窗框粗大结实，把屋里的光线收得黯淡、柔和，有种冬暖夏凉的感觉。办公桌、文件柜和屋里的陈设都很庄重，走进来就知道是省级机关。办公桌后抬起几张脸，起码有两位他熟识，是这个办公室的老同事。他们站起来和他打招呼，从他们脸上看不出有什么冷淡，这让他心里感到热乎乎的。他就近坐在关山桌边的椅子里。关山是他的同学，当年和他一起从西安分配到这儿来。虽然也参加过一次同学聚会，可他不喜欢文学，和他们相处得并不亲密，在肃反运动中只写了几次认识和揭发材料，没受太多牵连。关山站起身，给他倒了一杯水，他凑在桌边和他说话。中午他决定请他们去悦宾楼吃饭。——那时章明不知道这位老同学以后会在一个特殊场景里和他重聚，在他的人生里扮演一个角色。

  这趟旅行让他满意。取了钱和衣服，买了一个如意的算盘，到原来单位转了转，见到了老同学、老同事，到从前常去的饭店美美吃了两顿。故地重游，心里装满兴奋和感慨。回到库尔喀拉，心里感到安宁。——现在他的单位在这儿，这儿就是他的家。这儿和乌鲁木齐是两个世界，没有喧闹，没有拥挤，给人一种安逸感。结束了旅途劳顿，晚上躺在自己床上踏实地睡觉，是一种享受。乌鲁木齐的招待所是一座筒子楼，公用洗脸间的水槽上安着一排水龙头，走廊里弥漫着下水道气味。这里的单身宿舍是一排泥墙围着的大房子。干打垒的土墙很厚，安着窄小笨重的窗子。土炕，垒了火墙。由于雨水稀少，屋顶用苇秆编织，上面糊一层草泥。宿舍虽然简陋，却和这里的环境很协调，也适合这儿的气候。晚上拱进厚厚的棉被，像荒原上的狼钻进了安乐窝。房顶吹过的风，如小时候母亲纺车的声音，成为他入梦的催眠曲。

第二天是星期日，章明睡了个懒觉，把脏衣服端到水池边。他看见了宋丽英，宋丽英也看见了他。他心里有点嘀咕，这女孩的脸色为什么这么难看，看见他故意把眼皮垂下来——是遇到什么烦心事了吧？

星期一走进办公室，他和她打招呼，她只是哼了一声，连头也没抬。他把买回的算盘放在桌面上，然后给同志们分发礼物，在每人面前放一粒巴基斯坦肉糖。

当他出现在丽英桌边，脸上挂着常见的微笑望着她的时候，丽英的胸膛里燃烧起一股怒火。他不知道她这一星期是怎么度过的！她每天在单身宿舍外转悠，好像丢了魂儿似的。昨天看见他出现在水池边，她的心脏一下子停止了跳动，呼吸也停止了。可他手里洗着衣服，嘴里吹着口哨，一副浑然不知的样子，连个招呼也没和她打。

他伸过那只大手——他们初次见面时，他就是这样向她伸出这只手，把裹着华丽包装的糖果放在她面前。她不敢看他的脸，不敢听他的声音，她恨恨地瞥他一眼，眼睛里涌满了泪水，强烈的憎恨从心底冲出来，烧红她的双颊。账簿从她手边掉落地上，她趁势弯下腰，躲开他的目光。

看了他的信，知道了他的秘密，她觉得和这个人没法相处了。

下班之后，宋丽英在收拾桌上的东西，章明走到她桌边，再一次把手伸过来。那只大手里放着一只发卡，玻璃表面，镶嵌着华丽图案。丽英发出一声赞叹，整个脸红得像绽开的花朵。她没想到他会单独送她礼物。这个小东西雅致、漂亮，看得出是用心挑选的，让人压抑不住欢喜。不等他放下，她把它抓起来，拿在眼前仔细端详，满脸是感动和喜悦。他站在那儿笑着，等她抬起头。

"咱们去吃烤肉吧。该我请你了。"

丽英二话没说就跟他走出去。她对自己这么快就改变了对他的看法感到惊奇，这么多天积聚起来的猜忌、憎恨一下子烟消云散。眼前这个大男孩文雅、懂事、体贴，跟他一起上街，她很开心。

两人心情很好，他们可以像上次一样度过一个美好的晚上。

走出大门，一个女孩走过来。丽英发现她，是因为她穿一身浅色秋装，衣服款式时髦，身条娇媚，在小城的大街上显得很招眼。看见章明，她停下脚步，等他走到跟前。章明也在看她，直到走近，才突然认出她。他停住脚，惊讶地冲她点头。

女孩把臂弯里的花提兜提起来，从里面拿出一件灰色上衣。

"章师傅，我给你做了一件上衣。"

章明瞪大眼睛说:"不,这怎么行……"

她把衣服抖开,在章明胸前比试,不顾章明的推让,把它塞在他手里。

"如果不合适,我再去改。"

当她转身要走的时候,章明叫住她。他张开嘴却没能叫出她的名字,只是含混地说:"别走了,一起吃饭。"

那女孩转回身,用一种甜甜的声音说:"那你要答应,我请客哦。"

章明吸着嘴唇答不出话来。他回头看了一下丽英:"这是我们办公室的同事,宋丽英。这是——"

女孩爽朗地说:"我叫陈招娣,在兵团机修队。"

"我们是一起搭便车从乌鲁木齐回来的。"他向丽英解释说。

"我晕车,把章师傅的衣服吐脏了。"女孩补充说。

宋丽英"哦"了一声。

丽英满肚子不高兴。她不明白章明为什么要留她吃饭,这女孩为什么这样不怯生,人家客气一下,她就当真留下来,还像女主人一样殷勤。她操着一口南方口音的普通话,说话娇滴滴的。吃饭的时候手里抓住手帕,时不时在嘴边揾。吃肉的模样很文雅,翘起手指,抿着嘴,把肉块撕成细绺,小小心心往嘴里送。最让她受不了的是这女孩对章明的热情,拿肉,拿面,替他选肉块。

分别的时候,章明想把那件新衣服的钱付给她,她死活不收,抓住章明的手,和他拉拉扯扯。

看着女孩远去的背影，丽英斜睨着章明说："你的手脖没脱皮吧？"

章明把手举起来让她看。

"搭一趟便车，就这么热乎？"

他笑了一下。

"你应该去送送人家。"

他又笑了一下。他知道她的心情，觉得这时候最好还是别乱说话。

他向宿舍走去时，她叫住了他。他转过身，看见她向他伸出一只手，手掌上托着那枚发卡。章明疑惑地打量她。

"你送给别的女孩吧，我这头发不适合。"

他笑了一声："我没别的人送。你不想要，就扔掉吧。"

她扬起手向空中甩去，发卡闪了一下，滚落到路边的沙子里。

他们站在那儿互相瞪着。章明脸上再次现出那种腼腼的傻笑。当他现出这种表情的时候，丽英觉得这个男人真叫人生气。她愤愤地转过身说："笑！就会嘿嘿笑！"

下班时他又一次出现在她桌边，把他的大手伸过来。看见他手掌里的发卡，丽英白了他一眼。这个人害她昨晚一夜没睡好，今天气闷了一天，现在却像什么事也没发生似的站在她面前。

"不是叫我扔掉吗？你把它捡回来干啥？"她把发卡抓过

去，查看了一遍，再抬起眼睛瞪他——这个人只会这样笑！不发出声音，不露出牙齿。嘴唇抿紧，嘴角拉长，腮边绽出两道括号似的涡纹，眼睛里闪着温和的光。

丽英对自己很不满意。他连一句话也没说，就这样轻易地原谅他了？和章明认识之前，丽英是个开朗、单纯、性格平和的女孩，办公室的同事都很喜欢她。现在她发现自己完全变了，每天烦躁不安，喜怒无常，想发火，想哭，想和谁吵架。我这是怎么了？是被这个人的怪脾气传染了吗？

今天她又一次见识了这个人的怪脾气。他拿着发票找科长签字，科长说他买的算盘太贵，他一声没吭，把发票拿过去撕掉了。转回自己桌边，脸上带着笑，嘴里轻轻吹着一支歌儿，那是刚上演的苏联电影插曲。公家不报销，不但叫人丢面子，还等于被扣了半个月工资，他却好像一点也不在意。他埋头在账簿后，噼里啪啦，噼里啪啦，算盘发出清脆的声音，像小河的流水，让人听起来像示威。下班后，他把算盘锁进文件柜，表示它是私人财产，别人不能用。这样做，他不怕得罪科长，让别的同志不满？

宋丽英手插在口袋里，摸弄那只发卡，时不时拿出来看看。她喜欢它，可不敢把它戴在头上。它太漂亮，太招眼，又是一个男人送的，她害怕别人的目光和闲话，她没有章明那种好像什么都不在乎的勇气。这让她有点自卑。如果章明把发卡送给那个叫陈招娣的女孩，她一定会高高兴兴戴起来。

她眼前晃动起这女孩的身影，心情变得灰暗。她觉得她和章明的事儿不会这么简单地结束。这女孩看他的眼神，和他说话的神态，让人清楚地感觉到她对章明有意思。她脑子里闪现出这女孩和他一起搭便车的情景：一男一女挤在大货车的驾驶室里，肩挨肩，腿挨腿，身体挤着身体，随着颠簸的车身摇晃。这女孩晕车，她病恹恹地靠在他肩上，一会儿探头到车窗外呕吐，一会儿软绵绵地倚在他身上。几百公里的长途，沿着准噶尔盆地边缘穿越戈壁滩，走过城镇，从清晨到黄昏，再到夜幕降临，戈壁滩变成黑茫茫的大海，车灯打出的光柱像萤火虫在荒原上飞舞。女孩的头耷拉下来，在他胸前摇摆。他们在黑暗里依偎着，一会儿打盹，一会儿咿咿唔唔说话。她没法想象他和她怎样相拥着一起度过漫长的二十多个小时。一路上章明对她的照顾一定很周到（他就是那种天生多情的人！）。丽英从那女孩眼睛里看到了她对他的感激和依恋。他们在哪儿停车？在哪儿休息，吃饭，喝水，方便？这女孩的穿着打扮、言谈举止，和章明很对路，两个人气味相投，像天生的一对儿。这让丽英担忧，让她的情绪更不稳定。

　　没过多久，丽英果真发现了情况。收发室门外的信札里出现一封寄给章明的信。这封信有点蹊跷，让她不能不起疑心。信封下端没有地址，邮戳却是兵团131支局。字写得幼稚纤弱，一看就知道是女孩子的笔迹。丽英仔细翻看，发现写信人用的是西式信封，背面交叉的弧形封口粘得严严实实，找不到下手的地方。这让丽英明白了西式信封的好处。之前她一直不知道外国人为什么把信封设计得这么复杂,粘贴封口费劲儿,信纸装进、拿出也不方便,原来这样费事,是为了防止别人轻易拆看。她发现信封的用纸比较薄,就把它举起来,想透过折叠的信纸,分辨出里面的文字。可对着阳光一照,信封里一片混沌,一点字迹也看不到。宋丽英很泄气,她遇到了对手。写信的人很细心,她在折好的信纸外包了一层白纸。这更让人生疑,如果没有见不得人的东西,何必这么心虚?

不久后,这样的信又来了一封。它唤起了宋丽英强烈的责任感。这是个重要情况,不知道信的内容,怎么向组织汇报?

她决定把信拆开。反正只是一封平信,单位信札里每天有很多这样的信,丢失一两封是常有的事。这个寄信人还是不够细心,如果她寄挂号,收发室要登记,它就不会被随便插在这儿。

  章师傅:你好!没想到你这么快给我回信,我真高兴啊。我喜欢和你在一起,喜欢听你说话。你有修养,有风度,懂的知识多,能认识老师,真是荣幸啊!我希望以后能经常拜访你,听你的指导,好好向你学习。兵团现在开始秋收会战,为了夺取粮食、棉花大丰收,连队日夜奋战,机修队的活儿格外忙。月底会战结束,我有三天假,到时候我去找你白相。我会天天想着这一天。到时候你别忘了给我那本书,你讲的那本书,那故事太有意思了。我知识少,文化低,连个信也写不好,请你不要见笑啊。

…………

她把这封信摊在老耿桌子上,随着老耿看信的目光察看他的脸色,直到老耿抬起头。

"这信写得很简单,表面上看不出什么。"

"里面的意思谁都能读出来。"宋丽英瞥一下老耿的脸,"瞧这落款:妹,招娣。搭一次便车,就这么亲热?他给她讲了书,她要拜他做老师,要和他一起'白相'。这'白相'是什么意思?"

老耿把信封里外翻看了一遍:"没法复原了吧?"

"第一封信我没动它,这是第二封。我觉得里面有鬼,组织上应该知道……"

老耿的头微微点了一下。这是对她的责任心的赞赏。

"瞧,她用这种信封。"丽英把信封拿起来,比画给老耿看,"她这是怕别人偷拆。这种信封不好拆。她在信笺外包一层白纸,怕别人照着光偷看里面的字。要是心里没鬼,何必费这么大心思?"她把信笺摊开,指点着,"瞧这信笺,玫瑰花底纹,带着香味……"

老耿拿起信笺闻了闻,粉红色信纸散发出淡淡的香味,他皱了皱鼻子,把信又看了一遍。

"'白相'是上海话。"他把信收进抽斗,叮嘱她说,"不要惊动他。好好观察。"

章明没接到小陈的回信，他没把它放在心上。小陈吸引他，是因为她和周围的女孩不一样。他喜欢她说话的样子，轻柔、细软，带着南方口音，腼腆、和善，有种自然而然的高雅气质，和她在一起很愉快，很轻松。在库尔喀拉这样边远的地方，人总会感到寂寞，难得有一个这样宜人的女孩见见面，吃个饭，聊聊天。可章明不会像想念妻子那样想念她。他十七岁和李梅结婚，甜蜜的新婚日子没过多久就出门读书了，临别的时候李梅放声大哭，那情景一直留在他脑海里，伴着他读书、毕业、参加工作。在这五六年时间里，互相思念、互相写信诉说，成了他的生活习惯。李梅没有小陈漂亮，没有小陈的气质好，可她的身体对他是一个实实在在的活体，做过了男女之间的事儿，彼此交出了身体，思念就变得不一样。小陈在他眼里只是一个穿着漂亮、看起来赏心悦目的女人，他没法想象她脱光衣服是什么样子，也想象不出在美观、文雅的衣服下面藏着见不得人的私处和污秽——那是女人的另一个世界，是李梅吸引他的地方。他很乐意读这女孩的暧昧的信，也乐意和她见面，他会偶尔想起她，却不会当真思念她。也许这是男人和女人的区别吧，没有肌肤之亲，一个男人不会依恋一个女人，她来不来信无所谓。

　　当有一天，天气已经转凉，天山雪峰的阳光显得更加清冷，他正俯身在办公桌上拨打算盘的时候，宋丽英走到他桌边，小声说："有人找你。"

他抬头四处看了一下，然后站起来，走到窗子跟前。一个苗条的身影站在窗外榆树下。他推开椅子，慌忙走出去。

他那意外惊喜的表情，那女孩扭过身迎着他，露出满面桃花似的笑容的样子，被宋丽英捕捉进眼睛，记在她的小本子里。

星期六　下午五点半，陈招娣来找章明。他们两人在院里见面，说了几句话，章明回到办公室，把账簿、算盘收起来，给科长说了一声，就和那女的一起走了。

他们去吃了饭，又去参加了工人俱乐部的舞会。

刚到库尔喀拉的时候，章明到这样的舞会上去过。他看到单位大门口贴的广告，知道这儿的工会每逢周末或是节假日都办舞会。舞场设在工人俱乐部的大教室里，平时是教室，也是会议室，办舞会时把桌子和排椅靠墙挪放，黑板上用彩色粉笔画一幅舞会图案，空中挂一些彩纸花串和彩色灯泡。一个在这儿落户的俄罗斯老毛子是乐队组织者，他负责小鼓、大鼓和绑在支架上的铜钹，乐手由热心的职工组成，有小号、单簧管、手风琴，虽然简陋，却也像模像样。他进去看了看，这舞会无非是为了让本单位和外单位的青年男女有认识交流的机会，为单身职工解决对象问题。他站了一会儿就走了，此后没有再去。明白了舞会的目的，一个结过婚的人，混在单身男女群里，他觉得不自在。看到别人成双成对，他会想起李梅，想起万里之外的家人，心里生出伤感。他不怎么喜欢跳舞（虽说在学校他也学过交谊舞，参加过舞会），这和他的身材有关。他个子高，腰胯宽，动作不怎么灵活，跳起舞来不自信。

小陈说："咱们跳舞去吧？"他迟疑了一下。小陈站起来，带着他往俱乐部走。看来她对这座小城很熟悉，对俱乐部的舞会也不陌生。

小陈的舞跳得不错，不光舞步熟练，还会照顾舞伴。她带动了章明的自信，让他感觉到自己的身体也能这样灵活，舞姿也能这样优雅。

舞曲间歇的时候，他们坐在排椅上休息。

她说："你给我带的书呢？"

"什么书？"

"我在信上不是跟你说了吗？你给我讲的那本书，一个小男孩爱上了邻居的小姐，为她发疯、跳墙，可是后来他发现这女孩爱的是他父亲。"

"那是《初恋》。你信上说过……"

"收到你的信以后我给你写的回信。"

章明疑惑地看着她的脸："你给我回信了？"

她以同样的神态看着章明："当时我就回信了。我说秋收会战结束后我去找你玩，要你把那本书借给我。"

章明"哦"了一声："我说呢，这么长时间没见你的信……单位的信札乱得很，说不定谁拿错，弄丢了。"

小陈笑了一下:"没关系,里面也没写什么。"

他们说这些话的时候,宋丽英坐在他们身后的角落里。听他们说到那封信,她的心跳了几下,可马上就放松下来,反正单位信札里丢一两封信是平常事,这样的信丢了活该。这女孩不简单,她好像知道自己的信会被别人拆看,里面不写出格话,免得留什么把柄。瞧她跳舞时的样子,那么主动、热情,和章明贴得那么近,眼里闪着光,恨不得倒进他怀里。这个傻公子被她迷住了。音乐停下来的时候,他到茶水桶那儿给她打水,殷勤地把茶杯递到她手里,掏出手绢,让她擦汗。舞会结束后,这女孩挽着他的胳膊走出去。她蹭着他的肩膀低声说笑,偶尔碰撞他的身体。他把她送到大清真寺后面,走过一片沙土路,走到一片白房子跟前。树影遮住了他们告别的身影,丽英看不到他是不是拥抱了她,是不是和她接吻了。

他转身往回走的时候,丽英躲在路边暗影里,望着他的背影在昏暗的月光下晃动,她真想蹿出去踢他几脚。

她把发卡从口袋里掏出来,在路边找一块石头。这只发卡出奇的结实,她带着一肚子怒火砸下去,它却在石头下骨碌骨碌打滑,最后砰一下飞起来,差点打中她的眼睛。

星期日她没看到章明,这让她心里像有一堆梭梭柴在冒烟。那女的信里不是说过,放了假要和他一起"白相"?他们到哪儿去"白相"了?这样重要的情况她一点线索也没有。

她找老耿汇报，流露出气愤和担心："这个章明，我看思想品质有问题。家里有爱人，以为别人不知道。"她把那本书拿出来，放在老耿面前，"瞧这本书。"她伸出手指，指着"初恋"两个字，"一看书名就知道里面的内容。他到我们会计科不久，就把它拿给我看，现在又把它介绍给那个姓陈的。昨天晚上他和那女的一起到俱乐部去跳舞了。他又不是单身职工，他到舞会上去干啥？那女的和他脸贴脸，跳花步，满场旋转，那样子你没看见……这会不会败坏咱们工会的名声啊？"

老耿开始翻书，丽英看着他的手指。

"今天没见到他的影子，不知道他和那女的去哪儿了。"她露出自责的神色惴惴不安地说，"还不到九点钟我就到他的宿舍外面了。那儿有个水池，我一边洗衣服一边留神他的宿舍，一直没看到他。"

老耿把书翻了一遍，放在一边，眉宇间耸起一道皱纹，脸上显出庄重神色，声音低沉地对她说："这女的是上海来的支边人员，身份很复杂。"

宋丽英瞪着老耿的脸，从他的话里她明白，组织对陈招娣已经调查过了。

"父亲是伪人员，逃出去了。"老耿声音很低，眼睛看着桌面，好像在对自己说话。虽然他一直没抬头，丽英还是感到一种压力。走出老耿的办公室，恐惧的感觉攫着她，她的心脏收得很紧，脊背一阵阵发冷。

"这个傻瓜！怎么和这样的人搅在一起啊！"

其实章明哪儿也没去，一整天他都在炕上睡觉。天近晌午时他醒了一会儿，感觉头蒙、身沉，不想起床，就又倒头睡去。再醒来，把枕边的表摸起来看看，已经是下午四点多，他还是不想起床。摸摸胸前，摸摸额头，感觉在发烧。他挣扎着把衣服穿起来，决定去职工医院看看。

星期一章明没来上班。宋丽英从科长那儿知道他病了，昨天发烧，晚上进了职工医院。她有点不安，心里很烦。如果知道他在宿舍里躺着，她就不会到老耿那儿去汇报。现在已经汇报过，她当然不能再去找老耿解释。

吃过午饭，她到职工医院去。章明正躺在走廊的一张床上打吊针，脑袋被虚蓬的枕头拥着，头发凌乱，眼窝发黑，颧骨突显出来，脸庞显得更清秀。这副模样让丽英心软，她用疼怜的目光看着他。

"你这是怎么了？"

他冲她抿一下嘴唇，腮边露出常见的腼笑，身子向上挪挪，把枕头垫高一些。

"感冒了吧？是不是跳舞出了汗，出去着凉了？"

章明又抿一下嘴唇，不好意思地舔一下嘴角。

"你不知道这地方夜里的风有多厉害！别看中午像夏天，太阳一落，寒气下来，风吹到身上，能透到骨头缝里。"

章明终于笑出来："打了几个喷嚏，我没在意。"

她从布兜里拿出几个苹果，这是她在单位门口买的。苹果的香味在走廊里弥漫，她嘴里溢满了口水。章明眼睛里透出感激的神色，丽英感到很温暖。这么切近地看着这个傻傻的大男孩，看着他眼睛里的温情，丽英感到呼吸受到了压迫。他把没有打针的胳膊放在丽英身边，手指蹭着丽英的腿。那只大手让丽英心里涌起一阵冲动，她想把它抓起来，握在自己手里，抚摸那厚墩墩的手掌，摸弄他手背上的骨节和鼓起的血管，看着他的眼睛，对他说说心里话。这段时间她心里很乱，很苦恼，有很多话找不到人说。这愿望很强烈，在她胸膛里冲撞。

"章，以后别和那女人来往了。"

章明的眼睛闪了一下，丽英的脸红了，好像被他看穿了心思，想要说的话立刻退回去，一直退到小腹里。

走出医院，宋丽英很痛苦，她觉得自己的心像掉进了一个浑浊的漩涡，说不清什么滋味。长到这么大，她从没这么憋闷，从没这么强烈地想要对谁说话。

下班后她留在办公室没走。她从抽斗里拿出一沓信纸摊在桌上，把蘸笔插进墨水瓶里，蘸了墨水在瓶口上轻轻荡。

大娘：您好，身体安康吧？

写下这行字，她为自己的举动吃惊。她怎么会想到要给章明的母亲写信呢？她和她素不相识，没有任何关系，为什么会对她有这么强烈的诉说念头，比对自己亲娘还信任？

在这个初冬的傍晚，寒气像正在从天空垂下的帘幕，慢慢笼罩了窗口。风声吹动屋顶，发出连续不断的呜呜声。这念头那么强烈，它烧红了丽英的面颊，让她眼睛里溢满亮光。

写了开头，她没法把下面的话压抑住。

> 大娘，我是您儿子章明的同事。我知道章明从小没有父亲，您是他唯一的亲人，您亲他，爱他，每天为他牵挂。我也知道您有个称心的儿媳妇，她对您好，和您儿子感情很深。最近，为了解决在边疆工作的单身青年的个人问题，内地来了一批支边的女青年。您儿子有才，有貌，有个上海来的姑娘喜欢他，经常到单位来找他，引起了单位领导和同志的注意。我给大娘写信没有别的意思，就是想让您老人家知道，章明这个人单纯、善良，他不知道提防别人，我不想看到他为这种事出问题，影响他的前途。大娘，您赶快让章明的爱人调到这边来吧，两人一起生活，身边有个人，遇事也有人管他。

最后，她又加了一行：

> 这件事您老人家千万不要对媳妇讲，以免引起他们夫妻

的误会。

过了一些天，她看到了李梅写给章明的信。

明，亲爱的：

最近一切好吧？告诉你个好消息，我们医院开了新党员宣誓大会，我成了中国共产党的预备党员了。我要接受党的考验，进一步努力，争取早日转正，成为一名光荣的共产党员。我把这消息告诉了妈，她老人家很高兴，到西门外杨家菜馆端了四个菜，把弟弟从学校叫回来，给我庆贺。妈让我给组织打报告，申请调到你身边去。我想等党员转正再说，妈不同意。她说咱们结婚不到三个月就分开了，你一走就是五六年，现在咱俩年龄大了，妈老了，她想让咱们早点团聚，给她生个孙子。她喝了两杯黄酒，眼睛红红的，一边说，一边揾眼窝，把我说哭了。明，这五六年时间我没有一天不想你，多少次夜里梦见你，从梦里哭醒。想你的时候真想插翅膀飞到你身边。我照妈的意思给医院写了申请，妈亲自去找了我们的领导，院长爽快地答应了。他说最近就给你们单位发公函。我知道，妈心里舍不得我离开家。弟弟在学校吃住，我一走，家里就只剩她一个人了。我也舍不得妈。明，亲爱的，以后等我们在库尔喀拉安下家，一定把她老人家接过去，好好孝顺她，报答她。以后有了孩子，让她老人家高高兴兴给咱们照看。有妈的照应，咱们的孩子一定会健健康康，像弟弟那样聪明懂事。

…………

读了这封信，丽英心里又酸涩，又安慰。她盼望这个李梅早点来，只有李梅来了，她才能得到解脱。

第二章　鸟儿飞去了

　　库尔喀拉的春天来得迟，走得也迟。天山从刺眼的洁白里慢慢透出阴影，赭红的沟壑一天天显露出来，到了中午时分，山体变得清晰，天空更加亮堂，城里城外的景色在明亮的阳光下像一幅层次分明的油画。聚集在这片绿洲里的树木举着苍灰的枝条，一副不怕冷的样子，对春天的到来好像并不在意。戈壁乱石滩中的小河突然涨起大水，挟着冰块，冒着寒气，来势凶猛，让人知道山上和地上的冰雪已经悄悄融化了。街巷的路面由滑溜变得黏腻，在晴朗日子里变成污秽的泥泞。巴札闹哄哄的，老乡们穿着长筒靴，踩着泥巴，裤腿染上一片泥浆，嚷叫的声音使集市变得热气腾腾。宋丽英一直在等待那个叫李梅的女人的消息，心里不由得想起家乡。这里的泥是灰色的，家乡的泥是黄色的，村里那条大路一开冻就会变成黄泥沟，踩下去会把鞋子粘掉，要费很大劲儿才能拔出脚来。南风一吹，池塘的薄冰化了，柳枝萌出嫩黄，麦苗荡出绿浪。那个女人正等待调令。调令一到，她就带着笨重的行李，告别家乡，一路汽车、火车，没明没夜向这遥远的边疆奔。那时候，也许库尔喀拉周围的树木会变成苍绿，天山的山坡也会重新显出铁红。

章明向她讨要那本书，丽英说："我还没看完。"他笑了一下："半年了，还没看完？"她偏过头，不看他的脸，像对自己说话似的说："我知道你想把书借给谁。"

　　丽英在灯下翻这本书。她盯着封面上那两个字，默念着"初，恋；初，恋……"，心里又开始恨那个人：他为什么来到库尔喀拉，扰乱我的平静生活？他为什么让我读这本书，叫我每天沉浸在爱情的骚动里？老耿为什么交给我这样的任务？他不知道天天为这个傻男人操心让人多烦恼！这本书她已经读了两三遍，一些句子随时会从意识里冒出来："我时常陷入沉思，心里发愁，甚至哭了。""我那强烈的爱情是从那天开始的，我的痛苦也是从那天开始。""在我认识他以前，我简直什么也不懂，没有真正地生活过。"书中那个男孩天真单纯，幼稚狂热；他的父亲老奸巨猾，善于勾引女性。如果我是齐娜伊达，我爱谁？这问题让丽英害怕。那个纯情少年在书里没有他那色迷父亲有吸引力，他让一个纯洁的姑娘为他献出青春，心甘情愿地堕落，毁了自己的一生。可是，读了这本书，宋丽英不但不恨齐娜伊达，还对她这种疯狂行为有点同情，有点赞赏。爱情像迷幻药，害你很深，还让你无怨无悔，执迷不悟。这就是文学的毒性。文学就是用感情的毒药迷惑人，让人离经叛道，不走正路。这个人让我读这样的书，是不是在"利用小说反党"啊？它诱惑我心里的魔鬼，扰乱我争取进步。她明明知道他是有问题的人，明明知道他有妻子，他的妻子正在办理调动手续，很快就会调来，可看见他的身影，闻到他的气味，她还是忍不住心里翻腾起焦躁和渴望："我只要一看到他那聪慧、俊秀、快乐的脸……我的心就会战栗起来，我的全部身心都会向往着他。"

宋丽英不想把书还给他。她不想让那个上海女孩读这本书。自从她警告过章明之后，收发室门口墙上的信札里没再出现可疑的来信，她也没再看见那个上海姑娘。一切风平浪静，好像他们真的不再来往了。可宋丽英不放心，她觉得事情不像表面那样简单。李梅就要来了，她觉得自己有责任管好这个男人，在他妻子到来之前不让他犯错误。

那是周末的黄昏，下班时她发现章明的举动有点异常。他把算盘收起来，锁好办公桌和文件柜，趁她没留意，一转脸就溜了。宋丽英追出去，远远看着他的背影。她没急着靠近，在转过墙角时，她闪身躲了一下儿。那女孩像从树影里突然出现似的，等丽英走出去，她和章明已经走在一起了。她心里涌上一股怒气：好啊，让我猜着了！你们背着我，瞒着我，暗地里勾搭呢！两个男女从公开来往变成暗地里走动，那问题就严重了。上海女孩手里拿着花布提兜，悠着胳膊，虽然穿着肥大的军绿大衣，但身材仍然显得伶俐可爱。这狐狸精、伪人员的女儿，她把章明逗得眉开眼笑，走路的姿势也兴冲冲的。他们肩挨肩走出去，那亲热样子让宋丽英满头冒火。

他带她去了书店——他一定是带她去买那本邪恶的书。然后两人到兰州巴老三面馆去吃饭。丽英没觉得饿，只是感到气愤。

她远远站在对面暗影里,看他们吃完饭,走出饭馆。她的腿弯发软,腿肚子像抽筋了一样抖颤,不得不在黑影里顿了顿脚,才能挪动脚步。

月亮和星星从天空里显现出来,衬着天山雪峰的影子,和昏昏的路灯交织在一起。他们走在寒风里,身体靠得很近。她挽住了他的胳膊,亲热的影子在繁星的大幕上晃动,让丽英的眼里迸射出火花。

他们没到工人俱乐部去跳舞,直接去了章明的宿舍。

宋丽英站在那排大房子前,看着不远处那个房间,盯着那扇熟悉的门。

他们走进去,关紧了门。

那是一排平顶房,站在房前只看到齐齐的沿墙,看不见房顶。他的房间和整排房的房间没什么区别,干打垒墙,涂着白色泥浆,深红色门框和陈旧灰暗的门板,一副历经风沙的样子,像一排凿在石壁上的洞窟。看着那扇关紧的门,丽英的神经紧张,鬓角血管像马上要爆裂似的怦怦狂跳。这两个人太胆大了!问题太严重了!她必须马上向组织汇报。

老耿跟在她身后来到章明宿舍门口。那是一个庄严时刻。老耿像指挥员一样站在冰冷的月光里。她把耳朵贴在门上,热血沸腾,激动万分,像要冲出战壕的战士。

"在吗?"

"在呢。"

"叫你们科长来。"

科长来了。

"把团总支书记叫来。"

团总支书记也来了。

四个人分站两边,牢牢把守住那扇门。

月亮隐进去,整排房子罩在暗影里。风吹透身上棉衣,不知是寒冷还是紧张,宋丽英的两腿簌簌发抖,腮帮不停打战,牙齿哒哒磕碰。听到屋里那女人低声说话、发笑,丽英觉得胸膛像要爆炸。

科长举起巴掌拍门,章明在里面问:"谁?"

科长不回答,只是使劲拍门。

"谁?干啥嘛?"

门打开了。章明手拉门扇,探出身子。科长举起手电筒,照着章明的脸。看到外面站着几条人影,章明有些意外,他在强光里眯起眼睛,伸长脖子去分辨黑影里的人。

趁着人们往屋里走,宋丽英闪到人群背后,站在门口暗影里。一看见章明,她的气愤和冲动突然消失,心里浮上一种不安,不知道自己该不该这样做。

火墙的热气迎面扑来,让这群刚从冷风里走进来的人一阵昏晕。煤油灯的光亮在玻璃罩子里闪了一下。上海姑娘从桌边站起来,脸上显得很不自然。她脱掉了大衣,只穿着紧身外套,虽然领口系得很整齐，可脸蛋红扑扑的，看着让人生疑。

老耿站在房子中央，科长站在左侧，团总支书记站在右侧，丽英躲在他们身后暗影里。

科长看着女孩问："这是谁？"

"兵团机修连的。"

"这么晚了，在这儿干啥？"

"她是连队统计，来跟我学会计科目。"

老耿伸出手，翻看桌面上的东西。他拿起一份报表，盯着上海女孩的脸："这是你拿来的？"

女孩抿了一下嘴角。在老耿严厉的目光下，她用南方口音补充说："俺们连队的报表啦，有些地方搞不懂，找章老师请教请教。"

老耿没有被女孩细软的声音打动，他点着报表右上角的字，生硬地说："你不知道这是机密？"

女孩脸上现出惶恐，章明从鼻子里"哧"了一声："报表都是这样印的，表头上都有这两个字……"

老耿扭头看着章明，章明把没说完的话咽回去。老耿的声音不高，说出的话像钉子一样有劲儿："这两个字，是印着玩儿吗？"

章明咧一下嘴，不再说话。

"到兵团机修连去，通知他们来领人。"

跟在书记身后往团总支办公室走,章明有点沮丧。这是怎么回事啊?把小陈带进自己宿舍的时候他没多想。这女孩来请教,他乐意指教,和她在一起,他很愉快。外面那么冷,没地方去,到宿舍来不是很正常的事儿吗?怎么会惹出这样麻烦!

进了团总支办公室,随着书记问话,他明白了这麻烦比自己想象的严重多了。

科长坐在章明侧面的椅子上,书记坐在他对面。老耿站在屋子中间,一边听,一边轻轻踱步。

"和她认识多久了?"

"有半年多吧。"

"怎么认识的?"

"从乌鲁木齐回来,在水磨沟那儿搭便车。"

"她主动和你说话?"

"我拦下车的时候她已经在车上了,我跟开车师傅说去库尔喀拉,她说,刚刚好,我也去库尔喀拉。我就上去了。"

"后来怎么来往的?"

"她晕车,把我的衣服吐脏了,给我做了一件新上衣送来表示感谢,就认识了。"

"她给你写过信?"

"她说写过两封,我只收到一封。"

"写的什么内容?"

"在我办公室抽斗里,想看,我现在去拿。"

"为什么不向组织汇报?"

"这事儿还需要汇报?"

"你留团察看的处分还没撤销吧?"

章明抬起眼睛,无奈地看着书记。

"她什么时间开始和你约会?"

"她只是跟我学会计知识,不是和我约会。"

"你有爱人,对吧?"

他点一下头。

"有爱人,还和别的女人约会?"

"我说了,她和我不是约会!"

"你给她讲黄色故事,给她看黄色书。"

"什么黄色故事、黄色书?"

"这是什么?"团总支书记把一本书撂在他面前。

章明拿起书,激动得满面通红:"这是俄罗斯作家屠格涅夫的书,世界名著啊!"

"这不是对女青年的腐蚀?"

章明抬起头,用冒火的眼睛向四下张望,最后把目光停在宋丽英身上。虽然她缩在他们身后,他还是看见了她,不明白她为什么把书交给团总支书记。那瞬间,丽英希望眼前有条地缝,能让她钻进去。她没想到书记会把这本书当作证据拿出来。她用无辜和抱歉的眼神瞟他,眼里漂起了泪花。

老耿停住脚步,转过身,用一种长者的口气说:"你爱人不是正在办调动吗?"

章明看着他的脸。

"我看过她的档案,是个积极进步的好同志,我们已经同意她的调动申请。你要向她看齐呀。一个人犯错误并不可怕,检查、改正就行了。那个上海女孩,你了解她吗?"

"她是上海来的支边青年,在兵团机修连。"

"问过她家庭出身、社会关系没有?"

"我也不和她谈对象。"

"一个男人和一个女人关在屋子里,干什么?"团总支书记毫不客气地说。

"你不是看到了吗?桌上的报表,《会计学原理》——那是我刚带她到书店去买的。"

"那是摆在桌面上的东西,还有我们没看到的呢?"

章明激动起来,说话有点结巴:"你……不可以这样……污辱一个人的人格。"

"在事实面前,你还想狡辩?"

"那女子就是想学习!她称我是老师!"

书记抿一下嘴:"她为什么不称别人老师?"

章明涨红了脸,一时说不出话来。

"单位报表都是机密,她为什么拿给你看?"

"她刚干连队统计,不懂。"

"你呢?你是老会计,也不懂?"

老耿走到他跟前，从上面看着他的头顶："你这个同志呀，还是要好好检查，好好认识，怎么能这样稀里糊涂呢？你爱人的调令还没签发，你这个态度，叫组织怎么办？"

章明垂下头，眼睛里迸出了泪水。他不知道这一刻是气愤、屈辱，还是软弱、无助。事情弄成这样，叫人有口难辩。男女私情呀，泄密呀，都不要紧，要紧的是李梅的调令。五年多的分离，五年多的等待，在这节骨眼上，怎么会惹出这样的麻烦啊？

这晚上发生的事情对丽英刺激很大，那场景在她眼前久久浮动，使她整夜恍恍惚惚，没法入睡。章明打开门的时候没穿外套，棉毛衫紧箍他的身子，把胸脯、胳膊衬得鼓鼓突突，那成熟的身架，高挑结实的身材，她看一眼就怦怦心跳，透不过气来。也许是火墙太热，也许是两人刚亲热过，章明和那女人的脸蛋通红，看着让人生疑。她想象着他们凑在灯下，头抵着头，脸挨着脸，头发撩到脸前，能闻到彼此的气味，谁能把持住自己？他的床在屋子深处——他是个爱整洁的人，床铺收拾得干干净净，被子叠得整整齐齐，那女人和他的大衣、外套堆放在床的另一头。虽说看不出有什么凌乱的地方，可丽英还是不敢深想，往深处想一下就听到自己咬牙切齿的声音。这上海女孩一口软绵绵的南方话嗲声嗲气，水性十足，她接近章明，难道只是为了学习？把这样的女孩带进宿舍，只是教她识报表？两人一点念头也没动，谁相信？

第二天章明没上班，他被停职，待在宿舍里写检查。这个从乌鲁木齐下放来的公子哥出了事儿，会计科的人都有点幸灾乐祸，他们觉得像他这样人犯错误只是早晚的事，他不可能不出事儿。丽英很烦，那些乱七八糟的流言让她受不了。人们不了解真相，不了解章明这个人，添油加醋，胡说八道，把章明说得像流氓，把事情说得像捉奸。虽然没人议论是谁检举揭发了章明，可丽英还是觉得自己受了牵连，脸上灰塌塌的，人们看她的目光好像含着别的意思。所有这一切都是那个水蛇般的女孩引起的，她的样子让丽英想起来就恶心。

团总支开支部扩大会，宋丽英虽然不是团员，也被通知参加了。章明在会上做检查，他的检查让丽英生气，会一散她就去找他。他在前面走，她在后面说："你出来！我有话跟你说。"章明回头看她一眼——这傻公子好像并没受什么打击，那天晚上有点狼狈，这会儿好像恢复了元气，满脸不在乎的样子，斜睨着她："我不能出去。他们不让我出去。"

"你做的啥检查嘛！到了这时候，还顾惜那个害人精？"

章明眨巴一下眼睛，好像听不懂她的话。

"我早对你说过，别跟她来往，你不听！她是伪人员家属，老子跑出去了。她接近你是有目的的，你好好想想，她怎么拉拢你、勾引你？她拿机密文件试探你，想拉你下水，你还跟她划不清界限！你呀你，到关键时候脑子怎么不管使呢！那天老耿不是说叫你不要再稀里糊涂嘛！你爱人正申请调动，这时候你不能护着别人自个儿担责任啊！"

　　章明傻傻地看着她，好像还是听不懂她的话。在他转身走开的时候，他对这女孩的感觉很复杂。她能说出这些话来教育他，让他刮目相看。来到库尔喀拉，他知道她一直在注意他。她人很聪明，处事乖巧，很有心劲儿，可她还是很幼稚、很单纯，从她那忽冷忽热的态度他能感觉到她心里藏着的意思，她对上海姑娘那水火不容的态度让他觉得好笑。有时候他觉得这女孩心地不错，有时候，她又显得那样古怪、褊狭。她把那本书拿给团总支书记，这叫他瞧不起她。怎么能那样做？她自己不是也很喜欢那本书吗？明知道那不是什么黄书，为什么还要把它交出去？

　　章明在省城犯过一次错误，写过检查，挨过批判，知道检查写得再认真也别打算一遍两遍过关。可写上三遍、五遍过不了关，人的精神就会垮掉，感觉也会麻木，只要能过关，什么词儿都愿意用，什么脏帽子也不再在乎。在他写第三遍检查的时候，兵团那面来了两个人，他们把章明叫到团总支办公室。

　　"你怎么认识陈招娣的？"

　　"在水磨沟等便车认识的。"

　　"在路上还是车上？"

　　"她上车比我早。"

　　"她在哪儿上的车？"

　　"我不知道。"

"她认识开车师傅吗？"

"我不知道。"

"看不出来？"

"看不出来。"

她带了什么东西？和你说了什么话？路上在哪儿休息？在哪儿吃饭？一路上和你交谈了什么？有没有靠在你身上？和你有没有搂抱过？她为啥给你做外套？是不是别有用心？她给你写过几封信？都什么内容？见过几次面？说了什么话？做了什么事儿？……那天她和你是怎么见面的？怎么约你？你们去了哪儿？在哪儿吃饭？吃什么饭？是她提出还是你提出到你的宿舍去？进了宿舍谁先脱衣服？

当问到"有没有发生关系"的时候，章明很气愤，却又说不出话来。如果表现得太愤怒，他们会认为说中了要害，你才这么恼羞成怒；如果反应太平静，他们又会觉得你心虚，不敢反驳。

"她只是想跟我学习！我们之间什么也没有。"

她为什么要认你为老师？她想跟你学什么？她知不知道你在乌市犯过错误？

这时候章明庆幸自己没把那本书借给小陈。不是宋丽英拖着不还，他肯定会把书送给她，那现在就更说不清楚了——忽然间，他明白了宋丽英为什么拖着不还书。

当问到"那报表是怎么回事"的时候，章明又有点激动："那就是一般的统计报表嘛，哪个单位都有，表头上都印着'机密'两个字,平时谁也没当回事。"本来他说到这儿就行了,为了证明报表并不机密,这个平时不爱说话的人多说了几句——不爱说话的人往往会在激动时变得啰唆:"我干了多年会计也没在意表头上的字,她刚做统计,表上的东西弄不懂,给她讲了半天还是不明白。我说,干脆,我把我们单位的报表拿过来,一项一项结合实际给你说吧。因为是星期六,下了班,要不然……"

询问的人立即警觉起来:"她叫你拿报表来看?"

"也只是说说,那会儿已经下班了。"

"她提出来让你拿报表看,因为下班了,没拿到?"

"我的意思是……"

"她想盗窃国家机密,是吧?"

回到宿舍,章明很不安。他很懊悔,不该多说那么几句,把一个无辜女孩牵扯进来,还因为说漏嘴加重了她的责任。

一次次的检查让他变得清醒,他越来越明白,争辩是没有意义的,哪怕他们知道冤枉,你也必须承认。到一定时候,你能不能过关,关系到他们能不能下这个台阶,了结这件事。其实认真想想,承认发生了关系也不算冤枉。那天晚上他确实动过心,如果不是生性怯弱,也许真会做出那种事。他心里很清楚,如果他一冲动,把小陈抱起来,放在床上,她是不会拒绝的。没采取行动,并不能证明自己干净。他终于能够面对内心深处的念头,向组织做交代,承认错误,深挖灵魂,心情也就平静多了。

检查交上去之后，没人找他谈话，也没再组织批判会，好像组织把他忘了。在等待的日子里，章明读完了普希金的两本诗集，把一些段落用红蓝铅笔勾画出来，有空就拿出来小声朗读："什么都安静了，只有月亮/高高的独个儿在天上/照着那静悄悄的营帐。""现在，在他枯竭的心里，只剩下了美好的往日的怀念。"

在他读完了《茨冈》之后，团总支书记和他谈了一次话，宣布对他的处分——开除团籍，下放车队去跟车劳动。

他觉得这处分挺好，像他这样年龄继续待在青年团里，别人不说，自己也感到羞愧，不开除还有什么意思？当初在学校时凭着一腔热情申请入团，现在觉得团外不赖，不开会，不交团费（虽说团费不多，可不交它心里更舒服），更轻松自在。下放劳动也不错。办公室他早就待腻了，天天看窗外天山雪峰的影子，连山脚下都没去过，更不用说胡杨林、冰达坂、山南草原、戈壁深处的绿洲、国境线上的风景。跟车往远处跑跑，见识一下西域风光，一直是他的愿望。唯一让他心里抱愧的是，不该把陈招娣这个纯洁女孩牵连进来，泼了一身脏污。

他到办公室去，嘴里吹着口哨，手里收拾东西。他把算盘留给了科长，吸墨器（这是他上次在乌鲁木齐买的）给了宋丽英："现在我用不着了，留个纪念吧。"科长有点感动，眼角还闪出一点亮光。丽英只是看他一眼，什么话也没说。

走出办公室，他已经不在乎调令不调令，只要人活着，和李梅总有相聚那一天。

到车队第一天他就喜欢上了那辆车,也喜欢上了开车的孙师傅。

这是一辆载重七吨的解放牌大卡车,驾驶室宽敞明亮,绿色车厢结实威武,出厂时间不算太久,轮胎花纹还很清晰。他一只脚踏到踏板上,伸手去拉车门,背后有个声音说:"哈(下)来,哈(下)来。"这是个黑脸膛的中年人,一副典型的西北人长相,操着地道的西北口音,舌头有点僵直,说话带着嗞嗞的舌尖音。

队长说:"这是孙师傅,以后你就和他搭班儿。"

孙师傅板着脸不看他,他绕车走了一圈,用脚踢踢轮胎,探下腰看看大梁,从轮胎花纹缝隙里抠出一块石渣,像心疼孩子一样骂了一声:"这尿!"

章明发现这位师傅很多地方对他的脾气。他在车队院里不爱说话,见人很少打招呼。干活一本正经,打扫车厢,擦拭挡风玻璃,给水箱加水,到加油站加油,车一停下,就拿出抹布,擦擦这儿,抹抹那儿,好像那不是一辆车,是一匹心爱的马。驾驶室里很干净,章明上车时他不放心地看着他的脚,生怕他把泥沙带上去。可是,车子一开出大院,他就像换了一个人,那张脸变得轻松活泼,话也多起来。手抱方向盘,眼睛瞟着路边,看到几个身穿五颜六色民族服装的女孩,他加大油门赶上去,然后放慢车速,一边走,一边看,嘴里嘟囔:"个尻!这维吾尔族哈萨克族丫头真是太好看了!脸蛋天生地跟苹果一般,看一眼能多活十年,叫老子的方向盘都失灵了。"

车子出了城,戈壁连着山影,芦苇滩连着望不到边的荒原,不见村庄,不见人迹,一条灰灰的公路在黑色的骆驼草间蜿蜒,一直伸向天边。天那么高,地那么阔,章明情不自禁地放开嗓子唱:"登层台,望家乡……"他嗓音低沉,唱起京戏有滋有味。在中学读书时他崇拜马连良,常在学校晚会上来一段。旷无人烟的戈壁荒滩能激发放声高唱的兴致,是唱马派的好地方。孙师傅手抱方向盘,头随着他的唱腔点动。待章明唱够一段,孙师傅给他讲自己的故事。孙师傅很高兴在漫漫长路上有人听他诉说。孙师傅慢模悠悠说他经历的往事,像和老朋友叙旧一样,充满怀念之情。讲他年轻时怎样和同村女孩相爱,两人怎样在一个深夜里手拉手从老家跑出来,在兰州流浪了几年。住在城门洞里,给货栈老板赶马车;在黄河里划羊皮筏子;到宁夏去贩烟土。那女孩怀了孕,在一个冬天,难产死在西关外的破窑洞里。

"你知道皋兰山吧?那是兰州穷人最喜欢的地方,我把她娘儿两个埋在皋兰山半坡的高处。本来想的是,不管我进兰州还是出兰州,抬眼就能看见她,可自从我投了马步芳的军队,就再没到那儿去过。"

"你在马步芳那儿干过?"

"先当炮手,后当骑兵。"

章明一下子明白了："怪不得，你擦车像梳洗战马一样。"

孙师傅的故事很吸引人，让章明又羡慕又激动。

最后一仗，他们骑兵连被解放军消灭了。"那机枪哒哒叫，子弹像雨一样哗哗哗泼过来，马都红了眼，发疯一样向前冲，尥着蹶子往下栽，那片田地里像庄稼捆一样撂满了人和马的尸体。我这个人命硬啊，多少次灾祸都闯过来了。那场战斗，我的马先栽倒，把我甩到沟坎下，我爬起来顺着沟跑了。我脱掉军装，拿两块银元在老百姓家里换了一身便衣，一路向西，跑到石河子，投靠一个老乡。那时候他在十八旅当营长，我给他喂马，给他开车，后来跟他一起投了解放军。"

现在孙师傅是老转，娶了个汉族与俄罗斯族的混血。那女人也是个丧偶的人。他们是在托克加拉认识的。孙师傅在那儿遇上风暴，车被吹翻，受了伤。他从驾驶室爬出来，在风沙里迷了路，走过一片河谷，看到一座小屋。"吕莲就住在这小屋里。她妈是俄罗斯人，跟着一个汉人跑过来，生下她。她男人是兽医，给牛、羊、马、骆驼看病，常在草原上跑，害伤寒病死了。"她给孙师傅看伤，留他在自己的小屋里住，他就把她带回来，做了自己的女人。"人活在世上，就是这样。"

"她妈给她起的名字叫伊莲娜，吕莲是她的汉名。"

"伊莲娜很漂亮吧？"

"老尿子了，发胖了。"

"啥时候带我去家里看看嘛？"

"不用到家里，去医务所就见到了。"

"车队医务所？"

"从前她给牛马打针，现在给人打针嘛。"

车驶进沙漠，地势开阔平坦，路直得像射出去的箭。

"从前这儿是一片大海子，大得哼（很）。现在退缩了，看不见了。"

孙师傅的话还没说完，章明就看见一片大水在前方浮漾，明亮的水浪贴着地皮，山影在水上浮动，雾气腾腾，无边无际。他激动地大叫了一声："瞧，那不是湖？是艾比湖吧？"

孙师傅一点也不兴奋，他握着方向盘，眼睛看着前方，脸上掠过一个微笑："往后你会经常看见这风景儿，那儿什么屎子也没有。"

"那不是一片大水嘛！"

"是太阳照的，沙漠上的蜃海。"

章明瞪大眼睛，盯着那片湖水。车子向前开，水浪在天边浮动，水上飘着苇滩的影子、山的影子，跑到近处，还是一片沙漠，还是那条公路，白白亮亮，向天外延伸，湖水、苇滩、山景，都不见了。

这趟车他们跑得很顺利，没遇上风暴，也没遇上冰雪，只是遇到一处河滩涨水，是冰雪融化季节常常发生的春水，把路淹没了，他们不得不绕行了一百多公里。

在开阔地带,章明想学开车,孙师傅不答应。

"你一个学生娃子,学这玩意儿干啥?耍笔杆子的人,方向盘不是你抱的。你只用陪我说说话,唱唱戏,到地方帮我拿个票,结算一下,就行了。"

章明知道,他是舍不得别人动他的车。

回到车队,孙师傅又变回原来的样子,只收拾车,不抬眼看人,除了报班、交差,不随便和人说话。别人和他说话,他只用简短的一两个字应答。对章明也变得冷冰冰的,板起脸,不再和他说笑。章明没再提伊莲娜,他心想,哪天一定到医务所去看看,那个女人究竟长啥样?

跟车在路上跑,章明以为自己不会想念单身宿舍那间灰暗的房子,回到车队大院,才觉得还是自己的小窝儿好。车一停下,他立即提上东西往宿舍走。看到自己的床,自己的脸盆、毛巾,有种回家的感觉。他想打盆热水,好好洗把脸,然后美美地泡泡脚,躺在自己床上舒舒服服睡一觉。他把屋里打扫一遍,提上暖瓶、水壶,到开水房去打了热水,回到宿舍,刚把门关上,就听见有人敲门。

看见宋丽英站在门外,他没感到意外。敲门声响起的时候,他脑子里闪了一下,觉得可能是她。在这地方,除了她,还会有谁来找他?他们一个门里一个门外,面对面站着,一时想不出话说。这女孩瘦了些,人显得更成熟,眼神更深沉,看起来有点陌生了。

她把手伸出来,手里拿着那本书。当他接过书的时候,她又递给他一封信。看一眼信封上的笔迹,他立刻知道了是谁。他说:"坐会儿吧。"她没推辞,跟着他跨进屋来。

他让她坐在凳子上,把门敞开着。丽英从笔迹上认出了是小陈写来的信,她从信札里把它拿回来,保存在自己抽斗里。她很想拆开看看——拆看他的信成了她的习惯,要费很大劲儿才能控制住自己,把拿起的小刀放下。章明受了处分,离开了会计科。这家伙最后承认和小陈有事儿,可丽英还是不解气。她不知道自己希望他的检查是真的,还是希望它是假的。有时候,他觉得章明不会和她做那种事,有时候又觉得这两个男女实在是卑鄙可恨。章明被处理后,老耿把她叫到办公室去。从前她去见他,他坐在办公桌后的硬木椅里,不看她,也不说话,丽英走过去,自己坐在他对面的方凳上,像看医生的病人那样,小声小气向他汇报,老耿一脸严肃,自始至终很少说话。这次她走进办公室的时候他从桌后站起来,脸上带着笑,破例地点点头:"小李,坐。"他看着她的脸(丽英从没这样被他看过,他的目光让她忐忑不安),"这段时间表现不错嘛,支部讨论过了,把你确定为培养对象。以后继续努力哦。"他从抽屉里拿出一个红皮小本本儿递给她,"拿回去好好学习,靠近组织,多汇报思想。"送她出门时,老耿抓住她的手握了握。虽说只是一握,但丽英的心还是突突地狂跳了几下。晚上她很久没睡着,她仔细琢磨老耿的眼神,反复回忆他捉住她的手那一瞬间的感觉,不知是高兴、吃惊还是害怕。后来老耿又找她两次,问她学习没有,有什么心得?让她写份思想汇报交上来。他说话还是不多,可他说话的语气、看她的眼神越来越让她不安。有时候,她巴望老耿对她真有点什么意思,最好能传到章明耳朵里,让他气一气。有时候,她又怕他真对她起了意,会不知道怎么对付。

最后一次见老耿,她对着他的脸看了一阵,老耿没回避,眼里也没露出什么意思。回去后她很失望。如果那张脸不这么老气(她估不出他的年龄,但她知道他最多不过四十岁),脸上的肌肉不这么死板,眼睑下面的赘肉不这么明显,可仔细看过之后,这张脸实在叫人不舒服,尤其是那张嘴,又厚又粗糙,像卧着两条死豆虫,别说亲吻,就是凑近一点也叫人难受。

老耿没说她的任务算不算完成,她觉得自己既然是培养对象,对章明就应该负责到底。这个上海狐狸精真不要脸,在她就要忘记她的时候又给章明写信。这次她决定不把信交给老耿,她想当面把信交到章明手里,看他有什么反应。

章明把信封撕开,抽出信笺,默看了一阵,把它顺手递给丽英。她很诧异,抬起头看看他的脸,犹豫了一下才把信接过去。

一张白净的纸上只写着两行字:

  天山上流下来的雪水那么纯洁,比镜子还明,比水晶还亮,那边的世界一定很干净吧?我去看看,回来对你说。再见了，老师！

"这什么意思？是暗语吗？"

章明不说话，心口有块比铅还重的东西向下坠。

"这封信来了多久了？"

"四五天了吧。我来找过你。"

章明的神色让丽英不安。他用请求的目光看着她："你能替我……到兵团去看看吗？"

"我？"丽英站起来。

章明脸上那信任的表情让她感动，她很愿意去跑一趟。

"我现在就去。那儿有个老乡，是远房亲戚。"

丽英回来的时候天已经黑下来，章明拉亮了灯，仍然把屋门大开着。

丽英坐在凳子上，垂着头不说话。章明说："要不，咱们上街去吃饭吧。请你吃个饭没什么吧？"

她径直站起来，头也不回地走出去。章明在屋里摸索一阵，落后一点，看着她的背影，远远跟着。宋丽英拐进一条巷子，走进一家陕西面馆，点了两碗刀削面。她不看章明，也不跟他说话，面上来后只管闷头吃，像饿坏了似的嘴里发出呼噜呼噜的声音。吃完面，当啷一声把筷子重重地砸放在空碗上。

章明把没吃完的面推到一边，两手担放在桌沿上，静静地看着她。

"这女人,她为什么要这样!太恶毒,太可恶!"她转头看着章明,声音喑哑地说,"她跳渠了。"

章明怔怔地看着她。她瞟他一眼,补充说:"失踪了两天,人们在渠头大坝那儿找到她。"

章明一动不动地呆看着她的脸。她突然激动地说:"你看我干啥?我脸上有花儿?有字儿?"

她两手放在桌下,瞪大眼睛和章明对视着,眼睛亮光闪闪,脸颊涨得通红。章明的眼神让她害怕,她偏过脸躲开他,一滴眼泪从她眼角滚下来。她站起来,像喝醉了酒一样脚步蹒跚地走出饭店。一到街上,立即蹲在街边哇哇呕吐,把刚吃下的面全都吐出来。站起来以后,她吐着嘴里的口沫,用手绢擦着嘴角:"这个上海妖精,她为啥要那么做?"

宋丽英再次出现在章明面前时,手里拿着一张盖着印章的稿纸。

那是一份通知:

鉴于章明同志的劳动表现,根据工作需要,现通知章明同志回会计科工作。

他跟随孙师傅跑了最后一趟车。

他们沿着美丽的伊犁河谷一直跑到边境口岸。孙师傅把车停在一座褐红色沙丘上，指着那片布满骆驼草的荒滩："瞧，荒滩那边就是国境线。梭梭草和红柳丛里有条小路，边民们经常通过这条小路来往。伊莲娜的妈妈跟着她爸爸，就从那儿越过边境来到中国。"

章明眯起眼睛，看着脚下的旷野。伊犁河在远处闪光，河两岸的树木正萌动绿意，荒滩上的杂草泛出点点浅黄。两只黑头鹳从草丛里飞起，拍着翅膀向国境线那边飞去。他心里涌上了普希金的诗句："鸟儿远远地飞去了，飞过苍茫的大海……"他眼里忽然涌出泪水，心里默念着："一个女孩走了，她去追寻纯洁的世界。"在晶莹的渠水里，她会显得更纯净、更高贵吧？他后悔没把她娇美的身子搂在怀里，好好亲吻一下她那甜润的嘴唇，把她抱上床，脱掉她的衣服，和她做爱。他应该带着她，从梭梭草和红柳丛里钻过去，穿过茂密的白桦林，奔向西伯利亚，去寻找另一个世界。可是现在，这么好的女孩为他白担了污名，在他心里却只留下一个模糊的影子。当他努力去想她的时候，竟想不出她的面容了。要不了多久，戈壁滩里用碎石垒起的坟冢会在风沙中慢慢变平，湮没在无边的荒漠里。

第三章　夜里的事儿和白天的事儿

　　章明扛着一个大包袱，勉强把头翘起来和丽英打招呼。一个小巧的女人跟在他身后。多天的路途奔波加上搭了两天便车，这女人一身蓝褂子蒙着灰沙，满脸疲惫，发梢上沾着黄尘。

　　章明介绍说："这是我爱人李梅。"

　　丽英有点失望。这就是那个被婆婆宠爱的媳妇，章明日夜思念的爱妻？在章明的影子里，她像个结实小巧的山药蛋，矮小，土气，和照片上的精明女孩没法相比。夕阳正向西天沉落，晚霞像锦缎一样从天边漫过头顶，把天山的山崖和沟壑描出闪光的金线。章明和那女人在夕阳的余晖里相跟着往宿舍走。看着他们的背影，丽英心里有点酸酸的不平，他怎么会和这样一个女人结婚，同床共枕，相亲相爱？

　　夜里，当章明搂着这个娇小的女人时，他有一种做梦的感觉，一时分辨不出怀里的女人是谁，他想不起她原来的样子了。五年多里他们写了那么多互相思念的信，说了那么多甜言蜜语，见了面，却感到很陌生。和新婚之夜相比，久别重逢的这个夜晚，不像他想象的那样火热。结婚那天，新房外一群孩子嘀嘀咕咕趴在窗下，两位堂嫂站在门帘外听房。他和李梅穿着贴身衣裤，直挺挺躺在那儿，怕弄出声响，不敢翻身。直到后半夜，他蒙蒙眬眬快要睡着的时候，一只手伸进他的上衣，沿着他的胸脯慢慢向上摸索，他也伸出手，摸到她的脖子和后背。她的腿伸过来，搭在他肚子上，他也伸出腿，把她夹在两腿中间。他闻到了她脸上的气息，他的嘴就凑在了她嘴上。沾着她的嘴唇，他浑身着了火一样发热，刹那陷入迷醉。她的手从他胸前滑下去，一下子就握住了他的好东西。他随着她翻转身子，把她压在身下，接着就听到她从牙齿缝里发出的呻吟。第一次进入很简短，很匆忙，却成为他对她的终生记忆。在离别的五年多里，一想起她，他就会想起她扭动身子配合着他的手让他褪掉她的裤头的情景，那是这个女人最美妙、最可爱的动作。

在这久别重逢的第二个新婚之夜，他们像一对老夫老妻那样冷静。他去打了一盆热水让她洗脚，等她洗完，自己坐下，脱掉鞋袜。她说："水这么脏了，你不换换？"他说："这儿的水可不像咱们老家那么方便，热水都要票。"她洗完脚坐在炕沿边脱衣服，一个一个解外衣扣子，样子很认真，很平静。当他把赤裸的腿插进被子挨着她的时候，她下意识地向旁边缩了一下。印花布小褂儿把她的胸脯箍得紧绷绷的，他挨不到她的皮肉。他说："怎么还穿着这东西？"她说："穿惯了，脱掉不习惯。"他不耐烦地说："蹭着难受。"她在被窝里动着身子把小褂脱下来，褪光了上身，用双手抱着肩膀，蜷起腿，拱在他臂弯里。章明平躺着没脱裤头，李梅也没急着去捞他。她在他胸膛上抚摸着，默默地流下了眼泪。感受到她湿热的泪水和她小巧的乳头，章明把她搂紧了，膝头顶进她的腿裆。"你哭啥呀？""明，这真是你吗？"她扳过他的头，趴在他脸上仔细看着，两手使劲揉搓他的脸颊，"明，我的乖，我的宝贝！"章明很感动，他紧紧搂着她，用他的胸膛挤蹭她的乳房。

这正是库尔喀拉夜短昼长的季节，他们小声说话，然后做爱，再说一会儿话，再做爱，直到下身都感到了疼痛。刚刚蒙眬睡去，天已经亮了。李梅急着起床，章明不让她穿衣服，最后她不得不认真地生了气，光着身子跳下床说："要上班了！你怎么这么浑！"

最初几天，他们一直沉浸在夜晚做爱的感觉里，白天工作的时候也没法摆脱。后来李梅提出了约定，做过两次就老实睡觉，早晨不许纠缠。当她来了例假的时候，她不得不板起脸拒绝他的要求。两人发生了争执，她气愤地指责他，他翻转身不理她。过一会儿他把胳膊搭在她身上，她把他的胳臂甩开，两人怄气到天亮。一连几天，他们互不理睬，谁也不想低头先开口说话。最终虽然和好了，但夜晚的欢愉也不再那么勾魂摄魄，李梅开始抱怨，章明也不再那么贪馋。当每晚减少为一次的时候，做爱慢慢变成了夫妻间的公事，他们从新婚梦境里回到了真实的生活中来，开始了边疆小城的冗繁日子。

单位没为他们分新房，两人一直住在单身宿舍那间屋子里，一天三顿在食堂吃饭。章明下了班等着她，李梅回来也等着他，同去同来，吃完饭一起到水池边去洗碗。后来谁回来早就早吃，谁回来晚就晚吃，不再互相等候，觉得更方便、更随便。这一间房子的小家,只是他们夜晚睡觉、做爱的地方。

五年多之后,章明发现李梅不再是老家小院里那个小媳妇。她和他一样上班,拿工资,他不能再指望她像从前那样什么事都听他的,一心一意伺候他,为他洗脚、擦澡、洗袜子、洗裤头、洗手绢。这个当初怯声怯气来到他家的乡下小妞,现在每天穿着敞领列宁服,像教民似的头上戴着白帽子,神色庄重地走过院子,到医务所去上班。她说话有礼貌,有分寸,做事比他更有主见。最让章明不舒服的是她手里拿着介绍信,到那座被单位职工看作神圣地方的大房子里去转组织关系。当她把介绍信展开给他看的时候,脸上那压抑不住的得意神情让章明不高兴,他毫不客气地说:"不就是个预备党员嘛,在我面前显摆!"李梅瞪大眼睛说:"你这个人怎么这样不讲理?见不得人家上进。""手里拿张纸就不得了了!比我强了!"李梅气得说不出话来,当天晚上不理他,不让他把腿伸到她身上来。

上班的时候他仍然想着她,有了空暇就溜到医务所去看她。她穿着白大褂,戴着大口罩,在病号中间显得很神气。一个熟悉的背影在医务室里晃动,挡住了章明的视线。那是个中等身材的男人,穿着宽大的干部服,脚步沉稳,两手在身后轻轻翘动。看到他,屋里的人都躬下身子,点头和他打招呼。李梅把口罩摘下来挂在脖子上,嘴角咧开,眼里充满笑意:"老耿同志来打针呀?"李梅那乖巧样子让章明吃惊,他不知道她的牙齿这么整齐、这么白,眼睛这么妩媚、好看,一口乡音听起来很逗,不但不显土气，反而把人衬得更可爱。老耿坐在凳子上，把裤子褪下来，露出半个屁股。李梅俯下身，专心专意用蘸过酒精的棉球在那块绽动的肥肉上擦拭，看着他的屁股轻言细语和他说话，一边把针头扎进去。待她把针头拔下来，那家伙转过身看着她说："完了？""完了。""小李子，挺麻利嘛！"

章明转身走了。这天晚上他背转身睡觉，一整夜没挨她。第二天李梅看着他的脸和他说话，他只是"哼、啊"地答应，不抬头，也不转眼。晚上他仍然侧过身不理她。熄了灯，躺了一阵，李梅拿脚踢他、蹬他，扯着他的胳膊把他拽起来。

"跟我说清楚！我哪点儿惹你了？"

章明坠着身子往下躺，李梅扳着他的脖子："今天你非得给我说清楚不可！你究竟想干啥？"

"我想睡觉！"

"不说清楚你不能睡！"

章明垂着头不说话，李梅抱膝陪他坐着。黑暗中，他听见李梅吸鼻子的声音，然后听到她的抽泣。章明心软了，他伸出胳膊搭在她肩上，她摆动着身子不让他搂抱。挣扎了一会儿，她到底还是倒在章明怀里，头抵着他的胸膛嘤嘤哭起来。

"好了，算了。"

"我千里迢迢到你这儿来，你为啥欺负我？"

"这两天我心里不舒坦。"

"不舒坦就拿我出气？"

"我见不得你巴结那个王八蛋。"

"你是吃老耿的醋啊?"李梅扑哧一声笑起来,"我看见你在医务所门口,一转脸不见了,半天是在盯我的梢啊?"

"瞧你那样儿!笑得那么甜,那么会献媚取宠。"

"章明啊章明,怪不得咱妈不放心你!还是这样狗屁不通,什么都不懂。"

章明火起来:"我凭本事干工作,为啥要巴结他?"

李梅在他额上点了一指头:"你呀,真是不知天高地厚!你以为你是谁?在家里发横,在这儿可不行!人家是领导,再有本事,用不用你,还不是领导一句话?"

章明不再说话,他伸出手摸李梅的裤腰。李梅一边用手指点他的额头,一边动着身子把裤衩褪下来。两人立刻像着了魔似的相拥着滚在一起。

老耿没再给宋丽英布置任务,他只是要她经常去汇报思想。可每天观察章明成了丽英的习惯,那张脸、那个身影已经成了她生活的一部分,即使他是别人的丈夫,和别人一起生活,如果不能天天看见他,感受到他的气息,知道他的行踪,她还是感到心神不安。

那个女人调来以后,观察章明的脸成为丽英的乐趣,她能从他脸上知道他和那女人处得咋样,他们前一天晚上是甜蜜还是冷淡,是亲热还是闹了别扭。如果章明走进办公室容光焕发,见了谁都眉开眼笑,丽英就背转脸不和他搭茬儿,心里郁闷、失落。如果他闷声不响,把头埋在账册后发狠地打算盘,她就忍不住想要探究一下,看他们两口子之间发生了什么事儿。她拿着账册、报表走到他桌边,故意找事儿麻烦他,和他争论,横眉竖眼地嗔怪他。和他争吵一阵,她会无缘无故地开心一天。

自从第一次见到李梅,丽英就觉得这女人和章明不是一路人,别看他们不见面时苦苦思念,天天在一起却不一定会幸福。这女人来到库尔喀拉不久,章明的脸上就没有了那种傲慢、自信,脸色像七月里飘荡在天山顶上的云彩,一会儿亮,一会儿暗,让丽英的心情跟着时阴时晴。她因此有点好奇,不知道一个骄傲的男人怎么会在老婆面前慢慢变得平庸、畏缩。

医务所是人来人往的地方,一个刚从口内调来的女人难免会成为人们议论的对象。宋丽英从传言中收集消息,有时忍不住在老耿那儿打探。办公室里没人的时候,她就拿这些消息来取笑章明。

"听说你爱人挺能干,马上要当医务所长了。"

"两个半人,什么所长不所长!"

"两个半人也是个单位,当了所长就和咱们科长平级。"

章明做出轻蔑的样子,咧了一下嘴。

"人家李梅可比你有人缘,见人笑眯眯的,待人热情和气,一口家乡话,谁听见谁乐,才个把月就把医务所弄成了先进单位。车队的司机、科室干部有病没病都往医务所跑,她在单位的名气可比你大多了。"

"身上那股酒精味儿、药味儿,熏死我了。"

"能接近领导呀!老耿说她工作认真,技术精,又是预备党员,听说马上就要提拔了。"

这些话让章明不舒服,看着他脸上那复杂的表情,丽英很开心。

晚上,章明斜眼看着李梅说:"是不是老耿那个王八蛋让你给哄迷了?"

"他不就是去打个针吗?"

"不是要提拔你当所长吗?"

李梅警觉地看着他:"你听谁这么瞎嚼舌头?组织上的事,用得着咱们操心?刚到一个新地方,咱好好工作,搞好同志关系,听领导的话。"

"什么组织组织的,别把你那个预备党员太当回事了。"

李梅脸上露出吃惊:"章明啊章明,你怎么一张嘴就骂人家王八蛋?那是单位领导啊!你这个脾气,到现在还像个小孩子。这些年你一个人在外面,妈和我在家为你担了多少心,你知道吗?个性强,不听话,不巴结人,到哪儿都和领导、同志搞不好关系,能不吃亏吗?"

章明侧过头,梗着脖子:"瞧你那副奴才相!都什么年代了?谁见他都点头哈腰,像见了酋长,我看不惯这一套。"

李梅站起来:"我知道,我的话你听不进去。临离家的时候,咱妈再三嘱咐,叫我多提醒你,叫你不要和领导、同志闹矛盾,遇事多动脑子,少说话,不要乱评论别人。咱妈说的话,你也不听?"

只要她把母亲抬出来,章明就不再和她顶嘴。可他并不服气,头一直挺着,脖子不肯软下来。每当这时候,李梅就像哄孩子似的哄他,用母亲的口气啰啰唆唆数落他,开导他怎样处事,怎样为人。一边说话,一边熄了灯,脱去衣服。章明仰着,李梅侧着。趁说话的工夫,她把手放在他胸膛上。他静静地躺着,然后翻过身把她压在身下。她手里帮他脱裤头,嘴里抱怨着"压死我了!"一做爱,两人又变得亲密,不再提那些不愉快的话题。

有一天,章明发现李梅下班后脸色不对。她回来的时候他已经吃过饭,在水池边洗衣服。他和她打招呼,她没吭声。他原本是要洗自己的衬衫,看见头天晚上李梅脱下的裤头还扔在床上,就顺便拿来一起洗,以为她会夸他两句。可当他把洗好的东西晾在屋门口绳上的时候,她噌噌地窜过来,把裤头拽下来,气恼地说:"这就是你洗的!肥皂沫都没涮掉,就算干净了?"她把裤头拿出去重洗一遍,啪啪在手里甩。

看她脸色不好,章明回到屋里,拿起一本书坐在那儿看。李梅在屋里转着身子收拾东西,拍拍打打,弄出很大的响声。

睡觉的时候,李梅拍着炕沿说:"章明,你过来。"

章明手里拿着书站在她面前。她仰脸看着他，把声音放低，声调放得很平缓："你和那个上海姑娘，是咋回事儿？"

章明盯着她的眼睛，用同样的声调说："你听谁说的？"

"这么大的事儿，你能瞒得住？"

"我没打算瞒你。"

"那你写信为啥不给我说？"

"这有啥值得写信说。"

李梅再次抬起头看着他的脸："那你现在说说，咋回事儿？"

"我和她，什么事儿也没有。"

"你的团籍怎么开除的？为什么叫你下队去跟车劳动？"

章明不说话，他把手里的书狠劲摔在桌上。

等了一阵，李梅仍然用低沉的声调说："咋不说话呀？"

"有什么好说？不就是那帮王八蛋想整人吗？"

"开口就骂人！为啥不想想自己？你不犯贱，会出这种事儿？"

"人家只是想跟我学业务，刚当统计，看不懂报表，拿来找我请教。"

"她为啥不找别人？"

章明噎在那儿说不出话来。

"就在这屋里，是不是？就在这床上？"

章明提高声调说："跟你说过了，人家是来请教报表！你别在这儿胡说八道。"

啪！一个耳光打在章明脸上。他回过头，用凶狠的目光瞪着李梅。他从没见过这女人发威的样子，更没想到她会打他。李梅把床上的被单掀掉，卷成一团，扔在脚下，把被子、枕巾抓起来，扔到门口。

"从今往后别让我看见这些东西！脏了我的眼睛。"

这个晚上，他们一人睡一边。李梅把从老家带来的被子盖在身上，章明裹着他的大衣。

他们没有很快和好。白天，章明把被子、褥子、床单铺好，晚上李梅把它卷起来，最后各摊各的铺，每人占半边炕，夜里谁也不挨谁。

下了班，章明一个人到街上溜达。他很苦恼，事情超出了他的预料，他不知道这局面该怎么收场。他想家了，想念他的母亲了。在家不管出了什么事儿，只要给妈诉说，妈妈都会替他出主意，帮他排解。这件事他没告诉母亲和李梅，既是不想让她们担心，也是觉得不值得说。"我是那样人吗？"在母亲面前，他只用这样一句话就能平息风波，恢复自尊，得到妈妈的信任和安慰。李梅这个乡下妞是母亲一手调教出来的，母亲把她弄到城里，送她去读书，托人为她安排工作，处处指点她。李梅最听母亲的话，他以为她也会像母亲那样通情达理，能被他一句话说服，可现在他明白了，这个小媳妇和从前完全不同了，她不会像妈妈那样无条件地信任他、庇护他。他从没受过这么大的屈辱，没想到李梅敢这样对他，一点也不体谅他在外面受的委屈。他不想向她低头，不想向她诉苦，乞求她，啰啰唆唆向她解释。

他碰上了伊莲娜。李梅到医务所上班以后他就认识她了。她在医务所叫吕莲，章明私下还是叫她伊莲娜。这个女人保留着俄罗斯人的一些特征，眼窝深深的，皮肤白白的，鼻子有点挺，虽然发胖了，但仍能看出年轻时的风韵。听孙师傅说，因为长期在草原跑，她的腿患了风湿，走路不利索，冬天经常请假，风雪天不来上班，在医务所被称作半个人。

因为孙师傅的原因，见到他，伊莲娜总是很亲切。她瞧着章明的脸说："怎么了？章，下了班在街上转，是不是小李子没回家，没人管你呀？"

"我才不管她回不回家呢。"

"没事儿，她开支部会去了哦，小李子是党员嘛。"

"孙师傅出车没有？"

"他昨天才回来，在家呢。"

"我去你家玩玩吧？"

伊莲娜拍一下腿说："走吧，我才做的格瓦斯，好喝得哼（很）。"

章明在孙家喝格瓦斯，吃羊肉串，跟孙师傅学卷莫合烟。

孙师傅把莫合烟说成"模糊烟"，章明觉得这名字挺有意思。那烟丝散发出诱人的香味。他学着孙师傅的样子，把裁好的报纸摊开,撒上烟丝,卷出一个小喇叭,点着了,叼在嘴角,脸上现出一种得意的神情。

"模糊人抽模糊烟嘛。"

"咋样,不赖吧?"

咽味很壮,呛得他喀喀咳。孙师傅斜眼看着他:"在新疆,不会抽模糊烟,算什么尿子男人?好好抽一支,夜里就有劲儿了。我看你这几天没搞事儿吧?脸色灰塌塌的。怎么回事嘛?"

伊莲娜站在一边笑,章明学着慢慢地一口一口抽烟,抽一下,仰起脸把烟雾吐出去。孙师傅板着脸郑重其事地说:"是不是和小李子怄气了?没关系的嘛,晚上好好搞搞就好了。女人嘛,把她搞翻了她才跟你一心嘛。连个女人也搞不翻,就别抽模糊烟了!瞧我们莲娜,我要没本事搞翻她,她肯跟我来?"

伊莲娜把手里的抹布照他脸上扔过去,孙师傅反应很快,头一偏就把它抓住了。伊莲娜嘴里骂着,脸上笑着,孙师傅一本正经地教育章明:"小伙子,光会抽模糊烟搞不翻女人,那是窝囊尿嘛!"

回到宿舍,李梅已经躺下。听她的呼吸声,他知道她还没睡着。他把门插了,脚步坚定地走到炕边,脱掉衣服,掀开她的被子,把光溜溜的身子贴进去。李梅抓住被角不放,章明双手扳着她的身体。经过一番撕扯,她终于松开手,仰面朝天躺着,任他扒掉她的小褂,脱下她的裤头。灯光幽幽照着,她光着身子躺在炕上，像只伸开四肢的青蛙。在柔和的灯光下，这个发育成熟的小女人把所有私处都袒露出来，任章明欣赏。章明怔住了。李梅还从没这样一动不动地把身体展开给他看过，他有点不知所措，心里喊着：搞翻你！他奋力向她攻击，慌忙中好几次没能进入她的身体。李梅把目光从屋顶收回来，冷静地盯着他，不帮忙，也不动弹，任他在她身上折腾。当他最终进入她的时候，她没做出任何反应。章明有点灰心，他心里喊着口号给自己鼓劲儿，可无论怎样用力，李梅还是冷冰冰地看着他，毫无知觉似的一点反应也没有。他不断提醒自己一定要打败这个女人，可越发狠心里越慌，没过多久那不争气的东西就蔫出来，整个人像撒了气的皮球似的瘫软下来。

李梅把他从身上推下去，坐起来，拉过裤头，一边收拾下面，一边慢慢往身上穿。

"现在你美了？"

她沉着、冷静的样子让章明泄气，他垫着双手，仰面看着恍惚的灯光。

"跟那女人咋样，美不美？那是上海造啊。"

"怎么又说这话？不是跟你说过了嘛，根本不是那么回事儿！"

"那是咋回事儿？"

等了一会儿，看他不说话，她说："你写的检查我都看过了。"

章明坐起来，愤怒地瞪大眼睛："狗屁检查！你相信它？你相信那是真的？"

"检查是你自己写的呀。那女的没写，她为你殉情，跳了渠，是吧？"

章明跳起来："我希望你不要再污辱一个死去的人，好不好？我现在就去找那个王八蛋。是他威胁我！我不承认，他不批准你的调令，我的检查也过不了关。知道吗？"

李梅侧过脸看着他，她保持着平静的态度，不提高声调："章明，看看你把自己糟践到啥地步了？为了过关？为了调令？把没有的事儿说有？欺骗组织，反过来说组织威胁你？你的话还有人信吗？"

"那个王八蛋能代表组织吗？"

"你再随便骂人，我现在就跟你离婚。"

"好啊，离吧！你是党员，我是落后分子，别让我拖了你的后腿。"

"章明——"李梅穿好了衣服，把门拉开，又把它关上，她满脸煞白，眼泪从瞪圆的眼睛里滚出来，"咱妈辛辛苦苦把你拉扯大，供你上学读书，指望你为她争光，可你！就这样报答她？你真愿意离婚？我这才来几个月咱们就离婚，这事儿叫我咋给咱妈说？把你这些烂事儿都给妈说说？"

一提到母亲，章明垂下了头，鼻子也开始发酸。

他又到孙师傅那儿去。孙师傅出车了，伊莲娜给他切了一个瓜："这是老孙在巴彦布淖买的伽师瓜，甜得哼（很）。"

"我想抽支模糊烟。"

他抽着烟，伊莲娜看着他："把小李子哄好了？"

"她给你说什么了？"

"我看她在班上挺开心的，跟病号们有说有笑的嘛。"

章明觉得很失落。李梅真的不是当年那个小媳妇了。那时候，因为母亲的一个脸色，她会夜里蒙着被子悄悄哭。现在，她比自己强。

章明决心不当这个窝囊厮，在此后的日子里，他认真对待每个夜晚。为了不看她那冷淡的眼神，他不再和她亮着灯做爱。为了显示成熟和自信，扒她的小褂和裤头的时候，他努力表现出野蛮、利索，进入的时候，不再那样莽撞、猛烈。他把握好自己，沉着耐心，不管她有没有反应，只管按自己的节奏进行，尽量延长折腾她的时间。直到有一天，她嘟囔着推搡他说："你也不嫌烦！"

她先开口说话，章明觉得自己取得了胜利，第二天在办公室就显得轻松多了。

在很长一段时间里，他每晚都保持这种方式和她做爱，李梅也平静地接受。遇到特殊日子，她说一句"今天不行"，章明就翻身睡去，不和她纠缠。白天他们各上各的班，各吃各的饭，发了工资，各拿各的钱。尽管还是很少交谈，但章明的自信恢复了不少，不再在意她的脸色。

这一切都逃不过宋丽英的眼睛。有一天下班后她故意磨蹭了一会儿，等章明收拾好桌上的东西转身往外走的时候她凑过去说："这一阵子下了班怎么老往外跑啊？"

章明抬眼瞥她一下。

"我还欠你一顿饭呢，啥时候请你吃？"看他不冷不热站在那儿，宋丽英降低声音，用体贴的语气说，"看你心情不好，一直没敢开口。"

这话打动了章明，他脸上露出犹豫不决的神色。

"咱们到西关去吃冷面吧，那儿的酸梅汤好喝，还有俄罗斯小烤肠。"

临出门的时候，她回头玩笑似的说："要不要跟你那位请假？"

章明睖了她一眼。

走到街上，章明说："咱们找个汉民饭店吧，我想喝点酒。"

他们找了一个汉族小店，章明买了卤菜，打了散装白干酒，丽英要了一瓶汽水。

章明闷头喝了一阵说："她看到我的检查了。"

"我知道，是老耿让她看的。"

"这个……"章明把骂人的话咽下去，愤愤地说，"他为什么要破坏别人的家庭？"

"你那位不是要转正嘛，组织上给她交底，要她把什么事儿都认识清楚。"

章明长叹了一声："害死了一个人，还不够？"

那个瞬间，宋丽英真想把过去的事儿讲给他听听，不管怎么说，事儿是她引起的，她没想到会变成这样。

"章，这样的事儿，哪个女人能不计较？"

章明抬起头，眼里射出凶巴巴的光，把丽英吓住了："你也相信那是真的？"

"我是说你要想开点，章。"

章明眼睛里闪出了泪光："我受了冤枉，忍受着家属的污辱，你还叫我想开点？"

他仰起脸狠喝了一口，把酒杯蹾放在桌面上。宋丽英看出他并不怎么会喝酒，她把手伸过去，轻轻触碰他的手背，眼睛里满含着怜惜："章，我知道，这事儿对你有点……我相信你和那女的……我相信你的检查是胡说。可那时候在那样情况下，谁也没办法，是不是？"停了一下，她说，"眼下大鸣大放，给领导提意见，你这个脾气……"

章明哈哈笑起来，眼里带几分酒意，提高声调打断她说："你怕我会贴那个姓耿的大字报？滚他的吧！好鞋不踏狗屎！这是小时候我母亲教育我的话。那帮小人，值得我去费心思跟他们纠缠？"

丽英捧起章明的大手,在他厚厚的手掌上抹了一把:"章!跟你那位好好解释解释,过一阵就好了。大鸣大放开始了……"她本想说"你要留神点",可最终只说了一句:"你要忍一忍,别冲动。"

丽英的举动让章明意外,她自己好像也很吃惊。没喝酒,怎么会有点醉意?是章明脸上那孩子气的骄横表情让丽英忍不住想要抚爱他吧。她早想摸摸他的手,一直不敢放肆。摸他的手,感受他手背上那些青筋的弹性和温热,她感到很愉悦,很满足,心里生出更多的怜爱。

丽英摸他的手时,一股暖流从他手上传到心里。他第一次认真看她的脸,发现这张脸很年轻,由于幼稚单纯,显得很滋润,很明净。单位这几天开始帮助领导整风,每天学习,发动大家写大字报,大鸣大放。丽英的关心让章明感动,他大咧咧地说:"咱们只管整账,啥闲事也不管。"他不知道,老耿和宋丽英已经谈过话,要她重新注意章明的言行。

晚上躺下以后,李梅头一次打破惯例主动和他说话。

"大鸣大放,你打算鸣啥?"

章明干脆地回答说:"不是向你们提意见吗?我没意见!"

"我给你说正经事儿呢!"

"我知道。我只管记账、结账,运动的事不关心。"

"记住了!管好你的嘴。"

"咱妈给你下指示了？"

李梅严厉地说："吃过亏了，该长点记性了！"

他想说，你才出来几天？经过几场运动？可他不想刺激她。除了上班，夜里的事儿就是他的全部生活，个把月努力，好不容易恢复了平静，他不想破坏这间屋里的气氛。从心里说，章明对大鸣大放真的没什么兴趣。犯过两次错误，报纸上的文章已经不能激起他的热情。每天学习，念文件，读报纸，叫人厌烦。他一边听，一边心里嘲弄："什么民主啊，除三害啊，帮助整风啊，全是骗人的鬼话！"院里大字报贴了不少，他连看一眼也懒得看："鸣放食堂！为什么早晨的糊糊那么稀？中午的洋芋那么小？菜里有苍蝇……""鸣放开水房！晚上没人值班，锅炉熄火早，司机回来打不到热水。能不能取消热水票？……"后来是四川人和甘肃人打嘴仗，都什么玩意儿，值得花工夫去看它？

可这些话他不想对她说，他对付她的办法就是翻身爬到她身上，把她光溜溜的大腿扳开。在他俯身下去的时候，李梅用手抵着他的胸脯说："以后少往老孙家去。""为什么？""叫你少去，就是少去。"不等她把话说完，他就进入她的身体，开始了他的作业。

起初章明对她的话并不在意，后来听说孙师傅挨了打受了伤，他决定去看看。

孙家屋里屋外站了几个甘肃老乡，伊莲娜两手插在围裙里和他们说话。

"咋回事嘛?"

"狗日的川棒子找事儿。"

章明知道车队里的甘肃人和四川人经常闹矛盾,为一件小事、一句话吵嘴打架,大鸣大放开始以后,两派互相贴大字报,在单位里闹得很凶。他没想到孙师傅会牵连进去。在章明眼里,孙师傅是个很老到的人。他说话粗,脾气倔,可做事、说话心里很有数,虽然他也看重乡情,却从没听他议论过老乡之间的事。

孙师傅歪在屋里炕上。章明问:"好点了吗?"他点点头。章明没问事情经过,他讨厌这种琐琐碎碎的事儿,压根儿瞧不起这种互相找茬儿的鸣放。

伊莲娜跟在他身后走进来,嘴里不停唠叨:"我们老孙啥时候管过这些日鬼事?他在食堂里买了馍馍往外走,几个老乡手里提着秤,把他的馍馍拿过去当着大家的面称,狗日的几个川棒子闯过来,嘴里骂着,动手就打!"她啰唆了半天章明才听明白,甘肃人说食堂司务长贪污粮食,给大家的馍馍分量不够,司务长是四川人,一群四川人护着他。碰上吴天玉较真儿,当着大家的面把孙师傅刚买的馒头拿来过秤,两帮人争吵起来,把孙师傅给打伤了。

晚上,李梅问他:"你到老孙家去了?"

"那是我下队劳动的师傅,对我一直很好,他受伤了,我能不去看看?"

"我警告过你,你当耳旁风?惹了事儿别怪我!"

"他们那些破事儿我又没掺和,咋了?不能去看他呀?莫名其妙!"

李梅在他腿上拍了一巴掌:"事儿没那么简单,不听话,你早晚还会吃亏!"

章明翻过身把她压在身下,不让她继续啰唆。当他动手扒她的裤衩时,李梅说:"你就会这一套!"

"这一套就够用了,你怎么不拿点新鲜的出来?"

上班的时候,他看见宋丽英在院里仰着脸认真看大字报,手里拿着笔和本子,一边看一边抄。他好奇地走过去,看看墙上的大字报,再看看她手里的本子。

"这干吗呀?"

宋丽英没吭声。

"这东西还用抄?"

宋丽英专心看大字报,嘴里默念着。章明随着她的目光,耐心看了半天,总算弄清楚了川甘两帮人是怎么闹起来的。

"这大字报值得抄吗?"

丽英回头看了他一眼:"领导叫抄,有领导的用意。你别乱插嘴。"

听说是领导安排,章明鄙夷不屑地斜眼看着她:"别辜负领导信任,好好干。"

"李梅是大鸣大放宣传组组长，回家虚心跟她学去！"

章明看了看她的脸。干这样无聊的活儿，还这么一本正经！他有点幸灾乐祸，故意吹着口哨从她身边走过去。

晚上，他和李梅并排平躺着："我看川帮的人不讲理，硬把小事儿闹大，上纲。"

李梅坐起来，扭头看着他。

"他们那么气盛，不就因为背后有老耿这个四川老乡撑腰吗？"

"你可不能瞎说啊！"

"李学典贴大字报，说组长刘义欺压他们甘肃人，扣他们的出车补助，吴天玉揭发司务长贪污，那帮人就给人家扣帽子，说他们搞宗派，煽动闹事儿，把孙师傅也牵连进来。这算什么屁子的大鸣大放？你们不是号召给领导提意见吗？大意见没人提，鸡毛蒜皮的小意见用得着扣这么大帽子？快成了反党分子了。"

"章明，我再次警告你，这事儿跟咱没关系，你别乱插嘴！"

"好了，好了，把你那一套收起来吧，我才不管这些闲事呢。有工夫抽顿模糊烟也比看这些无聊大字报强。"他开始脱自己的裤头，然后把手伸到李梅腰里，"干咱们的正经事儿，行吧。"

李梅扳着他的手说："看把你惯的！越来越上脸了。"

章明觉得他已经把这女人看透，只要他把夜里的事儿干好，屋里的气氛就不会紧张，李梅对他就会好点。孙师傅的话一点不错，一个男人，只有把女人搞翻，她才会和你贴心。他不知道，这也正是李梅的心思。单位里大鸣大放越来越热闹，李梅希望他把心思都用在夜里的事儿上，免得在外面惹麻烦。夜里的事儿是她手里的绳子，夜里的事儿能牵着男人，让他听话，少为外面的事操心。

这天夜里，他把李梅的身子揽起来说："我今天写大字报了。科长批评我，说运动搞了这么多天，我连一张大字报也不写，是不是对她有意见，有抵触情绪啊？"看到李梅脸上紧张的表情，他憋住笑说："知道我写的啥吗？——我写了一首快板诗。读给你听听？"

他板起脸，做出一副严肃的样子，把大字报背给她听：

"向四害开火！苍蝇苍蝇，心黑头红，浑身细菌，满腹蛆虫。蚊子蚊子，咬你无情，嗡嗡鸣叫，不嫌血腥。老鼠老鼠，到处打洞，吃我粮食，传我疾病。麻雀麻雀，飞来落定，落定吃完，害我苍生。三害四害，祸害无穷，人人动手，消灭干净！中华大地，永保安宁！"

他得意地看着李梅的脸说："咋样？"

李梅琢磨了半天："那麻雀的几句听着很可笑。"

"可笑吧？这是我跟普希金学的。'蝗虫飞呀飞，飞来就落定，落定一切都吃完，从此一去无影踪。'这是普希金的诗。普希金讽刺沙皇贪官像蝗虫,到处祸害百姓。"

李梅立刻绷紧脸说:"这话可不能对别人说。"

"我跟谁说去?对牛弹琴?谁知道普希金是谁?谁读普希金的诗?"

李梅哼了一声:"别以为就你聪明!天下能人多的是。"

今天她也写了一张大字报,贴在食堂前面的大字报栏里,比章明的大字报高明多了。

向不守医疗纪律的行为开炮!

咱们单位有的领导,患了病不去按时打针,你问他,他说工作忙,忘记了。这种不遵守医疗纪律的行为应当改正!一个领导干部,你的身体不是个人的,你的身体属于人民,属于革命。没有一个健康的身体,怎么去工作?怎么去领导一个单位的革命事业?希望这样的同志深刻反省,认真改正。工作再忙,再累,也要记住按时服药,按时打针。爱惜自己的身体,就是爱护革命事业。

她以为章明看了大字报晚上一定会讽刺挖苦她,可章明在床上没提这回事儿。这证明他没看大字报,对大字报真的不感兴趣。这让李梅放心多了。她露出少有的温柔,斜眼看着他,动着身子向下褪裤头。章明知道这是李梅对他在运动中的表现表示满意,想要奖励他。他故意仰起头说:"我今天不方便。你这党员怕我提意见，想拉拢我呀？"

李梅拿手在他脸上拧了一把："滋的你！逞脸了！"

单位的饭厅是干打垒土墙、苇秆屋顶的大棚子，棚子深处是伙房，开着一溜卖饭窗口。大鸣大放开始后，饭厅所有墙上都贴满了大字报，门外栽起一排木桩，钉起席子，成了大字报专栏。自从四川人和甘肃人打起嘴仗，饭厅内外的气氛就一直很热烈，看热闹的人，辩论的人，贴大字报的人，乱哄哄的。

章明一手端饭碗，一手端菜钵，嘴里喊着"借光，借光"，从窗口那儿向外走。饭厅门口响起一片吵嚷声，他看见孙师傅被一群人推拥着走进来，把饭厅堵得严严实实。他把饭菜搁在就近的桌子上，站在人群外观望。

"孙达成，你为什么挑拨我们川甘阶级弟兄，破坏工人阶级团结？"

"叫他说说！为什么对人民政权这么仇恨？"

"为什么对我们人民民主专政这么仇恨？"

在一片喊叫声里，孙师傅没法说话。人们越喊越激动，人群像潮水一样朝他身上涌。

孙师傅大声喊："这算什么屌子辩论会！不让人说话？"

"这个国民党残渣余孽还敢骂人！"

"辩论他！好好辩论他！"

喊叫声一浪高过一浪，孙师傅被人们推来推去。伊莲娜从人群背后钻出来,张开双手,大声喊叫,替孙师傅遮挡。人群更加激愤了,胳膊、拳头一波一波向她身上冲,伊莲娜和孙师傅像被击打的排球一样在人群里滚来滚去。

章明不知道自己是怎样跳上桌子的,饭菜在他脚边晃了几下,他已经站在桌面上。起初他没打算说话,看到伊莲娜被推倒在地,又被人架起来向上扔,他挥舞胳膊,对着动荡的人头和脊背喊:

"喂——同志们——同志们!不要打人!大辩论不要打人嘛!"

他的声音被骚乱的人声淹没,一群人回过头来,盯着这个站在桌上的人。

他提高声音喊:"辩论会不要打人嘛——"

有人喝问:"你是谁?"

人群安静了一刹那,人们不再推打,全都回过头来。

孙师傅趁势躺下去,大声喊:"我的腰打坏了,站不起来了!有本事把我打死吧!"伊莲娜扑过去,抱着孙师傅大喊:"狗日的尿!有本事把我也打死吧!"

趁着混乱,章明从桌上跳下来,端起饭菜向人丛里挤。他一路喊着"油,油!"在人缝里躲闪着,左冲右突往外走。

有人在背后喊:"那小子,他是谁?——替国民党、白俄残渣说话——"

"他是会计科那个小流氓——"

他钻出饭厅,飞快向宿舍奔。回到屋里,手里的饭菜已经泼撒了一大半。他坐在方凳上喘口气,自嘲地笑了笑,喃喃地背了一句不知是谁的诗句:"让大海喧嚣吧,小船落下了风帆……"

看着剩下的饭菜,他一点胃口也没有。他站起身,把它倒在水池里,放水冲下去。然后到街上去买了一个馕,泡上茶,掰开来,蘸着茶水,一边吃,一边给母亲写信:

妈,好久没给您老写信了,您的身体还好吧?小弟的学习好吧?我和李梅在这儿一切都好,请妈不要挂念……

本来他想给妈诉一下这些天的苦恼:大鸣大放,单位里的正常工作都被打乱了,今天中午,车队两帮人搞辩论,推人,打人,我忍不住站出来说了几句话,不知道会不会惹出什么事儿来?妈,我不想惹麻烦,可那会儿我没把持住。不知道这狗屁运动啥时候是个头儿?最后会有什么结果?

可是,他把诉说的愿望压下去,只写了下面这些话:

妈,我们这儿夏天很凉爽,瓜果非常好。这边的风景好得很啊,我还一直没机会出去跑跑呢。我想和李梅到那拉提草原去玩,到哈萨克老乡的帐篷里住几天,可是单位太忙,她也太忙,今年恐怕不行了。李梅来的时间不长,在单位已经成了红人。她混得比我强。明年弟弟高中毕业,考完大学,您和他一起来,咱们到艾比湖、赛里木湖去玩。妈,孩儿离开您出来读书,转眼六年了,最近特别想念您,梦里常听见您在院里咳嗽。希望您老人家保重身体,明年我给您寄钱,您来玩……

章明的眼窝有点湿润,想念妈妈、想念家乡的感情更强烈。写完看了一遍,他擦着火柴把它烧掉了。这些年,这样的事经常发生。在非常想家的时候,他给妈写信,写完自己默看一遍,就算和妈说过话了,为了不让母亲挂念,他把信烧掉了。按照母亲的说法,烧掉的香褾、纸钱、信笺都献给了神灵,他们会把你的心意带到远方。

夜里李梅回来得很晚,章明快要睡着了,被她端盆子倒水的声音惊醒。她坐在小凳上,脚在水盆里发出咯吱咯吱的声音,动作很大,侧影一晃一晃。章明闭上眼,装作已经睡熟。她在他旁边另铺一个被窝,一声不吭地钻进去。拉灭灯后,李梅不理他,他也不理她。过了很久,李梅气呼呼地说:"你为啥那么贱?为啥把交代你的话当耳旁风?"

章明不吭声,装作没睡醒。

"自己打着摆子还给别人治伤寒,你以为你是谁?别人躲都躲不及,你自己往火里跳!没看看自己什么身份?"

章明憋不住了:"我什么身份?你说我什么身份?"

李梅忽地一下坐起来:"章明!到现在你还这么骄傲,还把自己看得那么高!看看你走出学校这几年的历史吧,在省厅犯了错误,下放到这儿,又乱搞男女关系,被开除了团籍,下放劳动,现在还支持坏分子,阻挠大辩论。你那档案比谁都厚,里面都装了些啥,你知道吗?把个人的历史抹得这么黑,还自以为了不起!都是咱妈从小把你惯坏了,你才这么糊涂啊。"李梅激动得涨红了脸,痛心疾首,流下了眼泪:"小商人小地主家庭让你沾染了这么多坏习气,你自己一点都不知道?在家没人管教,在单位不服从领导,不接受组织教育,栽进稀泥沟里叫你后悔一辈子!你知道不知道?"

李梅把母亲扯出来,让章明很恼火,他把身上的被子掀开,竖起了眉毛:"别忘了,是我这个小商人小地主家庭让你上学读书,给你找工作,你才有今天!现在你看我一片漆黑,那是因为你变了!你会巴结领导,会混人,会见风使舵。你看我的眼睛变了。那帮人不讲理,把辩论会开成推打会,仗着人多势众,打一个女人。要是我妈在这儿,她看见这场面,一定会上前和他们论理,我妈从不怕恶人……"章明突然哽咽起来,眼泪涌满了眼眶,他为自己的软弱胆小感到羞耻。

李梅也哭了。她呜咽地说:"我知道妈的好处,我啥时候都没忘记她老人家的恩情。我管你,不让你惹事,就是要对得起妈。你出了啥事儿,叫我咋向妈交代?"

章明垂下了头。饭厅里的事让他烦恼,可他并不后悔:"看着孙师傅、伊莲娜挨打,我一声不吭,我还算个人吗?"

李梅走下床,到脸盆那儿擦了擦脸,把湿毛巾递给章明。

"你呀你!他的那些甘肃老乡看风头不对,这几天都不出头了,咋轮到你管呐?章明,我跟你说,我党员转正的事儿到了关键时候,组织正考验我,妈和弟弟都在看着咱,咱得争口气呀,章明。咱不能辜负妈多年的苦心。算我求你了,别再给我惹事儿好不好?"

两人不再争吵,但这天夜里他们谁也没心思做爱。章明这么长时间的功课这个晚上就半途而废了。

正是月末时候,章明的活儿很忙。章明喜欢月末。埋头在账册、报表、单据里,手里噼里啪啦打算盘,听着算珠像流水一般清脆悦耳的声音,他有种自满自得的快乐。这些日子机关里一直是半日制,上午工作,下午学习,他必须在半天时间里把月结做出来,整个上午都在紧张忙碌,小肚子憋得发胀也没空去厕所。他沉醉在数字和算珠的响声里,没注意办公室里气氛的变化。直到别人都拿上碗去吃饭的时候,宋丽英从他桌边走过,撞在桌角上,把他面前的账册撞倒,他才抬起头。宋丽英的表情怪怪的,让章明奇怪,他冲她咧嘴笑一下,刚想开口说话,她转身走了。当他把账册收拾起来时,丽英回头看了他一眼,眼神像生气,又像警告,让他心里生出疑惑。

别人已经吃完了饭,他才把手头的活儿干完。拿上碗筷,走出办公室，离饭厅很远，就看见大字报栏前围聚了很多人。他走过去，从人头和肩膀的缝隙里往里看。这是几张新贴的大字报，糨糊还没干。一共有三篇文章，第一篇的标题很醒目，字很大。

请看小流氓章明怎样向党进攻

昨天，在车队职工辩论会上，一个真正的反革命分子跳出来了，他就是会计科有名的小流氓章明！别看他年纪不大，可是一个反党老手。大家都知道他是为什么从省厅下放到我们运输公司的……

大字报把章明的家庭出身，他在省厅组织反革命小集团红山文学社，在肃反运动中为反革命分子说话，受到批判，下放库尔喀拉，在库城勾引女青年，道德败坏，泄露国家机密，被开除团籍，下放劳动这些事儿全都抖出来。这些内容没超出章明的想象，夜里李梅当着他的面说过了，虽然刺激人，让人气愤，可都是发生过的事。让章明吃惊和意外的是后面两篇。

第二篇大字报的标题让他的头轰的一声，像挨了炸雷——"请看章明、孙达成的反革命联盟"：

我是孙达成的老乡，六月三号那天，我到孙达成家去，看见章明、孙达成在孙达成的卧室里密谋，这个章明，受过两次处分，心里牢骚不满，和孙达成结成了……

他找了一下大字报的署名，写这张大字报的人是吴天玉。他想了一阵，想起了这个人，忍不住骂出了声："混蛋，真混蛋！"当初不就是他贴大字报揭发司务长贪污，又在饭厅里截住孙师傅，把他手里的馒头拿去过秤吗？现在这个人怎么又站出来揭发孙师傅？两人虽然照过一面，可我并不认识他，与他无冤无仇，他为什么要诬陷我？人怎么可以这样卑鄙？

第三篇大字报的标题是"同志们看看，章明这个小反革命是怎样借着苍蝇蚊子影射攻击我们党的领导的"。大字报把他的四言诗抄在下面，做了圈点批注。"'心黑头红'，'咬你无情'，'不嫌血腥'，'害我苍生'这是在咒骂谁？大家不是看得很清楚吗……"

章明拨开人群，走过去，唰，唰，把大字报撕下来，转过身，挥着手里的碎纸说："同志们！我就是章明！大鸣大放，帮助党整风，这是中央文件，大家都学习过！造谣、诽谤，陷害别人，搞人身攻击，污辱个人人格，这算什么鸣放？这算帮助党整风？我要控诉这些人！谁找我辩论，请到会计科来。辩论是讲理，不是打人！我们都是中华人民共和国的公民，谁也不能侵犯人权！"

这个年轻人满脸正义，眼睛里的高傲和自信把围观的人群镇住了。他把胳臂高高举起，一扬手，大字报碎纸像彩带一样飘落下来。围观的人纷纷给他让路，他面带微笑，昂首挺胸地从众人面前走过去。

晚上,他读了一会儿书就铺床脱衣。临躺下时,他脑子里跳出一句话:"是风是雨打门里来!"这是母亲爱说的话。遇上什么烦恼纠结的事情,母亲就用这句话安慰家人,它能让人一下子变得轻松,把一切都看得无所谓。反正已经发泄完了,心里舒服多了。

他睡下的时候李梅还没回来。他没插门,起初还操心听着,后来就睡着了。第二天早晨醒来,看见身边空着,没插锁的门仍然没有插锁,看来李梅一夜没回。

章明坐在床边想了想,自言自语地说:"这样也好。"

章明撕大字报那会儿,宋丽英站在他身后不远的地方。老耿给她布置了新任务,让她继续注意章明的言行,把涉及他的大字报抄下来。

晚上,老耿通知她到办公室去。丽英走进去的时候,老耿坐在桌子后面,没有抬眼看她,也没点头让她坐。她站在桌前,手里拿着笔记本。

"他把大字报撕了?"

"他说那是造谣污蔑。"

"他还当众发表了演讲?"

"他说是个人攻击。"

老耿从鼻子里"嗤"了一声,然后严厉地瞪着她:"你为什么不来汇报?"

"会计科月结,我走不开。"

这个理由让老耿的脸色缓和了些,他说话的口气还是很生硬:"把今天的情况写个汇报给我。"

在她转身要走的时候,老耿说:"宋丽英,运动到了关键时刻,希望你把握好自己。这是你接受组织考验的时候。"

从进来到出去,丽英一直没敢正眼看老耿。会计科月结只是个借口,她迟迟没来,是因为章明的举动让她震动,她心里很乱,不知道该怎样向组织汇报。章明那一刻的形象深深印在她脑海里。这个被激怒的青年一旦豁出去,就显得勇敢,刚强,英气勃勃。在正午的阳光下,他额头宽阔,面颊明亮,眼睛炯炯发光。这个平时斯文礼貌、只会对人腼腆微笑的男人,原来还有这样的豪气。丽英又赞佩又担忧,两种心情搅在一起,把她的心搅疼了。

第二天,丽英看到饭厅里贴出一篇文采飞扬的文章,大标题是《十问章明》,署名"群声",写了六张红纸。第一张是大辩论领导小组的按语:"昨天发生了有人公开撕毁大字报的事件,群声同志对撕毁大字报的同志提出了批评,这对端正运动的方向,引导正确的舆论,很有好处,特推荐给大家……"

这张大字报像是动员令,单位里一夜间冒出无数才子,纷纷上阵,写出各色各样的文章,争先恐后地崭露自己的才华。有严肃的批判,尖酸的讽刺诗,俏皮的快板、顺口溜,有工整的对联,奇妙的回文诗,还有逗人发笑的漫画,把饭厅里外的大字报栏贴得满满的,各种标题五花八门:《抓住狐狸的尾巴!》《揭开小反共老手的画皮》《打退反革命右派的猖狂进攻》《决不允许反革命右派翻天》……宋丽英的眼睛看花了,手抄疼了,指头累得伸不直。一个人实在忙不过来,她向老耿申请,要了两个刚从专科学校分配来的毕业生。她带着两个年轻人抄墙上的大字报,章明背手站在人群里,仰脸默念那些五花八门的文章。铺天盖地的大字报没让他震惊,也没让他愤怒,他神色平静,没去撕,也没露出不平。念一阵,从背后拿出一个小本子,在上面记点什么。

两天后,单位里出现了运动以来最长的大字报,宋丽英得到通知,到饭厅去抄写。标题是《请问群声同志:为什么要以人类的美德为敌?》。这篇文章写了三十五张大红纸,在"章明"的署名下特意加了一个括号——"(真名实姓)"。它把饭厅前的大字报栏贴满,又在背面拐了一个弯。这大字报轰动了小小库城,吸引了单位内外的人去观看。不少人拿着纸笔,一边看一边抄。抄写这些大字报,宋丽英的心经受了有生以来最大的冲击。想不到这个不爱说话、穿着讲究、打起算盘就入迷的小会计,心里装着这么多与众不同的奇特想法,写起文章来这么慷慨激昂。

群声同志质问我的出身,问我为什么不能与家庭划清界限?那是因为你没有经历过从小失去父亲的悲痛,不知道一个孤寡母亲向街坊赊欠孝布埋葬父亲的艰难。为了把四个孩子养大，我的母亲起早贪黑，没明没夜干活，她靠着诚信、勤劳，把一个小店经营成县城有名的商号，使我们姐弟有吃有穿，不受饥寒，个个读书成才，成为革命队伍的一员。她为我们的革命事业输送了六位干部，其中四位共产党员。在我的家乡，她是一位受街坊邻里尊敬的人民代表。这样的母亲，难道我不应当爱她，不应当为她骄傲吗？你为什么要污辱一个善良、正直、刚强的母亲？玷污我对母亲、对家人的爱心？难道这爱心是你的敌人？你不是人生父母养的吗？

写陈招娣的一段文字让丽英又嫉妒又痛心：

群声同志，请看看吧，一个纯洁上进的女青年是怎样被你们丑恶肮脏的手抹黑，不得不以自杀来证明自己的清白，现在你还要继续污辱一个无辜的灵魂，你的天良何在？

你了解孙达成吗？他为了爱情逃出家乡，为生计所迫，投入马步芳的部队，群声同志不要忘记，他是起义投诚的解放战士，复员退伍军人，他现在是工人阶级，不是什么残渣余孽！伊莲娜的母亲为了爱情，跟随她父亲越过边境到中国来，你明明知道她和白俄没有任何关系，为什么要把美好的东西抹黑，再把它当作敌人？

群声同志！文学是洪水猛兽吗？爱好文学，读书、写作，就是反革命吗？亲情，友情，爱情，人与人互相友爱、互相帮助，是罪恶吗？难道像你这样的革命者只需要暴力、仇恨，不需要文学，不需要人类几千年的文明，一定要以一切美好的东西为敌？一定要把人类的美德抹脏，再把它变成敌人？

大字报抄本每天都要送给老耿看。丽英把这篇文章抄写了两份，一份上交，一份留下，拿回宿舍一遍又一遍地读，读到动情处，忍不住流下了眼泪。

她去送抄本的时候，李梅正坐在老耿对面的方凳上。看见丽英进来，她用手绢把眼窝擦了擦，抬起红红的眼睛向她点头。宋丽英没正眼看她，她径直走到桌边，把抄本放在老耿面前。

李梅走后，老耿把一份材料拿起来，递给她看。

敬爱的老耿同志、公司党总支：

　　章明已经走到人民的对立面，这是他的阶级立场决定的。作为一个共产党员，我向党表明自己的决心：我要与章明划清界限，从即日起与章明离婚，结束夫妻关系。我要站在人民的立场，和广大干部职工一起对他的反动言行进行彻底的揭发批判，我要以实际行动投入战斗，坚决打退他这个右派分子的猖狂进攻，保卫我们的党，保卫我们的人民政权和人民民主专政。

　　　　　　　　　　　　　　　车队三支部预备党员李梅

她知道老耿一直用锐利的目光盯着她,可她不像从前那样害怕。那张纸很薄,她把它放回桌上时,它在桌面上打了一个飘。老耿脸上露出不满的神色。他看着宋丽英的脸说:

"你对章明的大字报有什么看法?"

丽英抬起眼睛,做出一副幼稚无知的样子:"我抄得手都麻了,还没来得及看呢。"

老耿郑重其事地把那张纸拿起来,在两手之间展开,抖动着:"看看人家李梅同志,态度鲜明,立场坚定!"

丽英垂下眼睑没说话。

"回去好好想想,这是大是大非问题,关键时候不能马虎。不要忘了你是支部的培养对象。"

对章明的辩论会从上午一直开到深夜。这次辩论会开得像模像样,没有吵嚷起哄,没有围攻推打。

章明坐在台子一角,面前放一张桌子,桌上放着蘸笔、墨水和稿纸。发言人逐个上台,站在麦克风前念准备好的稿子。有时候发言人点名要章明回答质问,章明就在原地站起来回答。丽英的心情随着辩论起伏。听到污辱人的话她很气愤,听到污蔑攻击她会冷冷发笑,听到尖锐的提问她又很紧张。从上午到下午,她对章明的表现很满意,别看他平时不爱说话,可每次发言都很精彩,不但能说到点子上,还很文明,一句脏话也不说,一个脏词儿也不带。她满心为他高兴,深深为他自豪。

辩论的高潮出现在晚上。一个娇小的女人手里拿着一摞东西走上台，吸引了全场的目光，会场里顿时鸦雀无声。

"同志们，我是车队三支部的李梅，在医务所工作。我原是章明的爱人，现在我要和他划清界线限，把他的反动言行揭发出来……"

李梅用掺杂着乡音的西北普通话念她的讲稿，眼睛一直没看台下。听着她的发言，丽英的牙齿在腮帮里磨动。她紧盯着那张被激动扭歪的脸，看着那两片飞快翻动的嘴唇在脸颊上跳动。过一会儿，再偷眼看看台角坐着的章明。从李梅走上台的那一刻起，章明的脸变得惨白，会场的气氛也变得紧张，宋丽英的胸口一阵阵发紧。

"我十四岁和他订婚，十五岁被接到他家。名义上是让我进城读书，实际是他家缺少人手，我到他家就是做童养媳。不光要照顾章明，照顾他弟弟，还要照顾他那个奸商妈妈，早晨给她倒尿罐，端洗脸水，晚上给她铺床、叠被，熬药，拿烟袋……"

丽英看见章明的手和腿开始抖颤，腮帮上的咬肌绷紧，整个脸扭歪了。她知道这些话击中了他心里最软弱的地方，她怕他会暴跳起来。她在心里暗暗说："章明，你要挺住！挺住啊！"在最初的打击之后，章明的手慢慢平静下来，不再抖动，嘴角露出了轻蔑的微笑。

李梅把章明私下说的牢骚话、反动话一条条揭发出来，用革命道理分析、批判。这女人的口才不错，理论水平也很高，当她把那首四言诗的来历讲出来的时候,会场里一片哗然。

"那天晚上他把普希金的诗背给我听,他向我解释说,普希金把沙皇贪官比作蝗虫,他把我们党的干部比成苍蝇、蚊子、麻雀、老鼠,大家看看,他对我们人民政权有多么深的仇恨,用心有多么恶毒!"

最后她把手里的东西摊开。当她举起那些本子让大家看的时候,章明吃惊得眼珠快要射出来了。这是章明两年来的日记。他不知道这女人啥时候把他的日记拿走了。她肯定把它交给老耿看过了,有问题的地方都折了页,现在可以有条不紊地一篇一篇读给大家听,一边读一边解释,再加上激烈的批判。

那一刻,丽英真担心章明会晕倒在台上。可是,随着一篇篇日记公开出来,章明的神色反而慢慢变得开朗,恢复了辩论开始时的高傲、自恃。这些文字评述单位里发生的事情,写下了他对政治运动和社会问题的看法,记下了他两年来遭受的不公,发泄了心里的牢骚、不平,语言尖锐,直率,把一个单纯、敏感的青年的内心展现出来。从章明脸上可以看出,重温这些文字,把它读给大家听,他感到很自豪。

当李梅停下来的时候,章明大声说:"你为什么不把我和陈招娣的事儿读读?那里面记的都是事实,没什么见不得人的东西。"

他的话把李梅激怒了,她涨红了脸,口沫飞溅地说:"同志们,你们看看这个流氓无赖多么不知羞耻!他把丢人的事儿当作光荣，把一个轻贱女人当成天仙。"她举起手里的一个硬皮本，激动地说："就在这个本子里，他说那女人'优雅，不俗，说话温柔，处事大方'，这个不要脸的，他恨不得把肚里好听的词儿全用上。为了这个伪人员子女、盗窃国家机密的现行特务分子，他骂领导，骂组织，骂帮助教育他的同志，他已经完全丧失了一个国家干部的立场，辜负了党对他多年的培养教育。"

章明毫不示弱地反击说："既然你把日记拿来了，就该原原本本读给大家听，那里面记着整个事件的过程，你不会害怕把真相告诉大家吧？"

会场里起了一阵骚乱，老耿从台子侧面的木椅上站起来，走到话筒前："这件事组织上已经有了结论，他本人也写了检查，证据、证言都装在档案里，当事的很多同志都在这儿，如果同志们想知道真相，我们可以请当事的同志上来给大家介绍。"

章明立刻插话说："老耿同志，那时候你和我谈话，说我爱人李梅的调令还没签发，如果我不好好检查，就会影响她的调动，有这回事吧？"

"我这样警告你，不是为你好吗？"

"我是傻子？你这是警告还是威胁？我明白，不承认这回事，你就不给办调令，我的检查也过不了关。"

"同志们，事实胜于雄辩，现在我们请宋丽英同志来讲讲当晚的情况。"

宋丽英感到很突然，她没想到老耿会点名让她上台发言。她从人丛里站起来，在人们的目光里，越过一层一层的人头和肩膀，又慌乱又羞愧，心里一片空白。

台上的灯光很明亮，她眯了一会儿眼睛，轻咳一声，怯生生地向话筒跟前凑了凑。

"我叫宋丽英，会计科科员……"

台下有人大声喊："声音大点嘛——"

她再向话筒靠近一些，放大声音说："我叫宋丽英，和章明在一个科工作。那女的第一次来找章明，手里拿着一件新做的外套，她说前一天和章明一起搭便车，晕车，把章明的衣服吐脏了，给他做件新的送来。章明留她一起吃晚饭……"

老耿打断她说："把三月五号那天晚上的事讲讲吧。"

"三月五号那天下了班，那女的来找他。"

"他们去哪儿了？干啥了？"

"章明带她去了新华书店，在书店里买了两本书。"

"后来一起逛街、吃饭，对不对？"

"他们在巴老三面馆吃的拉面。"

"吃完饭干啥了？"

"那女的跟着他去了章明的宿舍。"

"那是什么时候？"

"大概八九点钟吧。"

"天黑了吗？"

"天黑了，路灯亮了。"

"同志们,一个有家有老婆的人,天黑了,把一个女人往单身宿舍带……"

章明插话说:"我已经说过多次,她刚当上单位统计,看不懂报表,找我请教。天黑了,外面很冷,不让她到宿舍去,能去哪儿?"

老耿继续看着丽英:"宋丽英同志,你来向组织汇报的时候是几点?"

"大概……大概十点多吧。"宋丽英心里乱极了,她不敢看章明,也不敢看台下。老耿把她彻底亮出来,她像被当众扒光了衣服。

章明激动地站起来,大声质问她:"宋丽英,你是怎么汇报的?你究竟看到了什么?"

"我看到你和她一起进了宿舍。我就是这样汇报的。"

"你看到我们搞不正当关系了吗?"

"……"

"老耿同志,你敲开门走进屋的时候,我们是在床上,还是在桌边?是在搂抱亲吻,还是在讲报表?"不等老耿回答,他转过头盯着丽英,"宋丽英同志,你给大家讲讲,你看到了什么?"

宋丽英忽然激动起来,大声说:"我向老耿同志汇报,是组织交给我的任务。章明从省厅下放过来,老耿同志就交给我任务,让我监视、汇报。我说,那女的来找章明了,他们两人现在在章明的宿舍里。我就是这样说的。我没说别的。"

"进屋以后你看到了什么？"

"章明，那检查是你自己写的，你自己交代和那女的有不正当关系。"老耿说。

会场再次出现骚动。章明站起来说："同志们，我愿意在这里向大家坦白，我心里确实喜欢她。现在李梅和我离婚了，如果她还活着，我要光明正大地和她谈恋爱，向她求婚。只要她同意，我愿意和她结婚！可是那天晚上我和她没发生关系，我也没对她做过任何不礼貌的事儿。她是个好女孩，单纯，文明，要求进步。我尊重她，她也尊重我。她知道我家乡有妻子，我跟她说过。请你们不要以小人之心度君子之腹！这个女孩用跳渠自杀来证明她的清白，你们还要污蔑她，你们这些心底肮脏的人，还有天良吗？"

会场里有人站起来喊口号："不许右派狡辩翻天！坚决打退反革命右派的猖狂反扑！"

章明走到舞台中央，抓过话筒，放开声音唱歌：

"嘿啦啦啦啦嘿啦啦啦，嘿啦啦啦啦嘿啦啦啦！天空出彩霞呀，地上开红花呀……"

他的歌声盖过了口号声。台下的情绪更激动，口号声更响亮、更激烈。丽英哭了，眼泪模糊了她的眼睛。她一边抹脸，一边快步向台下走。李梅站在台子一边，丽英使劲把她撞个趔趄，头也不回地跑下了台。

第四章　天边的白房子

接到劳改通知，章明在单位已经劳动了个把月。他被叫到车队办公室，站在那儿听保卫干事念通知，念完通知，保卫干事问他："章明，还有什么事儿吗？"

他说："我收拾一下，给科里办一下交接。"

"我们通知会计科了，他们会去收拾。"

"个人东西要带上吧？"

"除了行李，啥也不带。"

"那我不得回去把行李整一下？"

没想到保卫干事很随和地说："十一点集合，午饭后出发。你抓紧点。"

章明暗自庆幸，离集合时间还有一个半小时。监督劳动以来，他还没享受过这么长时间的行动自由。

他想到的第一件事是把心爱的书打包寄回家乡，寄给弟弟。这事儿看起来简单，做起来很麻烦。把书找齐了，屋里没有打包用的厚纸，也没有现成的绳子。正在为难的时候，会计科长和宋丽英来了。科长说："丽英，你去办公室给他找张牛皮纸，拿点麻绳来，靠墙那个文件柜里有。"把书捆扎好，写上地址，科长又说,"让宋丽英帮你寄吧,这会儿你赶快收拾行李。"说这些话时科长一直板着脸没看他,可在关键时刻她能有这份好心,章明还是很感激。他正为带不走的东西发愁,不知道该托付给谁。他把床头的小木箱拿过来,这是离开家乡时母亲为他准备的。桐木板、枣红漆,描着金线,装着紫铜荷叶。里面锁着他珍爱的毛料中山装、西裤、大衣、毛皮坎肩,还有两张存款单,这是他的全部财产。他羞怯地对科长说:"队里不让带太多东西,我把这箱子留给你,请你替我保管一下,好吗?"科长没说话,他望着她的脸说,"只是些穿不着的衣服……"

走出宿舍,锁上门,把钥匙和木箱交到科长手里,章明用他常有的腼笑冲两人点了点头,算是表达了谢意。章明背起行李,科长转过身。就在这时,有只手悄悄伸过来,把一个小布袋塞进他手里,沉甸甸的,磕碰出干硬的响声。隔布袋摸了摸,他眼里露出了惊异。章明没想到宋丽英会在临别时送他一袋奶酪。他把手伸进袋子,摸出一个纸片。"好好改造 不要自暴自弃 不要轻易相信别人"这简单的一行字让章明的眼睛蒙上了气雾,库尔喀拉就在这模糊的气雾中消失在车尾的荒原里。到了营地,章明才明白这袋奶酪有多宝贵,当别人都在啃杂面饼子的时候,夜里他能把头裹在被子里,啃几口奶酪,嘴里、肚里浸满奶香,身上不再感到寒冷。

从坐上卡车开始,他的脑子就木掉了。一切听管教指挥,叫走就走，叫停就停，叫上车上车，叫下车下车，点名时答应一声"有"，撒尿、拉屎向领导报告。

眼前是看不到边的荒漠，灰蒙蒙的，耳朵里只有轰轰的汽车奔跑的声音。到达营地那会儿他差点下不了车，腿软得像面条，挪爬到车厢边，一下地就歪倒了，坐在行李卷上站不起来。放眼往远处看，戈壁滩连着层层山影，不知道究竟到了哪儿，猜不出离库尔喀拉有多远。他四处看了看，发现这儿的山跟库尔喀拉那边不一样。库尔喀拉的山是铁红色，线条峻拔、漂亮；这儿的山是黑灰色，浓的地方像黑墨，淡的地方像白灰搅了青泥，线条混乱，面目狰狞，看着有一种莫名其妙的诡异感。戈壁滩和库尔喀拉的也不同。库尔喀拉的戈壁滩叠着白花花的乱石，有很多壕沟，像被大水冲过，干干净净，看不到杂色；这儿的戈壁盖着砂石，长着骆驼草，像铺了一层棕黑色地毯。

营地扎在一片达坂上。一顶帐篷，教导员和管教们在里面办公、住宿、值班。百十号劳改人员，白天被管教看着干活，夜里躺在露天野地里。到了营地，第一条纪律是不许乱说乱动，不许交头接耳。听着哨子吃饭、睡觉、干活，人像木头，大脑完全废掉了。

他没想到在这儿会遇见熟人，遇上交通厅的同事和同学。

关山比章明晚来两天。他来到营地那一刻，郭教导正带着章明他们在戈壁滩上挖地窝子。别看章明玩算盘手指头那么灵活，用铁锹他可不在行。锹把子很别扭，锹头铲到地上又肉又钝，碰到乱石，嚓啦啦刺耳响，从手腕一直震到肩膀。捣鼓半天扒不出一个小坑，要掏出能藏身住人的地窝子，他觉得难以想象。郭教导走过来，把铁锹抓过去给他做样子。他甩开胳臂，嚓啦嚓啦一阵风似地挖开一大片石头，然后把铁锹递给他，告诉他，两手不能靠那么近，锹头下地的时候要端平一点，抖动着往石子里插，不要硬用劲儿。郭教导和气、耐心，章明感到很羞愧。铁锹在教导员手里那么顺手，到我这儿为什么就不好使？他往掌心吐口唾沫，学着老郭的架势，卖力往下挖，不一会儿就满身大汗，头顶直冒热气。转身脱外衣的时候，看见一辆卡车开过来。戈壁滩风很大，灰沙夹着铁锹的叮当声，卡车没有声响似的在乱石滩上蹦跳。车上站满了人，像荒滩里的芦苇，随着车厢摇摆。汽车爬上营地停下来，车上的人往下跳，没什么声音，像一群影子。管教员的吆喝声和尖厉的哨子声惊动了干活的人，大家一边挥舞铁锹，一边扭身偷眼瞄。有人悄声说："是乌鲁木齐来的吧？"

车上撂下一堆行李，车上下来的人在行李堆里忙活。一个人两手提着笨重的东西，一直走到章明跟前他才注意到他的脸。像所有到营地来的人一样，这人满脸晦气，目光呆滞，没有表情。看到章明的一刹那，他眼珠子转了一下，眼里闪过一点亮光。就是这点亮光惊醒了章明，他心里咯噔一下，看着走过去的背影，觉得这家伙的脸好熟悉，像在哪儿见过。仔细一想，心里"噢"了一声，是关山！他怎么也到这儿来了？章明有点幸灾乐祸，又有点安慰。关山那么精明的人也弄到这儿来了。在这无边无际的荒漠里，总算多了个熟人。

关山的出现把章明心里那潭死水搅活了，过电一样闪出一些波澜，夹杂着回忆和感触，忽然间，他想起了万里之外的母亲，很想给她写封信。他一边挥铁锹，一边心里给母亲说话："妈，你老人家好吧？好久没给您写信了。现在这个样子不知道咋跟您老说。……我又到了一个新地方，离库尔喀拉很远，不知道是哪儿，也许还没地名吧。""妈，我在这儿碰到一个熟人，是西安读书的同学，毕业后一起分到乌鲁木齐，在一个办公室工作了两三年。他叫关山，从陕西农村出来，说一口陕西话，别看样子憨厚，其实很机灵，读书做事都很用心，不掺和闲事，不喜欢文学，没参加我们文学社，我挨整的时候他逃过一劫。这回他可没那么幸运，他跟我一样被弄到这儿来了。……妈，您老别担心，我受挫折也不是一回半回了，不就是劳动改造吗？叫劳动就劳动好了，我连个铁锹都不会用，挖地也挖不好，一干活才知道，像我这样人，还真得改造改造。"

关山来到营地的时候，帐篷旁边已经有了一个石头圈起的地窝子伙房，他们可以吃上热饭，不像章明刚来的时候只有杂面烙饼啃，热水也喝不上。

这天夜里他很累，手掌打了几个血泡，火辣辣地疼，筋骨像散了架，一躺下就瘫软了。刚睡着，腿裆里一热，激灵一下醒过来，大腿中间淌下一片湿热的东西。手伸进裤头，摸着那片湿乎乎的黏液，章明自言自语说："我走身子了。"在学校读书的几年里，每过一段日子他都会走一次身子，要么是白天太累，要么是精力过盛，梦见了女人。每次走身子醒来，他都会喃喃地说："梅，我走身子了。"刚才他醒来的第一个念头还是想叫"梅"，没叫出声就醒了，低声骂了一句："去你妈的贱货！"他把蒙着的头从被子里探出来。冷风像刀子一样刮过来，把整个脑袋吹透了。营地周围燃着几堆火，火光里有值班的人影晃动。一个声音从远处传过来，扯着长声呕呕吼叫，这是荒漠里的狼群在火光外转悠。来到这里的第一天，狼嚎离得更近，值班的人开了两枪才把它们吓跑。

　　章明把头往被窝深处缩了缩，露出眼睛，看着天顶星光，抚摸着小腹下面被黏液沾湿的茸毛，心里涌起一阵热流，一个小巧、滑溜的女人肉体的影子从他心底冒出来。他吸口气，从绷紧的嘴唇里迸出一声"呸——"，恶狠狠地摇了摇头。他不能再想那个女人，那个曾经在黑夜里让他销魂的女人会勾起很多美好岁月的回忆。让他想起家乡的河，牌坊街的月光，温暖的老屋，母亲夜里的咳嗽声……他必须把这些念头压下去，装进一个密封的黑罐子，拧紧罐口，扔进记忆深处的角落里。

　　他想起了库尔喀拉，想起了宋丽英。这个行为可笑的女孩就是库尔喀拉的化身，想起库尔喀拉就会想起她，想起她也会想起库尔喀拉。他想起了买买提烤肉，巴老三拉面，大清真寺旁边烤馕店门口摆着的焦黄的馕，西关十字的啤酒、格瓦斯，北下坡的酸梅汤、马奶子。这个天山脚下的小城，只有离开她以后，才会感觉到她的美好。虽然章明来到这座小城没受什么善待，可躺在荒原的夜色里，他还是很怀念她。现在，他枕着这袋宝贝，望着天上的星星，深深呼吸着奶酪的香味，好像闻到了这个古怪女孩头发间散发出的气息。回想和她相处的日子，她一直在监视他，因为她告密，害死了那个上海姑娘，把他弄到这一步，他为什么没恨过她，没把她当坏人看待过？相反，她对他的伤害好像加深了他对她的感情，加深了他对库尔喀拉的牵挂。躺在荒漠的夜里，章明对她除了怀恋和眷念，还有几分担忧。人都不傻，她对章明那份感情，章明能看出来，别人看不出来吗？她在辩论会上的表现，老耿他们肯定不满意。现在他成了人民的敌人，她会不会受到牵连？老耿和李梅会放过她吗？

这天上午，郭教导带着关山和另外两个人来到章明他们小队，把工具发给他们，对他们交代："从今天起，你们编到八小队，在这儿听从分配，好好干活。"这让章明感到意外，他没想到关山能和他编到一个小队来。从几个人脸色灰暗的样子，他猜想乌鲁木齐那帮人一定出了什么事儿，要不，怎么会把一个小队撤销，分散编进别的队？

章明想和关山说话，可一直找不到机会。在这儿劳动的人不能随便说话，熟人也要装不认识。关山很守规矩，他埋头干活，连眼睛也不抬。

收工的时候天黑了，郭教导走到章明跟前，把他手里的铁锹拿过去,教他用脚把锹头正反两面的泥土跐干净。"泥土弄净,免得生锈,下次好用。"

章明虚心听郭教导指导,学着他的样子用脚跐铁锹上的泥。他觉得这个郭教导和老耿不一样,他脸上皱纹松弛,眼神没那么尖利,说话也不阴沉,给人一种纯朴、实在的感觉,没有军人的威严,更像农村干部。

"你是河南人?"

"是。"

"哪县的?唐河县?离我们那儿不远,我是上蔡县的,现在归驻马店管。"

怪不得郭教导对他那么和善,听他的口音那么亲切,原来是河南老乡。

"喝了不少墨水啊,从专科学校毕业,学会计的?"

章明嘴里唔唔答应,对老乡的关心很感动。

郭教导凑近他的脸,压低声音说:"你有文化,有专长,好好改造,将来还是有前途的,咱们队里也用得着。"他停顿一下,换了一种口气说:"新来这几个人你替我留点神,有什么情况,及时给我汇报。"话不多,他感觉到分量很重。

临走时,郭教导伸出手在他肩上拍了拍。这让章明很不安。他不习惯被领导看重,更不喜欢领导拍他的肩膀把他看成自己人。从走出校门,他还没遇到过这样的领导。这老郭人不错,可叫他监视别人,打小报告,做他的亲信,章明有种下意识的反感。不管这老乡讲得多好听，他还是觉得卖友求荣是小人干的勾当，一个男子汉大丈夫怎能做这样卑鄙的事儿？宋丽英是个女人，女人有时候经不住别人哄骗，正是宋丽英做的事，让章明对这种人更痛恨。

地窝子挖好了，还没搭顶棚，只是一排排敞开的土坑。住进这样的土坑比睡在野地里强，背风，安稳，摊开铺盖像有了家。

地窝子周围拉起铁丝网，圈起一片不小的地盘，营地更像营地，大家有了安定感。每天出工，收工，在场院里集合点名，听教导员和大队长训话。人跑不出去，狼钻不进来，管教们也放松多了。劳改人员能在铁丝网里跑跑步，溜达溜达，还有人装模作样地打太极拳、做操。只要不交头接耳，人们可以互相说话，比先前自由多了。

夜里，关山出去解手，章明悄悄跟出去。他们蹲在石头垒起的矮墙后面，用手拍打屁股驱赶蚊虫。趁着啪啪的响声，章明凑在他脸上小声说："你怎么也弄到这儿来了？"

关山摇摇头。

"你们小队出了啥事儿？"

关山紧贴他的耳朵说："有人想逃跑，被揭发了。"

"这地方，往哪儿跑？"

"西北不远就是国境线啊。"

"跑苏联去？"

"西伯利亚大着呢，不少人跑过去了。你不知道？"

章明想把郭教导的话告诉他，话到嘴边忍住了，只是含混地提醒他："你小心点啊，你们小队出来的人都被盯着呢。"

关山扭头看他，戈壁滩上的月光透过云层照在章明脸上，因为冒出这句话，章明的腼笑有点不自然。他咂了咂嘴，为两个同学茅坑上的相聚叹了一声。

除了劳改营，周围又来了别的连队。他们的任务是修一条通向边境的公路。人们白天到几公里远的地方干活，中午在工地吃饭，天黑之后回到地窝子来。营地上响起杂乱的声音，工具碰撞，哨子吹响，火光闪动，地窝子顶上挂起了马灯。章明坐在地窝子外的石头上，看着苍苍茫茫的戈壁滩。黑暗里有谁在抽莫合烟，浓香的气味飘过来，让他想起孙师傅，想起伊莲娜，想起库尔喀拉日落后那漫长的黄昏。突然间，他心里涌起一种冲动，后悔没给宋丽英这女孩更多温存。在一个办公室待了那么久，一条小街走过多次，明知道她对自己有点意思，却没正眼看过她。离开库尔喀拉的时候，对她没流露多少温情，此刻他感到有点内疚，有点遗憾："我为啥那么傲慢呀？这一别，也许这辈子就见不到了。"

关山把工具扔进地窝子角落里，站在章明旁边，随着他的目光向远处看。

章明说："你还抽不抽模糊烟？"

"你这会儿想抽了？"

章明抽抽鼻子："这烟味好香！记得刚到乌鲁木齐的时候，你喜欢这玩意儿，天天摆弄，那时候，我对它一点兴趣也没有。"

关山下到地窝子里摸索一阵，拿出一包烟丝、一页纸。他熟练地把纸裁成两条，摊上烟丝，卷成烟棒。

章明抽了一口，咳呛着说："真美。"

关山从喉咙深处笑了一声："你是想女人了。"

经他这么一说，章明觉得有股热流从肚子里涌出来，一直向下回旋，在小腹里麻酥酥地打转。他向黑暗处走了走，拉开裤子，对着戈壁滩撒尿。关山也走过来，和他并排站下撒。烟棒在他嘴唇上闪着火星，烟雾在他脸边飘绕。

撒完尿，章明想收起裤子的时候，关山的一只手伸过来，抓住他腿裆里的东西说："给你砍砍橡子吧。"章明噗一声笑了，没抽完的烟棒跌落在地上。关山这家伙不但是抽莫合烟的老手，"砍橡子"也很在行。他用热乎乎的掌心抚弄着章明的好东西，让它膨胀，发热，挺立起来，然后温柔、快速地磨动。关山这家伙在掌心里吐了唾沫，"橡子"在他手里湿润光滑，随着他的手势发出唧唧的响声。磨动的速度越来越快，他的呼吸越来越急促，最后像要背过气儿似的从齿缝间发出一声呻吟，一股热流从他身体里嗞嗞地飙了出去。

关山拉起衣襟窸窸窣窣擦手，章明浑身酥软地站在那儿，好久才醒过劲儿来。章明对"砍橡子"并不陌生,那是没经过女人的男孩们的游戏。他不知道这词儿是怎样传下来的,很小的时候,他家店铺里的伙计就拿这话和他开玩笑,问他砍橡子没?看他羞涩的样子,伙计们哈哈大笑说:"害什么臊!哪个小子不砍橡子?砍砍橡子,放放臊水,才能长成壮小伙啊!"章明家店里的伙计都结了婚,有了女人,说起这事儿一点也不碍口。他们长年在外,一年到头难得回一趟家,砍橡子是他们解决一时饥渴的办法,嘴上也常拿女人、砍橡子这些骚话来取乐。在西安读书时,男生宿舍里,有时候大家也拿砍橡子开玩笑,不知是河南同学传给了陕西同学,还是陕西、河南的说法一样。砍橡子本来是自己的事儿,别人帮忙就有点丑气。第二天看见关山,他又羞又恼,觉得腿裆里的东西直往下坠,干活的时候蹭着大腿,很碍事。可关山倒像啥事儿也没发生,和从前一样闷声不响干活,当着大家的面不抬眼看人。

为了在天冷之前把地窝子顶棚搭好,八小队的十几个人被派到山那边荒滩里去割苇子。据说那荒滩几年前还是一片大湖,方圆几百里,不知什么时候突然没水了,留下了一片茂密的苇滩。

卡车沿着山路盘旋,一会儿是灰色山岩,一会儿是红色峻岭,一会儿是耀眼的碱滩,一会儿又是黑黢黢的台地。爬上山坡,脚下现出一片开阔的戈壁滩,天高地远,一眼望不到边。关山用肩膀撞一下章明,贴着他的耳朵小声说:"国境线。"

章明扭过头,凝神向车外看。这片广袤的戈壁和伊犁河谷完全不同。它像大火烧过一样,遍地是赭红和苍黑的砂石,一直连着天边。除了一簇一簇黑色的骆驼草,看不到一点生命迹象。荒原中间一条白白的小路,像射出的箭一样直直地奔向天外。循着关山的目光,章明看见一道铁丝网随着山势隐现,看来并不起眼,却显示出一种神秘、威严。车上的人都屏住了呼吸。章明感受到一种压力,手紧紧抓住车帮,目不转睛地看着那道铁丝网和铁丝网外面的风景。

荒原无边无际,随着卡车旋转。隔着一片黑褐色的开阔地,几座白房子从地平线上冒出来,衬着灰蒙蒙的树影,像沙漠里的幻境一样清晰、诱人。

关山在他耳边说:"那儿就是苏联。"

章明的眼球像要从眼眶里飞出去似的,感受到胸膛里有股热流撞击。白房子后面是白桦林,白桦林后面是高远的天空,蓝天里一只雄鹰在飞翔……这风景背后,是诱人遐想的贝加尔湖、西伯利亚茂密的森林和鞑靼人村庄里飘起的炊烟。他心里涌出一首俄语歌:"达列阔,达列阔,格洁考球突玛嘿(在遥远的地方,那里云雾飘荡)……"不知不觉热泪涌上来,模糊了他的眼睛。关山掉头瞥他一眼,眼神像火一样热辣。章明知道,此时此刻关山像他一样被天边的白房子吸引,按捺不住向往的激动心情,想插上翅膀,跟着云端盘旋的鹰,从铁丝网上飞过去,飞向自由的天空。

这情景深深刻印在章明心里，割苇子的时候，只要静下来，他眼前就会出现那高远的天空、腾着雾气的白桦林和静卧在天边的白房子。

芦苇滩浩浩荡荡，像一片大海。苇林顶上的芦花涌动着一层层波浪，人走进去就被淹没了，耳朵里只有嚓啦嚓啦的苇涛声。四周是摇动的芦苇，人和飞舞的蚊虫差不多。闷热，烦躁，章明不停地拍打着骂蚊虫，骂辣人的苇叶，骂苇秆太茂密，砍起来费劲。

关山歪头看着他，嘴角浮起一个得意的笑容："这里面多自在呀，傻瓜！谁也看不见谁，谁也不管谁。"章明愣了一下，暗自佩服关山这家伙精明。脱离了管教员的眼睛，的确是舒服多了。

他们在苇丛里砍出一片空地，一边干，一边吹口哨。干一会儿，躺一会儿，聊一会儿。芦花在头顶摇动，苇叶在四周喧响，阳光在林梢上晃动，整个世界好像只有他们两个人。两个人像孩子一样快活，一个仰面朝天躺着，一个胳膊肘支地半歪身子坐着。关山用地道的陕西话跟他讲关于"日""狗日""日鬼""日红"的笑话，把章明笑得绕地打滚。

静下来的时候，最想干的事儿就是"砍橡子"。刚闪过这念头，关山的手就伸过来。大腿中间的好东西噌一下立起来，裤裆撑起了帐篷。他平躺在芦苇上，勾头看着关山把他的裤子扒开，露出直挺挺的家伙。在光天化日下看自己的宝贝，章明被它威武的样子感动了。一根红光闪闪的肉柱在黑茸茸的毛丛里挺立着，涨红了脸，鼓起了血性，饱满结实，举着嫩红的大圆头，在阳光下一晃一晃翘动，那茁壮可爱的姿势让章明感到无比自豪。关山脸上的肌肉绷紧，眼睛闪闪发光。他向掌心吐了一口唾沫，把这个骄傲的活物抓进手里。

当他们尽情享受苇林深处的自由自在时，章明没想到苇滩会起火，更没想过周围变成一片火海的时候他们往哪儿逃生。那时候章明正给关山讲《百家姓》笑话，那是他从店铺伙计们那儿听来的。关山讲了那么多陕西笑话，他也想把肚里的东西拿出来亮亮。他给他讲了一家人云诗的故事。父亲出题说，每首诗要有"四方""中央""来往"，结尾必须是《百家姓》中的一句。儿子云第一首："小砚台四四方方，一池墨荡在中央，拿起笔来来往往，写的是'周吴郑王'。"女儿云第二首："这块布四四方方，绣花撑绷在中央，拿起针线来来往往，绣的是'苗凤花方'。"轮到了母亲，她云的诗是："这灶台四四方方，大铁锅坐在中央，拿起勺子来来往往，做一锅'奚范彭郎'。"父亲最后云："雕花床四四方方，把你妈撂在中央，掏出家伙来来往往……"不等章明把"柏水窦章"的包袱抖出来，关山跳起来说："我肏你！你这是拐弯骂人！"就在关山追打章明的时候，章明突然站住脚说："这是啥声音？"两人一齐站下，听着一个巨大的声音奔腾过来，轰隆轰隆，夹杂着噼噼啪啪的爆裂声，像千军万马向他们逼近。还没弄清咋回事，浓烟已经滚滚涌来，遮蔽了头顶的天空。烟雾呛进鼻子，两人弯下腰喀喀咳嗽，眼泪顺脸往下流。

"快跑！失火了！"

周围全是浓烟，高大茂密的苇林织成密密的篱笆，把他们围困在中央。

关山大喊了一声："躺下！滚！"

章明躺下去，把苇秆压倒，不管三七二十一，拼命向没冒烟的地方翻滚。恐惧让人疯狂，他感觉不到苇秆扎人，苇叶辣人，衣服被撕挂。黑烟越来越浓，火势越来越猛，在浓烟热浪的熏烤中，章明觉得自己马上就会晕过去。就在这绝望时刻，苇秆在他身下突然沉下去，屁股掉进一片湿凉的水里，脸边溅起了水花。当身子浸泡在水里的时候，章明才明白自己跌进了沼泽地的水荡里。死而复生的惊喜让他清醒过来，他放开声音喊："关山——关山——"火海呼啸着涌过来，水荡上的芦苇开始噼啪爆燃。透过烟雾，章明看见关山已经昏迷，倒伏在不远处的苇丛里。大火包围了他，火舌在他身上滚动。章明滚爬着靠近他，拉起他的胳膊，把他拖进水荡。大火贴着水面轰轰地卷过头顶，火焰在脊背上跳动。他把关山的身子按进水里，自己也把头埋下去，憋住气往水下沉。

大火像暴风雨一样卷过去，苇滩转眼变成一片焦黑。章明从水里抬起头的时候，周围的苇秆还在嗞嗞冒烟，枝头上飘着没烧尽的火苗。四周烟雾滚滚。

两人从水荡里爬起来，失魂落魄地四处张望，站在那儿不敢走动，不知道沼泽地有多远，不知道前面的水有多深。

章明想起了同伴："他们呢？"

关山说："这会儿谁管得了谁？"

章明把手圈在嘴边，一个一个喊叫八小队同来的人的名字。听不到答应，恐惧一阵阵袭来，他感到浑身发冷。

苇滩上烟雾飘荡，有些地方还跳动着火苗，烧残的苇子时而发出噼剥的响声。章明开始喊叫指导员，他希望指导员马上出现，把他们带回营地。当世界上真的只剩下他们两个人时，自由不再有任何意义。

关山说："咱们跑吧。"

章明疑惑地看着他。

"往白房子那边跑。"

"就这个样子？"章明看看关山，再看看自己，两人头发烧焦了，衣服烧烂了，脸上满是灰烟泥污，"瞧这裤子，蛋都露出来了，咋见人？"

"那也不能在这儿等死。天一黑，不冻死饿死，也叫野狼扒吃。"

章明又向四外喊了一阵，还是听不到回应。他抬头看天，太阳已经偏向西方，光焰不再炽烈。大火过后，风变得更凄厉，带着呜呜的哨音卷着烟雾狂奔。

过后章明才知道，是附近农垦连队放火烧荒，引着了芦苇滩。待在滩外的指导员和另一个管教员最先发现，带着近处的几个人跑出了火圈，其余人都没有下落。逃回去的人以为章明和关山也在火海里失踪了，没想到他们那么幸运，跌进水荡，捡了一条命。

章明和关山在焦黑的荒原上冲着太阳的方向走。不管能不能找到国境线，追着太阳，向着西方，就是向着活路走。当金红金红的太阳在西天洒下灿烂的晚霞时，他们看到一条河，河对岸郁郁葱葱的绿洲让他们激动不已。章明不顾一切地走下河滩。河谷里的石头洁白光滑，河水被分成几股细流，河水又急又冷。他踏着乱石，走进冰凉的河水里，在河里洗了一把脸。一抬头，看见河岸上蹲着一个老人。他头戴维吾尔族小帽，身穿花条袷袢，下巴上垂着灰白的胡须，屁股深深坠在小腿上。这是一张标准的维吾尔族老人的脸，满脸如核桃一样刻着深深的皱纹，带着长寿星般的慈祥，像一幅油画。多少年后，章明也忘不掉这张脸。库尔班大叔的确是他们的福星，不但救了两人的命，还给了他们盛情款待。

老人两手比画着，用半通不通的汉话和他们交谈。章明告诉大叔，他们是从劳改营来，在苇滩里干活，遇上了大火。大叔一点也不在意他们的身份，他翘着下巴上的胡须，点着头说："知道，知道的，修路的嘛。"库尔班大叔让他们在暖房里沐浴，给他们拿来干净的不开襟的短衫、腰巾、靴子、宽宽的长筒裤，只差头上没有花帽。大叔从隔壁院里叫来他的儿子，牵来一只羊羔，当着客人的面宰杀。在深深的大房子里摊开餐单，摆上奶酪、馕和奶茶。当老人要按维吾尔族礼仪让客人上坐时，两人坚决不肯，章明惶恐地伸着手，一定要请老人坐中间。库尔班大叔的儿子坐在他们对面，库尔班大叔的老伴里外忙着给他们倒奶茶、上羊肉、煮宽片子面。

他们在库尔班大叔那挂着壁毯的房子里住了一夜。第二天早上，"馕吃，茶喝"，品尝库尔班大婶亲手做的果子酱。

从学校毕业来到新疆这些年，这是章明享受到的最尊贵的礼遇。那年头，中原大地饥荒遍野，内地不少人逃到新疆来做盲流，劳改营的伙食一天不如一天，白面馒头很难吃上。库尔班大叔不但热情招待他们，还送他们两个大馕、一包牛肉干，亲自套上毛驴车，把他们送到乌里克孜大坂。这个小镇临着一条砂石公路，在这儿能拦到过路的便车。

大叔指着公路的一头说："那里嘛，走托里巴拉。"转过身指着相反的方向说："这边嘛，库尔喀拉啦。"

听说这边是库尔喀拉，章明心头一震："库尔喀拉嘛，离这儿多远的嘛？"

库尔班大叔举起四个手指："四百公里嘛，近近的嘛。"

库尔班大叔一走，章明和关山就开始争论。要往边界走，就应该向西。可是，一说到库尔喀拉，章明心里就热乎乎的，他想回库尔喀拉一趟。

"瞧我们这身打扮,汉不汉维不维,别人一看就会怀疑,能走出去吗?"

关山犹豫地看着他。

"要往外走,靠这两个馕,能行吗?我在库尔喀拉存有衣服,还有钱。"

章明的理由很有说服力。他没和关山说起过宋丽英,很多次想说,最终还是没说出来。关山不知道他心里的秘密,只要提起库尔喀拉,他就会想起宋丽英。既然走到这儿了,像库尔班大叔说的四百公里,近近的,他怎能放弃这样的机会?他们确实需要衣服,需要钱。他也确实想去看看那个有意思的女孩。

这地方便车不好搭,不是方向不对,就是车上已经搭满了人。

两人守着路边,一天只分吃一个馕,在路边店里讨了一碗开水。天黑下来,如果再搭不上车,他们就得找地方借宿。就在他们已经失去希望的时候,公路远方一辆解放牌卡车亮着大灯开过来。车里下来两个人,他们急着赶路,在路边店里要了一碗拉面。关山和章明凑上去,司机连正眼也不看他们。听到这位师傅操着陕西腔,关山像变魔术似的从怀里掏出一包牛肉干放在他们面前。司机抬起了头。关山用陕西话和他攀谈,他脸上的肌肉放松下来。吃完饭,司机和他的同伴站起身,对他们挥一下手说:"走咧。"章明和关山就跟他们上了车。

到库尔喀拉的时候，天就要亮了。章明在昏昏沉沉地睡觉，身体随着车子摇摆。卡车转了一个弯，他的脑袋向前一栽，猛然惊醒，发现车窗外已经透出晨光，荒原现出了形影。看见天山褐红的山岭，他一下子睡意全消，好像见了久别重逢的亲人，眼睛盯着它再也离不开。天山随着卡车起伏，变得越来越高大，越来越清晰，山巅的雪峰在昏暗中显现出来，变得越来越亮堂。山顶的天空忽然被霞光照亮，雪峰也在转眼间闪耀出刺目的洁白。一簇黑色树影贴着地平线出现在天山脚下，房屋的影子在树丛里隐现。看到大清真寺华丽的圆顶，小城就露出了轮廓。

太阳还没升起，库尔喀拉笼罩在柔和的晨曦里，树影中飘起炊烟，大路上走过一辆赶早集的毛驴车。

章明用肩膀把关山撞醒："到了。"

两人跳下驾驶室踏板，脚一落地，卡车就扬起灰沙开走了。太阳还没露脸，小城的清晨宁静、清爽。两人驱走一夜的惺忪和疲劳，站稳脚定睛向四下看。章明发现他们站在一排左公柳树下，对面就是孙师傅家的小院。他高兴地说："走吧，咱们先去见个朋友。"

见到章明的一瞬间伊莲娜愣住了，她上下打量这两个穿着维吾尔族服装的陌生人，认出章明后，她脸上满是疑惑。

孙师傅正在吃早饭。章明走进去，他抬头看了看，然后继续吃他的饭。伊莲娜没说话，孙师傅也没说话。两个小伙子尴尬地站在那儿。章明仿佛听见关山在心里说："这就是你的朋友？"

孙师傅低头吃饭，筷子在碗里搅动。放了青菜叶的玉米面糊糊热气腾腾，散发出青甜的香味，章明嘴角涌出了口水，他费了很大劲儿才克制住嘴唇不抖动。他用低沉的声音说："这是我的同学。我们俩在苇子滩遇上了大火，从维吾尔族老乡那儿弄了件衣服……"

这时，他忽然想起身上还有一个馕。他把腰巾解下来，慢慢打开，两手托着那个馕递给伊莲娜："维吾尔族老乡送的馕，纯白面的。"

伊莲娜的眼睛放出了亮光，直到这时候才想起来似的说："你们两个——还没吃早饭吧？"

"我们不饿，昨天晚上……"

伊莲娜把馕接过去说："喝碗糊糊吧。"

章明知道她只是说说，锅里肯定不会有多余的糊糊。趁着这机会，他赶紧说："我在单位存了点东西，等会儿上班时候去拿。能不能找两件孙师傅的旧衣服，把这身打扮换下来？……"

孙师傅还是专心地吃饭，吃完饭，仔细舔着饭碗，从碗沿一直舔到碗底。伊莲娜站起来，给他们找了两件旧工作服，虽然破，却打了补丁，还干净。

伊莲娜送他出门，章明好像很随意地问："李梅还好吧？"

伊莲娜撇了一下嘴，低声说："和那家伙结婚了。"

"谁？老耿？"

"还能有谁！"

章明感到一阵恶心，肠胃向外翻滚，也许是饿坏了，也许是因为吃惊。怪不得母亲那么看重这个乡下妞，原来李梅比母亲更精明，更有心劲儿。

"宋丽英呢？"

"你说会计科那个小妞？运动结束的时候她被补上个名额，和我们老孙一起送到窑厂劳改了。老孙这是有病，请了三天假。"

一出门，关山就低声骂了一句："厌！"

章明瞪了他一眼："他正在改造，不敢跟咱们这种人说话。知道吧？"

章明去见科长，关山站在单位大门外等他。

会计科没多大变化，只是把他坐的桌子调了方向，从窗口右边调到了左边，他心里暗笑了一下。宋丽英的桌子后面坐着一个年轻小伙子。看见他，这小伙子站起来。章明冲他笑一下，径直往里走。

科长的眼睛从桌上抬起来，盯着他看了一阵，"哦"了一声说："是你？"

章明躬下腰，谦卑地笑着："科长好吧？我在乌里克孜……搭了个便车。"他羞怯地咂一下嘴，"在苇滩碰上失火，东西烧掉了……"

科长看着他的脸，等他往下说。

"我想把……"他停顿了一下,嘴角咧了咧,"存在这儿的东西拿走。"

"什么东西?"

"我走时托给你的……那口箱子。"

科长突然变了脸:"我说章明,你这个人怎么这么不老实?你托给我?你什么时候给我?我可受不起呀。"

"一口红木箱,枣红色木箱。"章明控制着嗓门,压低声调,笑容在他脸上变成哭样儿,好像受了委屈,马上会哭出来。章明希望科长能记起他的箱子。那里面不光有他珍爱的衣物,更有他多年的积蓄。那两张存款单是他活到将近三十岁的全部财富。科长是个有文化、有资历的革命干部,他尊重她,信任她,昧人钱财这种事,她怎么会做得出来?

"我走那天……你和宋丽英一起……"

科长啪地拍了一下桌子,霍地站起来,伸手指着章明的鼻子:"你怎么扯上宋丽英?我怎么会和她一起?我什么人?她什么人?"

她冲着站在一边看热闹的小伙子大声嚷:"小范!给保卫科打电话!"

章明被带到保卫科。

保卫干事详细问了他为什么脱离营地私自外出,一路上去了哪儿,见了什么人,做了什么事,说了什么话,为什么到会计科来。

"我来取东西。"章明把态度放平和,语气放诚恳,努力想把误会说清楚,"刚才说过了,我在苇子滩遇上大火,衣服烧了,我想把存在这儿的东西拿走。"

"还这么不老实,是不是?是找宋丽英吧?见没见她呀?"看章明张口结舌没话说,保卫干事冷笑了一下,"没见着吧?"

章明知道,来到保卫科,就是浑身是嘴也和他们辩白不清。可是,他不相信一口箱子可以这样平白无故被昧掉。

"我瞎说吗?就是一口木箱,我犯得着跑这么远来诬陷她?"

保卫干事抖动着小腿,脚掌轻轻拍着地:"我看你跑这么远也不是为一口箱子。说吧,你到底为啥来?"

章明站起来说:"算了,我服了。行吧?"

可保卫干事的责任心很强,看章明想走,他严肃地打了个手势,让他坐下。

"去见孙达成了?"

"我去他家找件衣服。"

"见着他了?"

"他有病,请假在家。"

"和你说啥了?"

"啥也没说。"

"一句话也没说?"

"他低头吃饭,连看也没看我。他老婆给我找了两件衣服,我们就走了。"

关山也被带到了保卫科。他被叫到另一间屋子去盘问,这让章明很不安。如果关山把白房子的事儿说出来,那麻烦就大了。

一直等到中午过后,保卫干事才露面。从他的脸色看,关山应该没说什么跑板话。章明猜想,保卫科肯定到孙师傅家去做了调查。

"明天有车去那边,送你们搭这个车回工地。"

这时候,章明不客气地说:"我们一天没吃饭了。"

保卫干事满脸不高兴,可他还是带他们到食堂去吃了饭。蒸洋芋,根达菜汤,因为是保卫科安排,他们不限量、不交票,吃得肚子胀胀的,走出食堂,嘴里直打饱嗝。

关山一直闷头不说话,往招待所走的时候向地上啐了一口,狠狠瞪他一眼:"尿!"

把事情办得这么窝囊,他只能向关山咧一下嘴角,赔个苦笑。

虽说没见到宋丽英,箱子被人昧了,不可能往白房子那边跑了,可混到一顿饱饭,晚上能住招待所,明天有人送他们回工地,也算不错。

回到铁丝网内,章明很怀念苇滩里的日子。他常想起国境线那边的白房子;想起库尔班大叔的羊羔肉、宽片子面、焦黄的白面大馕;想起躺在苇滩里,看着苇秆摇动的天空,和关山说笑话，砍橡子。食堂的饭越来越稀，杂面馍馍越来越小，到后来，连软得像海绵一样的玉米面发糕也吃不上了，菜汤也开始限量。工地随着公路向前推移，离营地越来越远。天不亮哨子就响了，各小队到场坪上集合点名，拉上车子，背起家伙，排着队往工地走。走到地方，天已经晌午，肚子饿得咕咕叫，两腿软得站不住，干活的时候眼里直冒金星。熬到太阳偏西，开始收拾东西，一路上都像没魂儿似的无精打采。回到营地，戈壁滩上的月亮已经升起很高。

到食堂去打饭的时候，章明看见黑影里坐着两个人。吃完饭，在饭棚外的池子那儿刷了碗，和关山一起往地窝子走，一路走，一路甩着碗上的水，章明看见那两个人还坐在路边。他走近去，凑着他们的脸说："不吃饭了？"那两个人没反应。关山踢踢其中一个家伙的脚："伙计，怎么？睡着了？"那人顺势歪倒下去，另一个也跟着倒在地上。关山蹲下去查看，伸出手在两人鼻子上试。

"快去叫郭教导，这两个家伙恐怕不行了。"

郭教导来了。营地医疗室的人也来了，他拿手电在这两人脸上照了照，掰开他们的眼皮查看了一番，直起身说："不行了，瞳孔都放大了。"

把这两人埋到戈壁滩里，堆上石头，郭教导让食堂里的人给他们每人发了一个熟洋芋，交代他们说："不要乱讲，啊！"

摊上这样的倒霉事，辛苦了大半夜，两人闷闷不乐地往地窝子走。章明玩着手里的洋芋，舍不得马上吃掉。

关山说："这两个货真捣蛋，怎么不在苇滩里烧死算了，像那几个弟兄一样，和苇叶一起化成灰炭，不用再费气力去埋。"

"你不是得了个大洋芋嘛？还不是托他们的福？"

"说不定哪天咱俩也跟他们一样，坐下去就站不起来了。"

"该死尿朝上，随他的便。"章明说了句很大气的话。这是地道的家乡话，小时候他听店铺里伙计们常说。

"你就甘心饿死在这儿，累死在这儿？"

"不甘心能咋样？"

关山凑着他的耳朵说："国境线只有二十公里。那儿有条河，没设哨卡，只要不碰上大雨涨水，跨一步就过去了。"

章明扭头看着他，关山的眼睛在黑暗里闪光。

"你没听说？塔城那边过去了很多人。"

从那天开始，按照关山的计划，章明开始积攒吃的东西。不管是馒头、发糕，还是洋芋、蚕豆，尽管吃不饱，每顿还要剩一点，揣进怀里，晚上交给关山，由他塞进一个羊皮袋，埋到营地角落的石头下。跑过去后，也许两三天见不到村庄，他们必须准备吃的，免得饿死在路上。现在他很后悔，宋丽英送他的奶酪能省着点就好了，关山来后，两人分着吃，早已吃光了。要能留点，路上就不用愁了。

一边攒吃的，一边等机会，心里有想法支撑，日子不再那么难熬，再稀的饭，再累的活，也都算不了什么。

机会终于来了。国庆节放一天假,晚上放电影。

吃晚饭的时候,关山把章明拉到一个角落里,和他约定,晚上行动。

"今晚是个好机会,管教员们都在前排摆了凳子,只有两个哨兵看大门。我看好了地方。从厕所往东,数到第五根桩,那儿有个水冲的洼坑,前几天我把铁丝网向上扒了个空儿,没人留意。钻出去,下面是条沟,顺沟走,就进了荒漠,钻进梭梭草丛,他们就找不着了。"

章明一边点头,一边感到身上发冷,嘴唇有点哆嗦。

"厌,害怕了?"

章明笑了笑。

"电影开始放映以后,咱们分开走。我去取东西,你到铁丝网口那儿等我。记住,厕所后面第五个桩,地上的洼坑用手一摸就摸到了。"

这场电影让章明终生难忘。他记得开头放的是纪录片,周恩来总理访问缅甸,片头出现后,银幕上只有一片杂乱的灰色影子,他眼睛瞪得大大的,却看不清画面上究竟是什么。解说词伴着音乐,在他耳边轰轰作响,他头晕目眩,心里惶惶不安。他不承认自己胆小、怯懦,就是觉得心慌气短,两手冰凉,胳膊发酸,腿有点软。他觉得自己像笼子里待久了的小鸟,真要飞出去的时候,笼子外面的世界让它害怕,它不知道自己要不要往外飞。那瞬间他想起了母亲,想起了哥哥、弟弟,跑出铁丝网,也许这辈子再也见不到他们。

银幕上的影片突然停止,放映机的电灯亮了。放映员开始装新片,放映机哒哒响着把胶卷从一个圆盘往另一个圆盘上导。章明低下头,擦了擦眼窝,然后伸长脖子四处看了看。如果那会儿看见关山,也许他会走到他跟前,对他说:"算了吧,就这样混下去吧,别人能混,咱们也能混。"可那会儿他没看见关山,不知道他在哪儿。

电灯灭了,周围再次陷入黑暗,场坪上只剩下放映机哒哒的声音,银幕上闪过一片雪花,出现了工农兵并排站立的雕像。他弯下腰从人群里退出来,站住脚四下瞧了瞧。冷风吹过,章明的情绪镇定下来。他心里骂了一句:屄!

场坪里很平静,电影里的声音在头顶回响。他在腰里摸索着往厕所走,一边走,一边偷眼向四处看。

关山这家伙真精明,从厕所往东,正是人们看不到的死角。他放轻脚步,猫着腰,数着铁丝网上的木桩往前走,心跳从胸膛涌到了嗓门口。

没费多大劲儿,章明就摸到了那个流水口,摸到了洼坑上方的铁丝网。他低头试了试,确定这个缺口能轻松钻过去,心里踏实多了。

就在这时候,一道很强的手电筒光射过来,章明下意识地举起手遮挡住自己的眼睛。黑影里涌出几个人,呈半圆形把他包围在中间。一个声音低沉有力地喝问:"章明!你在这儿干啥?"

他用胳膊挡着眼睛,向后退了一步,张开嘴,半天没发出声音。

另一只手电筒照到地上,再从地上往上照,停在铁丝网的缺口上。郭教导的脸从黑暗里显现出来,他弯下腰,查看被掀起的铁丝网,然后站直身子,直瞪着章明。

直到关山的脸从黑影里露出来,章明才明白是怎么回事。关山把手里提着的羊皮袋举起来:"这是他藏的东西,打算逃跑路上吃。埋在厨房后面的石头里,张友朋可以做证。"

章明被关进禁闭室。那是个干打垒小屋,没有窗子。虽然每天只能喝两碗菜糊糊,却可以不去干活,在黑暗里休养了半个月,反省了半个月。在这半个月里,他把事情前前后后一遍遍回想,越想越不明白:关山为什么要这样对我?我哪点对不住他?他为什么骗我,诱我,检举我?他想起了宋丽英纸条上的话:"不要轻易相信别人。"他长长地叹了一口气。

从禁闭室出来后,看见关山每天站在队伍前大声点名、派工,他明白了,关山是想检举立功。他立了功,当了五中队的中队长,不必再去挖土方、推车子。八小队剩下五个人,七小队剩下十个人,六小队还有六个,把这三个小队合并,改叫五中队,归关山指挥。关山对劳改人员比教导们更严厉,他把大家管得服服帖帖,教导们很省心,可以安心地吃饭睡觉。

队里没人再和章明来往,甚至也没人和他说话。推土的时候,别人两人一辆车,章明自己一辆。自己装,自己推,自己卸。别人不干的重活、脏活,关山派给他。歇下来的时候,他独自坐在土堆上,看着戈壁滩上的太阳,把小时候学过的京戏一段一段在心里默唱、温习:"昨夜晚做梦大不祥,我梦见猛虎赶群羊……"想起天边的白房子,想起西伯利亚的白桦林,他摇摇头,对着天空在心里说:"妈,幸亏那天晚上关山坑了我,没跑出去,要不,这辈子我再也见不到妈了……这小子小人得势,对人更苛刻,可我真该谢谢他。我没跑,有一天还能回家,还能见到妈。"

第五章　齐娜伊达的鬼魂

　　章明在荒漠里修路的时候，宋丽英在一座窑厂里背砖坯。正如伊莲娜所说，章明被送走之后，单位进行了一次运动补课，她和孙师傅被补进窑厂。孙师傅管打泥机、脱坯机，宋丽英在窑工队，装窑时把晒干的砖坯背进窑，出窑时把烧好的砖瓦背出来。

　　有一天，指导员安排窑工打扫卫生，要她们把砖垛码齐、碎砖拣扔到峪沟里，道路扫干净，工棚整理好。然后，指导员把宋丽英叫过去："团部许政委明天来视察，给全体队员做报告。厂里把你抽出来负责接待。"丽英说："我干惯了体力活儿，招待首长这事儿你还是派别人吧。"指导员眯起眼睛笑："很简单的嘛。"他提起屋檐下的大铜壶："首长是少数民族，你要按少数民族习惯迎接他。他一到门口，你就提起这把壶站到铜盆边，像这样慢慢倒水，让首长洗手。等他在脸上抹一把，你就递上这块干净帕子。首长坐哈（下），这个盖碗端上去，里面放上掰碎的茶砖，沏上热热的开水。他做报告的时候，你负责给他盖碗里添热水。"

　　许政委这个人让宋丽英敬畏，不光因为他是她见过的最大的官儿，更因为那副威武的军人气派。他身体强壮，浓眉大眼，腰里扎着皮带，胸前口袋里别着钢笔。下摆口袋很大，一边装小本本，一边装莫合烟。讲话粗声大气，手势挥得很有力，偶尔冒出一两个"妈比"的口头禅，增添了西北汉子的粗犷气。宋丽英害怕他的声音，听到那舌尖打跸似的嗞嗞音头皮就发麻。

窑厂的人集中在大窑前听他训话。人们有的坐在碎砖上，有的坐在地上。宋丽英蹲在靠近讲桌的地方。过一会儿，她站起来走到桌边，拿起桌上的热水瓶。首长偏一偏头，让她给茶碗添水，一边继续打着手势讲话，顺便在她脸上瞥一下。

讲完话，他把她叫过去，问她的名字，哪里人？从哪个单位来？干什么工作？哪个学校毕业？在这儿劳动有什么体会？问她的情况时好像他心中有数，只是向她本人核对一下。从他的眼神看，他对她的汇报还算满意。

他走后，宋丽英心里掠过一丝阴影。这个人对她关心的眼神、声音、表情，叫她心里不安。

几天之后，指导员找她谈话："宋丽英，你年龄不小了嘛，给你介绍个对象咋样？"

宋丽英说："我不是在改造吗？现在只想好好改造，争取早点回去工作，有啥心思谈对象？"

指导员"啧"了一声："这话差了嘛。找个好对象，也能有人帮帮你嘛。女人嘛，比我们男人好混嘛。"

"指导员别开玩笑了。在这窑厂里，到哪儿找个好对象帮我？"

指导员笑了："机会在眼前，看你能不能抓住嘛。你看老许——许政委这人，咋样？"

丽英头顶轰的一声，脸上像挨了一拳，脸上肌肉也僵直了，下意识地说了一连串"不"："人家是大官儿，不行不行。"

指导员开导她："你年轻，有文化，不能一辈子在这儿背砖坯子嘛！老许这人看起来粗粗拉拉，其实年纪不大，三十出头，副团级，老婆生孩子死掉了，是个不错的主儿啊。他爱才，喜欢文化人。想调出这地方，不就是老许一句话嘛。你回去好好想想。下星期老许来，想请你到镇上吃饭，去不去嘛，你自己看嘛。"

指导员的话扰乱了宋丽英的心情。窑厂的活虽累，可用不着操心，干一天，往地铺上一躺，顾不得想什么就昏昏沉沉睡着了。这个许政委，不光是政委，还是少数民族，他怎么会把主意打在我身上？我容貌不算出众，穿戴也不讲究，和章明在一起那么久，他没正眼看过我。按指导员的意见认真考虑这件事的时候，章明的影子冒出来，让她牵肠挂肚。

昨天傍晚，她在沙峪沟岸上碰到孙师傅。孙师傅爱蹲在沟边抽烟，宋丽英爱站在沟坎上看大沙峪的景色。干一天活，对着荒原望一阵，心情就会开阔些，头脑也会清亮些。夕阳下，褐色沟壑起伏连绵，荒无人烟，没有树，没有草，没有一点绿色。风沙吹蚀的土丘像废弃的城堡、蹲伏的怪兽，人仿佛回到了洪荒。

孙师傅淡淡地说："我见到章明了。"

丽英惊奇地说："在哪儿？"

"他和一个同学到我家来了。"

她转过头，看着他的脸："他——还好吧？"

"他在苇滩遇上大火，东西烧了，回库尔喀拉取他的箱子。"他没说章明走后保卫科的人找他调查，也没说他埋头吃饭，没搭理章明，"伊莲娜给他找了件旧衣服。"

"他现在在哪儿？"

"在艾肯布拉克，修路。他问你，伊莲娜跟他说了你的情况。"

孙师傅低下头继续抽他的烟，宋丽英眼前浮现出章明的身影。那高高的身材，向后突起的胯臀，跳动在前额上的头发，经常浮在脸上的腼乎乎的微笑，特别是他手上突起的血管，还有身上散发出的气息，一想起就让她心疼。

章明去劳教那天，丽英帮他邮寄书捆，她把那本《初恋》偷偷藏起来，塞进自己枕头里。到砖瓦厂来，她把枕头卷进铺盖最里层，每天起床，她把被子叠好，谨防别人乱摸。夜里她手插枕下，摸着那本书入睡。手指停留在书皮角上，好像触摸到那行蓝墨水写的字："1956年4月/章明购于库尔喀拉"。摸着那行字，她心里念叨：多好的一个人儿啊！我把他害惨了。

现在，这本书是她生活里唯一的安慰。她熟读了很多遍，背会了其中的句子。黄昏时分，她站在荒原沟坎上，恍惚看见齐娜伊达从书里走出来，走过夕阳下的荒漠，连衣裙在风中飘摆，头发在空中抖动，用含情脉脉的目光看着她。丽英喃喃地对她说："齐娜伊达，为什么想起章明我心里就这么难受？是中了你的邪吗？"这时候，她才知道自己对这个傻傻的男人爱得很深，好像他就是她前世的情人，和她有过一生刻骨铭心的恋爱。只要想到他，她就会有一种冲动，小腹下面突然发热、颤抖，整个心沉下去，一直沉到两腿之间，腿裆里泛起湿潮，那个最叫人脸红的地方仿佛也在怦怦跳动。

这天晚上她辗转难眠，指导员的话在她心里回响。"机会在眼前，看你能不能抓住嘛。"抓住这机会，也许就能离开窑厂，脱离苦海。这时候，齐娜伊达从书里走出来，黑暗里仿佛有一双蓝眼睛幽幽闪光，把她的思路扰乱。她把手伸到枕头下，摸着那本书，摸着那行熟悉的字迹，好像看见章明，高高瘦瘦，脸像苦瓜一样皱巴，那样子叫人想哭，想死！"宋丽英！你已经错过了一个人，害了这个人，你不能再错嫁一个人，甘愿把自己毁了。"

下了一场雨。这里的雨总是风大，雨点稀，落下的雨水很少。丽英坐在坯场里，听着雨点打在苇子编织的棚顶上，发出噗噗嗒嗒的响声。老许的身影使她害怕，他的声音让她难受。她宁愿在这儿背砖，也不愿嫁给那个人。她没法想象和一个粗壮汉子同床共枕。

"没意思！真没意思！"她心里重复着这句话，想起了那个上海女孩，想起她写给章明的最后一封信。"天山上流下来的雪水那么纯洁，比镜子还明，比水晶还亮，那边的世界一定很干净吧……"这个女孩真聪明！她选择了那么好的地方。水渠里的水清亮明净，打着旋儿，安安静静，汹涌长流，那边的世界一定很干净。这儿没有水渠，没有天山流下来的雪水，只有黄土、沙丘、坟墓一样的砖瓦窑。从沙峪沟岸上跳下去，在风沙里变成干尸，也是个不错的选择，可如果一跳没死，摔断了胳膊腿，晒着烈日躺在沟底挣扎，那就太惨了。

她的目光在坯垛上游动，看着码齐的砖坯，一层层升起来又一层层落下去。最后，她的目光停在木桩根上。她看见木桩坑里长出一堆小东西，像撑开的小伞，赭红色伞面带着深红的斑点，闪着诱人的光。

她往前挪了挪，蹲近去看它。

"这是大嘴菇，有毒。"旁边的工友说，"吃了上吐下泻。"

她仔细看着这丛圆圆的漂亮的小东西。它们蓬蓬勃勃，举着头顶小花伞，光滑、厚实的伞面叫人怜爱。

"这小东西，真有那么毒？"

"弄不好会要命的。"

雨停了，天空现出阳光。收工的哨子吹过，坯场里的人走了。

宋丽英心里涌起一个念头：把这些漂亮蘑菇采下来，尝尝它们什么滋味，看它能不能要人的命？

蘑菇软软滑滑的，有股腥味。她面对荒原，静静蹲在沟坎上，把采下的蘑菇吃完。如果毒性当下发作，她就从这儿跳下去，把沙峪沟当作永久的床，躺在那儿，化成土丘，变成沙土里的木乃伊。

宋丽英在沟坎上蹲了一会儿，觉得胸口有点凉，有点涩，有点恶心、反胃。

夕阳很温和，在地平线上逗留了一阵，收拢起淡淡的余晖，沉进丘陵的影子里，天空变成一片灰黄。

营地吹过熄灯哨子，她躺下去，暗自说，这东西不像人们说的那样厉害嘛。心里的话还没说完，她的肠胃开始翻腾，好像有根棍子插进胃里搅动，全部内脏都被搅起来，向上翻滚。她爬起来往外走，没走到宿舍门口就哗一声吐出来，接着是哗哗地拉肚子，像淌水一样，裤裆和裤腿变得湿溜溜的，一股浓重的气味散发出来，惊动了宿舍里的人。

她跌跌撞撞走到门外，两腿一软，扑倒在地。失去意识的最后一刻，她对自己说："我就要死了，要化成灰了，一切都结束了！"

送她去镇卫生院的路上，她被拖拉机的颠簸震醒，感觉到死亡临近，不知道自己能不能坚持几十公里土路。到了镇卫生院，刚把她放在病床上，没等医生问，她就老老实实说："我吃了大嘴蘑菇。"说完，眼泪汩汩涌出来，把她的脸扭曲了。那时候她才知道，自己其实不想死。

宋丽英在镇卫生院躺了三天，经历了比死亡更难受的洗胃，慢慢清醒过来，喝下一小碗白面糊糊。抬起头，看见窗子上的阳光。窗外左公柳拂动的绿色影子让她感动。她突然想家了。想起中原那一望无边的田野，满眼浓绿的秋庄稼，热风摇摆，蝈蝈在豆叶下起劲鸣叫。她从小长大的那座老房子，爷爷、奶奶、父亲、母亲的影子都浮现在眼前，心里涌满了温暖。她觉得自己一下子长大了，成熟了，看待世界的眼光和之前完全不一样了。现在她知道，死是一件很痛苦很可怕的事，不像寻死的人想象的那样浪漫。能够从死亡边缘回到人间，她感到无比幸运。人还是活着好。不管活得好赖，只有活着，才能想，能看，能感受人世的痛苦、烦恼，享受阳光和窗外的风景。

一位老妇人出现在她的病床边。她俯身看着她说："你是小宋？"没等她回答，她伸出手按着她的肩膀："别动，小克子。"那瞬间丽英有种奇怪的感觉，好像在哪儿见过她。她脸上的皱纹盘出一种云彩样的花纹，嘴唇像两片切开的杏干。虽然穿着普通的衣裤，可那胖胖的腰身、健壮的身材、坠在胸前的大乳房，还有头上的头巾、说话时生硬的汉语，丽英觉得她是位少数民族女人。

这妇人把提篮放在腿上，从里面拿出一个小罐，插进勺子，舀出一勺，凑到丽英的嘴边："马奶子的，酸奶，香香的，好喝嘛。"

看着丽英那迷惑的眼神,她眯起眼睛笑了笑。这老妇人笑起来很好看,显示出她的年龄并不算老,容貌也很大方。她把提篮里的东西一样一样拿出来,摆放在丽英床头的小桌上:茶砖,塔尔米茶,酥油,油炸馓子,还有一些她叫不出名的吃食。

"我是许天才的阿帕。许天才是我儿子嘛。"

丽英惊呆了,"阿帕"不是哈萨克人对母亲的称呼吗?她想不到老许有一位这样慈爱的哈萨克母亲,惊奇她能到医院来看她。

"小克子,你年轻得很嘛,刚站起来的羊羔,草原大着呢。"

她问她的家乡,问她的父母,漫不经心地和她聊天。

起身告辞的时候,她说:

"你对象嘛谈过,没谈过?"

丽英摇一下头。

"你不喜欢许天才这个人,是吗?"老妇人笑了一下,"没关系的。愿嘛,也行,不愿嘛,也好好的嘛。他艾柯——就是他爸爸嘛那时候找我,我也不是很愿的嘛。他艾柯是汉人,当兵的嘛。"

"不,大妈,我对政委……我只是……我……"

老妇人用手在脸前拨了一下,没让她把话说完,站起身,提起篮子走了。

人生命运真是难以捉摸，她从没料到会和一位哈萨克妇人以这种方式认识。她走后，她开始认真想这件事。想来想去，还是很难接受老许这个人。他的长相、身体，他说话时的表情，都让她有种生理上的厌恶。

这个蘑菇没有要她的命，却让丽英的身体和性情发生了变化，吃饭不如从前，干活也不如从前。刚到窑厂的时候，丽英背砖坯一点也不怯力，别人背两摞，她背三摞。绳子兜起坯底，一转身就起来了，不像有的人要停顿一下，蹬一下腿才能站稳。从医院回来，背三摞砖坯她感到吃力，要憋口气使劲蹬腿才能站直。走过窑道，会觉得腿弯发软。从前她对劳动改造充满信心，觉得只要积极劳动，好好表现，要不了多久，就能重回工作岗位。在医院待了几天，她明白了自己很幼稚，哪天能回工作岗位，不像她想象的那样简单。就是卖力劳动，有谁管你？经历了这件事，丽英更觉得孤独无助。从前能在一起说话的工友，现在都有意无意疏远她，人们看她的眼神多了几分冷淡和排斥。

收工了，一天的活干完了。别人热热闹闹大声说笑着从窑道里往外走，丽英一个人落在后面。窑道像个幽深的墓穴，头上是拱形窑顶，周围是码起来的砖坯，窑门那儿射来一道窄窄的亮光。丽英检点一下背架、绳子，理理散乱的头发，一边走，一边拍打身上的灰土。突然有个黑影闯出来，把她拦腰抱住，摔倒在地。大手箍住她的下巴往上推，让她发不出声音。粗壮的大腿压住她的双腿,让她没法踢腾。一张男人的大脸向她凑近,呼出的气息喷到她脸上。丽英嘴里发出唔唔的声音,两手在空中乱抓。那人一边摆头躲闪,一边压紧她的身体。当他腾出手扒她的裤子时,丽英勾起头,对着那人的手臂狠咬了一口,那人回手打她,她趁势把腿蜷起来,对着他的腿裆猛撞几下,飞起腿朝他的小肚子蹬了一脚。在他闪身后倒的瞬间,宋丽英翻身爬起,不顾一切地大声喊叫着跑出去。

窑厂有一百多人,七八十个男人圈在这块小小窑厂里,这样事不是头一次发生。丽英没看清那人的脸,可那身影让她想起炊事班老罗。这个人因为掌着打饭勺子,在厂里比指导员更威风。一进食堂饭棚,就能看见他腰里扎着宽大的围裙,站在饭盆后大声吆喝。大家排着队从他面前走过,一手递饭票,一手伸碗钵。老罗麻利地捞起勺子,"哗"一下把饭倒进伸过来的碗里。谁的饭票递得迟一点,就会遭到大声呵斥;饭碗伸得慢一点,饭菜就会泼到桌上。为了能让老罗勺子满一点,把自己的饭菜安稳地舀进碗,人们老远就冲他露出巴结的笑脸,嘴里甜甜地喊:"罗师傅——"有几个女工夜里会突然出现在老罗的小屋里,走出来时,手里拿着一块发糕或是一坨羊杂碎。听到过老罗和一些女工的传说,丽英打饭时总是不抬眼睛,饭菜倒出饭碗也不在乎。老罗看见她就板起脸,勺子用力扣在她伸来的碗上,碰撞出叮当的响声。从卫生院回来后,到食堂打饭,丽英老远就能感觉到老罗的目光,眼神闪烁,像蒺藜一样刺人。尽管打饭时丽英仍然不抬眼看他，可老罗对她的态度和从前明显不同。他瞟着她的脸，嘴角上挑，勺子舀得满满的，往碗里倒时稳稳当当，没有响声，也没有汤水溅出来。端着饭菜走过去，她感觉到他在背后谄笑。有一次，丽英到荒原沟边散步，感觉有人在后面跟着。她站下来，回头一看，老罗在不远处站着，腰里系着大围裙。看见丽英站下，他把手从围裙里伸出来，手里攥着一个布包。丽英赶快掉头沿着沟坎走开了。从那以后，她对这个人就存下了戒心，独自活动时特别小心。

窑道的事发生后，再到食堂打饭，宋丽英盯着老罗的手臂。她咬下去时用足了力气，不撕开口子也会留下伤痕。老罗穿着长袖衫，戴着蓝袖头，她看不见他的手臂。可她注意到他的眼神，恶狠狠的，充满怒气。她心里既高兴又担心。得罪了这样的人，往后的生活多了一重阴影。

她对孙师傅讲了。孙师傅说："你找指导员说说。"

她找了指导员。她说："我没看清脸。我咬了他，只要察看他的手臂就能找到证据。"

指导员说："你也没当场抓住人，他也没把你怎么样，我去查谁的手臂？"

"我怀疑是老罗。你非要他干出什么事儿来才肯管？"

指导员翻一下眼睛："老罗是兵团正式职工，正排级转业军人。他可不是改造人员！"

宋丽英一下子明白了，改造人员怎能随便污蔑一个管理员？

指导员压低嗓门用一种贴己的口气说:"老许的阿帕是不是去卫生院看你了?"

宋丽英的脸忽一下红了。

"瞧人家老许,对你多关心嘛!他是革命后代嘛,根子红嘛!他父亲是五军的老首长,在剿灭乌斯满的战斗中立过功,转业后在哈萨克牧区工作,娶了个哈萨克女人,前几年去世了嘛。他阿帕,人好得很……"

在这关键时刻,宋丽英突然换了一副面孔,用坚定的口气说:"他能把我调走吗?只要能离开这儿……"那时候,心里有个声音对她喊:"你疯了?你真要嫁给那个人?"她大声回答说:"是的。把我调走,我就嫁给他。"

丽英离开窑厂前,那人来过两次。

他第一次来,指导员把她叫到办公室。他坐在桌子后,丽英站在桌子前。

指导员说:"老许同志想和你到托里巴拉镇上去转转,我给你们班长请过假了。"

丽英说:"今天正出窑。两人一辆车,我走了,别人会有意见。"

那人盯着她看了一下。丽英蒙着头巾,扎着围腰,头上、身上落满窑灰,一双破手套带着砖渣碎屑,走进来时,地上留下一串粉尘脚印。

指导员笑着说:"小宋这个同志嘛,不怕脏,不怕累,劳动表现好得哼(很),群众反映好得哼(很)。"

那人点了一下头:"这样嘛,也好,我和小宋说几句话就走。"

指导员出去了。丽英随他走到门口,摘掉头巾,解下围腰,把身上的粉尘掸掉。当她转过身的时候,老许盯着她,从头到脚仔细打量,像查看一头刚出栏的羊羔。

"窑厂的活儿锻炼人嘛,我看你的身体好着呢。"

丽英点一下头,嘴唇动一下,脸上浮出一个似笑非笑的表情。

"你是学会计的嘛,咱们团部下边有个供销点,开办时间不长,妈比财务乱得很嘛。我把你借去给他们管管账,干一段嘛再说嘛。会计人才,团里很需要嘛,到处都缺会计嘛。"

丽英的嘴唇又动了一下。她希望早点结束谈话。这个人的声音让她受不了,再听一会儿,她就没信心和他结婚了。

"你的情况嘛杨指导给我讲过了。我阿帕也见过你了。我父亲是汉族,母亲嘛哈萨克族。弟兄五个。妻子前年难产去世了,大人孩子都没保住。"

丽英抬头看他一眼。虽然他话语间没有流露出伤感,但丽英心里还是对他多了一点好感。

"我今年三十四岁,副团级。"

丽英站起来,鼓起勇气说:"我服从组织安排。其他的事儿嘛,到那边再商量。我干活去,窑上正出砖,考勤表上记着时间呢。"

他第二次来,坐着马车。

赶车的人拿着一张纸,上面写着几行字,盖着团部的印章。他把这张纸交给指导员,指导员把宋丽英叫来:"团部抽调你,收拾一下,跟他们走吧。"

宋丽英把铺盖捆一下,衣物整理好,连同脸盆、搪瓷茶缸、牙膏、牙刷,塞进网兜,就坐上马车离开了窑厂。

团部坐落在一片绿洲里。旗杆上飘动的红旗从胡杨林里透出来,映衬着红砖机瓦房。在马车上颠簸了一天,荒漠中看见这片绿洲,浓绿的树木,清澈的小河,河两岸茂密的红柳、芦苇,丽英深深感动,心里涌上一股悲喜交集的热流。

团部门口有个小广场,供销点在广场右侧,白房子,泥墙,泥顶,门口用白灰抹出一块招牌,上面用红油漆写着一行字:"一三八团生活服务部"。

房子里光线黯淡,进去后,站在柜台外停一下才能看清里面的货架。丽英来到时,供销点里有一个中年妇女,她是团部一位领导的家属,从老家过来有两三年了。那女人把她带到货柜背后,那里是一个深大的仓库,火墙边有一张空床。她说:"你就住这儿。瞧,打开这个后门就能出去。那个石头围子是厕所,男左女右。从这儿往右拐是团部食堂。我姓阎,阎罗王的阎,你叫我老阎好了。"她从柜台边拿过一个线绳连缀的粗纸本子,掀开让丽英看:"进货,记在本子前面;卖货收入,记在本子后面。月底交给团部会计。"

这女人说话家常,待人和悦,浓重的乡音让丽英觉得亲切,她的口音让她一下子想到了章明。

"阎大姐,你老家……"

"我是河南来的——南阳,唐河县。"

丽英禁不住惊喜得眼睛发亮:"怪不得你的口音听起来这么熟悉!我办公室的一个同事也是你们唐河人。"

"是吗?"

"他是县城牌坊街的。"

现在轮到老阎眼睛发亮了:"他牌坊街哪家?姓什么?"

"他叫章明。"

"我知——道!他家在大牌坊下开铁器杂货铺,和我家是隔壁邻居。他姐姐章文,是我小学的同学,小时候我常到他家去,他母亲待我像亲闺女一样。章明在弟兄中排行老二,长得清秀苗条,见了人腼腆地笑,不爱说话,好读书,胳肢窝里经常夹本书,头发啥时候都梳得光光净净,衣服穿得整整齐齐,像个小大人……"

丽英点着头,笑着,眼里闪出了泪花。她拉出手绢在眼窝里擦拭,不好意思地冲她笑。

"章明弟兄们都是牌坊街的才子,他后来考到西安读书。"

阎大姐停下话头，看住她，眼里露出疑惑，"他现在……"

丽英避开老阎的眼睛，声音喑哑地说："现在他在艾肯布拉克，在那儿修路。"

老阎好像明白了："艾肯布拉克离这儿不远，在那儿修路的是咱们一三八团下边的工三营，复员军人编在连里，劳改人员编在队里。章明……是在哪个大队吧？"看丽英不说话，老阎嘴里发出一声叹息："章明弟兄几个都很聪明……"

这世界看似很大，其实很小，她怎么也没想到在这儿能遇到章明的街坊旧邻。从那一刻起，供销点这泥墙泥顶的大房子就成了丽英温馨的家。阎大姐的话语让她嗅到亲人的气息，看到章明少年的身影。听老阎用亲切的乡音絮絮叨叨叙说街坊旧事，丽英每天都沉浸在牌坊街的街巷里，好像自己变成了章家铁器铺的一员，和章明一起度过了童年时代的美好时光。她眼前浮现出一座青砖灰瓦的小院，茂密的扁豆棚笼罩着碎砖铺成的甬路，绿荫里透出杂色花串，墙根边花盆里的玉簪花正在开放，窗台上蟋蟀盒里传出蛐蛐的叫声。她仿佛听到那位慈祥的老人在院子里呱呱咳嗽，看见她手里拿着水烟袋，坐在堂屋门口的木椅里，等待儿子放学回家……

丽英脸上的深情引来阎大姐的好奇，当她用探究的目光盯视她的时候，丽英真想把心里的话向她倾诉出来。

老许的阿帕住在团部旁边的家属院里。一条土路，路两边是墨绿的榆树，白色泥墙围着两排干打垒房子。像这里常见的农家房屋一样，泥墙，泥顶，泥地，窄小结实的窗子，屋子很深，家具简单，屋里收拾得干净整齐。阿帕到供销点来看她，有时候提着铜壶，拿着木碗，请她们喝奶茶；有时候端着铜盘，请她们吃奶皮子；有时候带来杏干，有时候拿来巴旦木。每次吃这些东西，丽英心里都有一种恐慌。阿帕的身影好像在提醒她，那个可怕的日子正在逼近，不管愿不愿意，她都没法逃避。

老许常到连队跑，在团部待的时候少。一回来，他就拐到供销点来，站在柜台外和她们说话。阎大姐叽叽喳喳和他说个不停，丽英转着身子在里面收拾东西。他走后，老阎眼睛看着门外，压低声音一本正经地说："你知道吗，他们少数民族男子都行割礼，那东西大得很，不知道老许这个转子随没随他们风俗，那东西割过没？"

丽英整个脸都涨红了，她抬起眼睛凶狠地瞪她。

老阎哈哈大笑："我可不是跟你开玩笑！就是没行割礼，看他的个头儿，那东西也小不了，头一夜你可要当心点啦。"

丽英抓起柜台上的鸡毛掸，发狠地朝她背上摔。

老阎一边躲避，一边继续逗她："没事儿，开始受不了，以后习惯了你就知道了，还是大东西受用。"

不知她是故意还是无意，阎大姐的玩笑说中了丽英的心病。和一个粗壮汉子做爱，想想都让人害怕，婚期还没定，丽英就开始为新婚之夜发愁，她更怀疑自己该不该为了离开窑厂答应这门婚事。

晚上，她一个人在供销点仓库的木板床上辗转。带玻璃罩的煤油灯把杂乱的空间照得像座大墓。周围安静极了，只有风在屋顶上发出呜呜的声音。她从枕头下摸出那本书，看着那行熟悉的字迹，一遍遍默念：

"1956年4月/章明购于库尔喀拉。"

"我真的就这样嫁人了？嫁给一个不喜欢的人？"

她抚摸着自己的身体，从两个坚实的小乳房慢慢往下摸，经过平滑的肚子，把手停在两腿之间。手指拨弄着茸茸的细毛，强烈的渴望从小腹里升上来，湿润了她的大腿。这没经历过男人的身体就要交给一个陌生人，交给一个她心里厌恶的人吗？章，你在哪儿？你可知道，我马上就要嫁给别人了？我的身体再也不会这么干净了。没法把第一次给你，是我这辈子最大的遗憾。她腾出一只手把被子拉起来，包着头，把那本书贴在胸前，在被子里喃喃念着章明的名字："章，我还能见到你吗？跟这个人结婚前，我想看看你，和你见上一面，向你认识的那个宋丽英告个别。"她知道这希望很渺茫，因为渺茫，它在丽英心里燃烧得更炽烈。有时候，她冲动起来，想趁着黑夜独自跑出去。她在地图上查过，正像阎大姐所说，章明劳改的营地离这儿不算太远，穿过一片沼泽地，走过一条峡谷，在一个干涸的大湖那边，就是艾肯布拉克，这个地方离一三八团团部不过二百多公里。他们修的那条路正在一天天向团部靠近，穿过团部后面的荒滩，沿着国境线,向西北延伸。

有一天,老阎说:"今天是八号,明天该给工三营送东西了,有辆车去艾肯布拉克,正好能搭上便车。你去,还是我去?"

老阎的眼睛里闪动着一点狡黠的光,好像在试探丽英。一个念头在丽英脑子里飞快旋转,她抬起头,迎着阎大姐的目光说:"你在家吧。"

"来回三四天,很辛苦的。"

丽英笑了一下。老阎也笑了一下:"多往下边跑跑,也好。"

多少年后,每当丽英回忆起见到章明的情景,她就会想到在学校时读过的苏联小说《钢铁是怎样炼成的》冬妮娅在筑路工地与保尔相遇的情节。保尔穿着肮脏的衣服,在寒冷的风雪里干活,冬妮娅身穿裘皮外套,手挽衣着高贵的男友,在路边躲避工地上的泥水。这场面在丽英的学生时代一直震撼着她的心。保尔·柯察金那衣衫褴褛手握铁镐的形象成为丽英少女时代心中的偶像。

她和章明相遇的情景和这场景差不多。

她搭乘的便车沿着正在修筑的公路往前跑,有些路段已经通车,有些路段还在施工。天下着小雨,路面上人群乱哄哄的,一帮人在雨里推土、卸车、打夯。看到他们没穿雨衣，衣衫不整，趔趔趄趄在雨里干活，丽英知道这是遇上了劳改大队。她扭着脖子，盯着干活的人仔细巡看。卡车绕下便道，陷进了泥坑，发动机哼哧哼哧挣扎了一阵，不得不停下来，熄了火。司机骂骂咧咧打开车门，走下去，弯腰查看歪在烂泥里的车轮。那一刻，丽英被一种预感触动，随着司机走下车，向公路上张望。一辆装满沙土的车跑过来，停在便道旁边的路面上。一群筑路的人走过来。有人打车厢，有人往车上跳。一个身影从车厢后走出来，丽英的心禁不住怦怦直跳。看到章明的最初时刻丽英不敢断定。她向前走了一步，歪过头，仔细看那人的脸。尽管章明的面目改变了很多，她还是第一眼便认出了他。章明戴一顶破旧的蓝布帽，帽檐向下滴着雨水，两手向后，拉着一辆翻斗小车。蒙蒙细雨把他瘦削的身影衬得更高峭，肩胛显得更突出，胳臂显得更长。时间仿佛停下来，公路上的喧嚷也好像静息了。丽英的目光随着章明的身影转动。他从小车里拿起一把军用短把铁锹，把卡车上卸下来的沙石往小车上装。直到他把小车装满，转过身准备离去的时候，丽英才挥着手发出一声喊叫："喂——喂——"章明双手握着车把，扭过头来。"你过来一下——"雨水打湿了章明的脸，他举起手在脸上抹了一把，瞪大眼睛看着便道上挥手叫喊的女人和她身后的卡车。他的眼神显得迷茫，丽英没法确定他是否认出了她，她继续向他招手、叫喊，司机也招着手喊："师傅，你们过来嘛，过来帮个忙嘛！"

章明放下手里的小车向她走来，卸车的人也跟着来了两三个。

当两人面对面互相看着的时候，丽英只顾得紧盯章明的脸，雨水淌过面颊她也没在意。一年没见，这张脸好像经历了几十年。颧骨突出，眼窝深陷，两颊贴在腮帮上，下颌显出了棱角，那历经沧桑的形象一下子便打动了宋丽英的心。丽英确信他已经认出她了。他嘴角动了一下，一声没吭，只用冷峻的目光瞧着她，那神情胜过千言万语。现实生活中落魄的男人在女人眼里是那样动人，丽英仍然瞪着眼睛，却没有觉察眼泪已经夺眶而出，混着雨水，把整个脸打湿了。几个人转到车后去喊着号子推车，章明随着大伙一起弯下身子。他翘起的屁股少了一些肌肉，却依然结实、诱人，在丽英心里激起一阵冲动。章明知道她在看他。他低下头，栽着肩膀，随着号子声一起一落推车，虽然没回头，但身上的每个动作都像在对她说话。她听见他说："见到你太高兴了！我知道你在牵挂着我。我也一直牵挂着你！希望你多多保重，一切顺利，早点恢复工作。"

车轮越陷越深，他们不得不停下手。

有人转回去，到工地找草垫，有人去砍路边的梭梭柴。丽英凑过去，贴近章明站下，眼睛看着别处说："我离开窑厂，到团部供销点了……"话没说完，眼泪涌出来，喉头哽住，嘴唇不停颤抖，"章，我爱你！不管以后我嫁给谁，我心里只有你！把你害成这样，下辈子变牛变马还你。"

说这些话的时候她语速很快，好像在争抢时间，生怕错过机会。

说完，她扭回头看着他的脸，好像在问"你听到了吗？"看他微微点头，脸上浮起熟悉的腼腼的笑意，丽英鼻子一酸，喉咙里发出呲呲的啜泣声。章明抿起嘴唇，腮边漾出浅浅的涡纹，目光像电波一样激荡她的胸膛，让她的心脏一阵战栗。他用她熟悉的嗓音低沉地说："我不是好好的嘛！"她喃喃地说："章，对不起！把你弄成这样，现在我只有天天许愿，要你平安！"他咧一下嘴，说了一句粗话："我这样，跟你有屎子的关系！你不是也补了课嘛！"他的粗话把她逗乐了，她含着眼泪笑了一声。

离开他的时候，她满脸甜蜜，一路在心里念叨："章，我爱你！永远永远爱你！"

回到团部，一见到阎大姐，丽英就哭起来。丽英躲到货柜背后，老阎追过去。

"怎么了？小宋，出啥事儿了？"

丽英坐在床边抹泪，老阎用膝头蹭着她的腿。

"我见到他了。"

"见到谁——见到章明了？"

丽英扑过去，搂住老阎的腿，脸插进她怀里："我咋办呐？大姐！那么好的一个人儿，我把他毁了。"

看她像孩子似的倒在她怀里哭，老阎扶着她的肩膀，抚着她的头发:"怎么回事儿嘛?傻妮儿,你慢慢说。"

"一个那么英俊、潇洒的人,现在、现在……成了什么样子了?"

老阎抚弄着她的头发,轻轻拍着她的头顶。

"那时候我监视他,天天向领导汇报他,把一个好好的人整成了这样!"她哭着,说着,把心底郁积的话全都倒了出来。

老阎坐在她身边,一手搭着她的肩,一手轻放在她腿上。丽英伏在她怀里,握着她的手。她的啜泣声渐渐平息下来的时候,阎大姐在她头顶叹了一声:"你太年轻,经遇的事儿太少。"停了一下,阎大姐轻声问她:"你是不是很爱他呀?"不等丽英回答,她叹了一声,自言自语说:"章明那样的才俊,哪个女孩子不爱呀?他家老太太四十多岁守寡,争刚要强,拉扯他们姐弟几个,把章明调教得知书识礼,温文尔雅。家境虽然不好,可从小没让他吃过苦,受过屈。这样的孩子,不知道外面的人心世故,遭人忌恨、被人算计自己也不知道,遇到这年头,不栽跟头才怪。落到劳改营,不是你的错,只怪他自己太单纯。运气不好。"

丽英忽隆一下站起来,对着老阎跪下去,两手按地,头磕着老阎的脚尖:"大姐,你帮帮我!我心里像有个鬼魂缠着,一刻也不得安宁。眼看我就要成为别人的人了,可我心里还是想着他!我想在结婚前见他一面,把心里话对他说说,哪怕做一夜夫妻,这辈子也不后悔了。"

"起来！快起来！"阎大姐把她从地上拉起来，抵着她的脸说，"看不出，你这丫头还这么痴！"

一转眼，胡杨树变得一片金红，像镶上了金箔，左公柳变得灰蒙蒙的，如云似雾。站在河岸上放眼望去，绿洲里透出了五颜六色，茂盛的杂草、芦苇像五月的麦田一样翻着金波银浪。

老阎指着河滩里的景色："看这新疆多神奇！秋天比春天更漂亮。看这小河，都是冰峰上流下来的雪水，清亮得叫人心颤。"

小河从丽英脚下流过，穿过石滩，腾着凉气，隐进远处的芦苇丛里。

老阎看着河滩说："团部要在这儿筑堰、修渠，在那儿建水塔。"她转过脸，看着丽英，"五中队就要来了。"

丽英愣了一下，一时没明白老阎话里的意思。

老阎笑了一下，轻描淡写地说："章明不是在五中队吗？"

热血一下子冲到丽英头顶，她整个脸像盛开的红柳花。那一刻她想抱住阎大姐，狠狠亲亲她的脸。老阎的男人是政委，调动劳改队来修渠是很正常的事，可把五中队调来，她觉得其中一定有阎大姐动的心思。

五中队到来的时候，山坡上的野花开得正灿烂。他们在团部对面绿洲边缘的大坂上搭起帆布帐篷，建起新营地。最初的日子,章明对这新地方不适应。他觉得帐篷没有地窝子安稳。地窝子虽然简陋,是自己亲手挖的,住惯了,就像自己的家。新建的帐篷周围没有铁丝网,晚上没有哨兵看守,章明觉得没遮没拦,心里恐慌,夜里睡不踏实。直到郭教导给他们讲了新纪律,管教们开始值勤上岗,关山把大家集合起来,大声训话,给每个小组分派了任务,这支队伍才安定下来。

章明在运输组,任务是搬运卡车卸下来的石头,用撬杠把石头码齐,堆放好。

有一天,他们正端着饭碗蹲在帐篷前吃饭,郭教导陪着一个中年女人走过来。郭教导说:"团部供销点给咱们进了一批水泥,阎主任要几个人卸车。挑到谁,跟她走。"

老阎像在草原上买牛羊似的巡看帐篷前的人,用手指点着说:"你!过来。你——你——"

章明刚喝完糊糊,把饭碗扣在脸上,伸长舌头舔碗底。这是营地的习惯,省水,省麻烦,还能把每个饭粒都吃进肚里。舔碗的技术在工地上被看作是资格老不老的象征。谁的碗舔得最干净,大家都会敬服他。起初章明这方面技术差,总是被人奚笑,现在他的碗底虽说还有些涩巴,可已经看不到饭粒,不用再洗了。

老阎走到他跟前,等他把饭碗从脸上拿下来,仔细审看他:"你!过来。"看他站起来的样子慢慢腾腾,关山吼了一声:"章明!叫你呢!"章明立马响亮地答了一声"到",两腿并拢,直直地站到老阎面前,惹得老阎扑哧一声笑起来。

这天一共来了五车水泥,卸在团部门口广场上。盖好帆布篷,几个人准备离开,老阎指着章明说:"你,留下来。"

她拿出一个本子、一支圆珠笔:"你不是学会计的吗?回去把行李拿过来,跟郭教导说,往后你住帐篷里,负责看管水泥。每天进多少、出多少,给我登记清楚,记在这个本本儿上,不许出错!啊!"

章明把行李拿过来。老阎把他叫到跟前,面对面看着他:"章明,认识我吗?"

在营地里,改造人员一般不正眼看别人,跟老阎干了一天活,章明没注意她的脸。经她这么一说,他抬起头认真看她。起初满脸疑惑,然后从她的眉眼、鼻洼、两颊,慢慢找到一些印象,唤起了心里的记忆,脸上仍然有点惶惑:"你是——彩珠姐?阎姐?"

老阎伸出手指,在他额上敲了一下,小声关照他:"不许对别人乱讲。我现在叫阎新华,不叫彩珠了。你姐姐还好吗?她现在在哪儿?我们有几年没联系了。"

一个宽大的涡纹随着章明的嘴角向两边绽开,从眼窝一直扩展到下颌。他咧开嘴巴,露出牙齿,整个脸被傻傻的笑容盖住了:"没想到……"

"你没想到的事儿多着呢。瞧那儿,是谁?"

这一下章明真的惊呆了。宋丽英从供销点走出来,像在梦境里一样越过广场,向他走来。当她走到章明跟前时,老阎用公事公办的口气说:"你带她转一圈,把水泥盘点一下,记下来。以后每天给她报个表,三天对一次账。"临走时她回过头严肃地说:"你们俩,平时不要随便交谈,把工作干好。"

章明走在前面,丽英跟在他身后,两人走进水泥垛里。

"你得好好吃点东西,瞧你瘦成啥样儿了!"宋丽英眼睛盯着水泥包,拿笔的手在空中比画。

听到章明不出声地笑,她扭回头,闪电般地看他一眼。

章明的脸上浮起一点淡红,笑容显得更腼腆。

丽英麻利地扔给他一块黑黑的东西:"快吃!就在这儿吃。"

那是一块牛肉干,到嘴里挺有韧劲,章明歪着头使劲咬,才把它撕开嚼烂。不知道自己像不像荒原上饿极的狼,一转眼那东西就全在肚里了,连滋味也没顾上品。

丽英再次瞥他一眼,从口袋里掏出一管彩纸包裹的圆柱形水果糖:"藏好!别让人看见!"

此后,他给丽英送报表时,她会拉开抽屉,拿出一些熟洋芋、咸水蚕豆、苞谷面发糕一类的吃食,让他当场吃掉。有一天,她拿出一个鸡蛋,磕开了,倒在茶杯里:"我在维吾尔族老乡那儿弄到几个鸡蛋,没法煮,你就生喝吧。我还弄了一包葡萄干,你藏好了,夜里摸出来吃。"

章明只是抿嘴微笑，一句感谢的话也没说，那傻傻的样子让丽英更怜爱他。

吃过晚饭到熄灯睡觉，这段时间是营地上最美好的时光。一天劳累结束了。天还没黑，西天还有些霞光。不管饭食好坏，肚里填了东西，身上热乎了，胳膊腿放松了，心情也跟着放松下来。走到河边，脱下上衣，用毛巾蘸着冷水擦擦身子。河水凉爽极了，撩到身上让人直打激灵。章明一边在身上揉搓，一边咝咝地吸溜嘴。这时候，丽英站在供销点后门外的屋檐下看他。章明光着膀子，像正在脱出胎衣的牛犊子。在夕阳余晖下，他的脊背反射出肉体的亮色，瘦削的肩胛一张一合，长胳膊在胸前背后舞动，亮亮的水珠在他周围迸溅。当他把裤子向下褪，露出腰胯和屁股臀时，丽英的眼睛紧盯着那一圈儿白白的皮肉，浑身血液燃烧起来，忍不住一阵冲动。

晚上，当她钻进他的帐篷时，她对他说："我想啃你的屁股。"

章明被她的话吓傻了："什么？你说什么？"

"我想在你屁股上咬一口。"

章明惶恐地说："不行，这怎么……"

"起码你得让我摸摸它。"

那时候月亮已经沉下去，天很黑，帐篷外很冷。章明已经睡了一觉。他脱得光溜溜的，像扒了皮的狗一样蜷在被窝里。这是营地里治虱子的好办法。身上虱子多的时候,夜里把所有衣服脱光,反过来搭在露天里冻一夜,第二天早晨在风里一抖,冻僵的虱子就掉下来,比撒六六粉还有效。丽英钻进帐篷时他醒了,朦胧中认出了她。他把被角掖掖,低声说:"你快出去,我光着身子呢。"

丽英说:"我知道,我看见你的衣服在帐篷外搭着。"

"你不怕虱子染到你身上?"

"这东西谁都有。你这法儿我在窑厂时候也用过。"

她坐在他枕边,手掌贴紧他的面颊,从他的眼窝、颧骨摸到他的嘴唇、下巴、脖子,然后把手探进被子,从他的肩窝摸到赤裸的胸脯。当她的手在他身上移动的时候,两人都紧张得透不过气来,她听见自己的心脏在鬓角边怦怦跳动,手下的肉体和身下的草垫都在颤抖,她不知道是自己的手在颤还是章明的身体在颤。她的手指触碰到他大腿中间毛茸茸的东西时,章明突然抓住她的手,把她的脸拉到自己腮边。她听见他的牙齿在齿缝间哒哒响,整个身体都在发抖。他低声说:"你不害怕?"丽英把两手抽出来,紧紧抱着他的脸,把自己的脸压在他脸上,发疯地亲他的额头,亲他的面颊,亲他的嘴。一边亲,一边喘着气说:"我爱你,章!这会儿让我死我也不怕。"她快速地脱掉衣服,把光溜溜的身子压到他身上。他喘着气,两臂紧紧搂着她,深深亲吻之后,对着她的耳朵说:"不行,英。我不行。我真的不行。"宋丽英搂着他,拍着他的背,像哄孩子似的说:"不怕,我的乖，别怕，没什么好怕的。"当她把手伸下去，抓住他的好东西时，她才明白章明的意思。那东西肉乎乎地躺在她手掌里，无论她怎样抚弄它，它也没能挺立起来。她弓起身子，把它托起在眼前，轻轻摆弄它，勾起头亲吻它。它那软塌塌的样子像章明一样，又可怜又可爱，叫人心疼。她返回身托起章明的头，满心疼爱地说："你不爱我，是吧？你不喜欢我。"章明苦笑了一下："我是石头吗？从前你心里对我好，我知道。现在，这时候，你还对我这样，我真的很抱愧。""你还是不爱我。""别说这样的傻话。"她贴着他的脸问："只是抱愧，没有爱？还是因为害怕？"章明不吭声。他真的很害怕，可他不想承认。他知道，自己的东西不行，不只是因为害怕。自从被关山捉弄关了禁闭以后，他的欲望就消失了，那东西睡着了，像烫过的蚕蛹，稀软地缩在一起，撒尿时不得不使劲扯着才能露出头儿来。这些话没法对丽英讲。为了不让她误会、伤心，他哑着嘴说："你是个好女孩，与众不同的女孩，我喜欢你。""我把你整成这样，你不恨我？"章明举起手在她鼻子上刮了一下："恨你！你满意了吧？"

"章，对不起，让你受苦了。等我找个安全地方，让你放心。好好吃点东西，补补身子。我真的很爱很爱很爱你呀，从我看见你的第一眼就爱上你了。我不能把第一次给了别人。"

"外面不行。店房里不行。店房后面的仓库……不行。野地里……团部西边有座空空的喇嘛庙,可它离这儿还有两公里……哪儿才安全?哪儿才能让他放心,让他放松?"这念头纠缠着丽英,她的脑子像野地里的风车,一刻不停地哗哗转动。

一辆水泥车停在广场上。今天有七八辆车过来送水泥。丽英脑子里跳出一个计划,她马上变得无比兴奋。

"嘿!嘿!别把它垛在一起。"她走到卡车旁,对卸车的人说,"这样堆放,咋盘点?"

车上的人停下手看着她。

"这一批和那一批中间留个通道,瞧,这一车卸那儿,那一车卸这儿。"

在她的指挥下,水泥包被垛成几个区,帆布篷下隔出了一些方格。当丽英和章明盘点这些水泥时,两人仿佛在迷宫里行走。她手里的圆珠笔指点着,嘴里读着数字,带他走过狭长的过道,让他见识她为他筑成的密室。经过一个十字路口,向右拐,再左拐,一个小小的空间出现在眼前。这个房间虽然狭窄,却给人一种铜墙铁壁的安全感,四周是水泥包垛成的高墙,高墙下有个隐蔽通道。

"有什么响动,一转身就能从这儿跑出去。"

章明脸上涌起了掩不住的惊喜。

她看着他的脸说:"这地方咋样?"

宋丽英终于享受到了自己的初夜。当两个光溜溜的身体躺在麻袋铺成的地铺上时，在一张破旧的毛毯下，她安静地搂着他，把脑袋放在章明臂弯里，脸颊蹭着他的脸颊，嘴唇对着他的耳朵。帐篷在高墙顶上抖动，风声在黑夜里掠过。她用梦话似的声音和他说话，手指轻轻抚弄他的胸脯，直到章明的身体完全放松下来，她的手才滑过他的腹部，慢慢向下摸。把那可爱、可怜的东西抓到手的一刹那，浑身热血沸腾起来，烧热了她的手掌，那握着的宝贝立时感受到她的温暖和冲动。在她温柔的爱抚下，它逐渐长大，最终挺立起来。丽英心里充满了胜利的狂喜，整个人都燃烧起来。她听到齿缝间发出的声音，分不清是自己的呻吟还是章明的呻吟。猛然间，剧烈的疼痛刺入她的身体，全身战栗了一下，她的灵魂飞出了躯体，一瞬间失去了意识。一切平静下来后，她觉得自己像一朵绽开的雪莲花，每个花瓣都舒展开来，身体所有部位都蓬松开放、滋润轻松。

泪水从她眼里涌出来，她的鼻子发堵，喉咙里响起了哭泣的声音。

章明侧身搂抱着她，俯在她脸上，抚摸着她的眼窝，用手指的温存传达他对她的怜爱。她啜泣着说："我想给你生个孩子。我想让你进到我肚里，我再把你生下来。"

他们互相搂抱着，听着帐篷外的风声。绿洲里树木摇动，河滩里的小河在乱石间汩汩流淌。

"章，咱们跑吧。新疆这么大，咱们随便逃一个地方落下去。"

章明不吭声。

"口内那么多逃难的盲流都落下来了,咱们就不能逃一个地方去?"

"咱们不是盲流。"

"你还是害怕?是吧?"

"盲流没人追查,咱们跑了会有人追查。被他们查到,一辈子就完了。你不值得为了我受这么大牵连。"

丽英搂紧他,把呜呜的哭声埋进他怀里。

有一天,章明突然消失了。一个陌生人住进帐篷,拿着账簿,接替他看守水泥。

阎大姐说:"四中队需要一个懂账目的人,营部把他调走了。那儿比五中队强,条件、环境都比这儿好。那儿的队长不会欺负他。"

看着丽英灰暗的脸色,阎大姐说:"你下月就要结婚了,惹出事儿来,这辈子谁也别想翻身。"

丽英掉着泪,觉得自己的心从那一刻起就死了,活着的只是她的身体,吃喝,睡觉,干活,承受人世加给的一切。

第六章　女人，女人

回想起与小六相遇的情景，章明有一种奇怪的感觉："这个女人是从哪儿来的？她离我那么远，怎么会一下子撞见我，就成了我老婆？"

那是他从劳教人员变为就业人员之后，第一次回乡探亲。

就业人员也叫新生人员，虽然解除了劳教，却要留在队里继续改造，干同样活儿，吃同样饭，由管教干部继续管理。不同的是，从那时起，章明每月能领到三十二元五角钱工资，能享受单身就业人员两年一次的探亲假，回乡路费队里报销。如果结了婚，可以把老婆孩子接到营地来。章明用八年的劳动获得了新生，可以回乡探望母亲了。

那时，他们的连队已经转移到塔里木盆地西沿，塔克拉玛干沙漠尽头。翻过白雪皑皑的喀喇昆仑山，就是巴基斯坦、阿富汗。请准了探亲假，章明才意识到回乡的路有多么遥远。记不起迁移过多少营地，不知道是怎么一路走过来，回望中原，竟有天地相隔的感觉。春天将尽，戈壁滩上的骆驼草和台地上的蒺藜开始转绿。从泽普、叶城之间的营地出发，搭三四天便车到喀什，吃一顿拉条子，买几个馕，沿着天山南麓再搭便车走五六天，看见连绵的雪峰，觉得离乌鲁木齐不远了，可走了一天又一天，还是望不到城市的影子。进了城，看见红山头，章明异常激动，想扑过去，搂着宝塔亲一口。从乌鲁木齐搭便车到尾亚，登上火车，心里才觉得真要回家了，中原大地不再是梦中的幻影，火车上的几天几夜也就算不得什么。

这是章明十七岁离开老家后第一次回乡，家乡不再是原来的样子。经历了"大跃进"，老家老屋拆除了，母亲离开县城到省会来投靠哥哥。在一座家属楼的筒子房里见到母亲，章明有种做梦的感觉，找不到儿时的记忆，心里只觉木然。

和母亲相聚的几天里，章明每天和母亲相守到深夜。家属楼里的住户都入睡了，只有母亲的房间亮着灯。在一盏淡黄的电灯泡下，章明坐在母亲床边，伛着腰，低着头，一边抽烟，一边和母亲说话。他好像还在营房里，说话声音很低，脸上没什么表情，像讲别人的故事，不带什么感情，也不诉苦、埋怨。母亲问起来，他才讲一些细节，母亲没问到的，他也不想提起。直到母亲抹着泪说："娃，妈不该让你一个人到那么远的地方去读书，让你受苦了！"章明才像在外面闯了祸的孩子似的捂着脸呜呜痛哭起来。母亲从床上起来，拿一条湿毛巾给他擦泪，站在他面前，挽着他的胳膊。他仰起脸，在母亲握着毛巾的手下呜呜咽咽哭着说："李梅她把我的日记拿到大会上去揭发我，她说我是……"母亲在他肩上狠狠拍了几巴掌："傻孩儿，千年古字会说话，谁叫你记什么日记啊！"

那一刻，母亲有种痛彻肺腑的悔恨，觉得是自己没尽到教育、呵护孩子的责任，让儿子受了这么多磨难，遭了这么多罪。那个害他的女人，是她包办订的婚，是她逼着儿子成的亲，是她供她读书，托人为她找工作，又支持她调到儿子身边。

"那时候多少人家追着咱家提亲，我都没答应。不是看她外婆在牌坊街是个好人，天天捧着水烟袋到咱家来缠着我，我咋能答应这门亲事，愿下李梅这个丫头？明天咱们回老家。老家有的是好人家，有的是好闺女，比她李梅强百倍的妞娃儿多的是！妈一定再给你找个好人儿。"

这样，章明就到了豫南这座小城，到了郊区的一个小湾里。

那年月，不知出于什么原因，在大学里读书的弟弟退了学，来到豫南这个小湾里当了公社社员。章明与母亲一起回老家，从这座小城经过，顺路看看在郊区落户的弟弟，在小湾停留一天，第二天回老家。

那时母子俩信心满满，觉得回到老家就会有很多好人家的好闺女上门提亲。在这样的心情下，重新得到母亲的呵护，章明恢复了从前那个趾高气扬的少爷的傲气，对靠在弟弟门外的一个乡下女人根本没在意。这个村子很小，谁家来了客人，邻居的男男女女都会凑过来看热闹。这个女人靠在弟弟家门外，看着章明和弟弟、弟媳围着老太太说话，收拾饭菜，里里外外忙活，像个影子似的一直站到天黑。章明一家掌上灯，准备吃饭，有人在外面叫"小六——吃饭了!"这个女人才离去。章明和母亲从她身边走过几趟都没正眼看她,觉得这女人好没意思,站在别人家门口,不怕碍事。

回到老家后,母亲才明白世道不同,人心不同了。她的家庭和孩子不再像从前那样让亲戚、邻居羡慕高看。很多相熟的街坊见了她,只是不热不冷地寒暄几句,没人像以往那样亲热地围拢来说话。章明的老同学见了他也像并不熟识似的,章明热情地说:"我是章明啊!"对方只是淡淡地点点头。

母亲安慰儿子:"这不能怪他们,你犯错误在新疆劳改,恐怕街坊邻居都知道。这也不是什么见不得人的短处,你只管大大方方在街上走,想说话说几句,不想说就点个头。"

老家的好人家还像从前一样多,热心说媒的人也不少,在母亲奔走下,每天都有新的对象被提到。母子俩认真讨论一番,说说这家人的家境、老辈人的情况、父母的为人,还没来得及见面,对方就没了消息。

回到老家之前,母亲不认为儿子的身份有什么问题,在她眼里,儿子犯的错误算不得什么,谁都知道是怎么回事。这样好的孩子,往谁面前一站,谁不喜欢?还计较什么什么派,就业人员?可如今她明白了,要物色到对象,必须隐瞒儿子的身份,硬着头皮说点假话。这对她的自尊心是很大的打击。

章明的探亲假即将到期,离回队的时间越来越近。城里既然没什么希望,母亲只得带儿子到乡下去碰运气。乡下亲戚们也许不知道章明的底细，乡下女孩要求低，容易哄骗。

在乡下，凭着以往的家族声望，母亲重又见到当年挤破门来提亲的景象，章明每天都要见一两个女孩，然后与母亲一起品评她的长相、举止、说话。在探亲假即将到期的最后几天里，章明终于谈好了一个。这女孩是民办教师，家庭成分高了点，人很好，有文化，有修养，性格温柔，两人一见面就很热乎。在村外文峰塔下走走，坐坐，说说话，第二天就进城去吃饭，买礼物，比着女孩的身材挑选了两身衣服，就算定下来，女孩决定跟章明一起走。为了等待女孩办理户口迁移手续，章明给连队发了电报，说患了重感冒，没法按时归队，请求续假半个月。这是回乡探亲的人常用的花招，队里领导一般不会较真。

就在车票买好之后的前一天晚上，这女孩突然来了。她手里挽着包袱，一进门把东西扔在椅子里，满脸怒气，眼睛红红的，连坐也没坐，只说了一句"这是你的东西！"转身就走。走到门口，回头骂了一句"骗子！老右派！还想叫我跟你走！"章明追到门外，女孩头也没回，蹬上自行车走了。母亲坐在椅子里，一动不动看着女孩消失在暮色里。章明在门外待了一会儿，突然一跺脚，转过身说："狗日的！一个破民办老师烧什么烧！老子就是打一辈子光棍也不要这样的势利小人。"

离开故乡那天，母亲闷头收拾东西，章明像卸去了重担似的轻轻松松跟母亲说笑："妈，我一直没敢跟你说，这女孩身上狐臭味可大了，她要跟我睡一个床，不怕熏死我呀？"

进站上车之后，那女孩突然出现在车窗外，伸着手，拍打车窗。章明把窗玻璃打开，头伸出窗外。女孩眼睛红红的，手里举着一个信封。她把信封递给章明，转过头抹眼泪。汽车开动的时候，女孩跟着车向前跑了两步，挥着手喊："章明，给我来信。啊——"她这一招弄得章明和母亲离开故乡时鼻头酸酸的，心里很不是滋味。章明拆开信封。里面装着几张粮票、一页信。

　　章明：家里听说了你的情况，他们坚决不同意我跟你走。请你原谅。你我以后还可以继续通信，等父母啥时候愿意了，我去找你。几斤粮票带着路上用。

　　母亲赞叹说："到底是咱们老家的女孩！花了你的钱，送几斤粮票，不失礼。"

　　章明和母亲再一次来到小湾，住在弟弟家，准备第二天返回省城。

　　晚饭后，章明给弟弟、弟媳讲老家的相亲故事。小六还如上次那样靠在门外墙边，母亲仍然没正眼看她，章明却留意到了门外有个看客，讲故事的表情动作有点夸张，时不时还插进一两句逗乐的话。

　　"车开动的时候，她眼泪汪汪追着车喊：'章明，给我写信啊——'我章明就这么不值钱？你蹬了，还叫我给你写信？你掉泪儿也白搭，鳄鱼的眼泪。老锤子还会再理你？"

章明突然冒出这句老家土话，惹得弟弟和弟媳一齐大笑，小六也在门外跟着笑，嘴里发出嘻嘻的声音。

母亲打开提包，把那女孩退回的衣服拿出来，扔在床上，转脸对弟媳说："这衣服也没用了，你看谁能穿，送人吧。"

弟媳掂起衣服凑在亮处看，小六从门外探进头，随着弟媳的目光打量。

"小六，你过来穿穿看。"

小六走进来，大大方方脱掉外套，把新衣服穿上，转着身子让大家看。

章明和母亲这时候才认真看她。这女人长得不算丑，圆圆乎乎的脸，挺大的眼睛，腮边两个酒窝。就是胖了点，身材显得臃肿，蜜蜜很招眼地隆起在胸口两侧，肚子鼓突，像怀了孕。新衣大了一边，虽然不很合身，却能把宽大的臀部罩住，遮去几分肥胖。

"裤子就不用试了。"

弟媳说："小六，你拿去穿吧。"

这女人显出害羞的样子："这么好的衣服，我没地方放。"

"放它干吗，穿上就行了。"

小六不干。她把衣服脱掉，转身跑走了。

望着小六的背影，弟媳说："要不，把小六说给二哥吧？"

弟媳的话说得很唐突，屋里所有人都愣住了。

"小六家成分不好，从小没了父母，十六七岁嫁到双河集，和男人搁不住，成天打架，过不下去，回到小湾来，住在她哥家。"

"那不是还没离婚嘛？"

"男方要离，她哥不同意。他们不想让她回来。弟兄三个只有两间草房，小六晚上在灶门口睡稻草。她回来了，家里多一口人，三个哥哥更不好找对象。"弟媳看着母亲的脸，"其实这女人还是不错的，人泼辣，能吃苦。现在她正愁没地方去，哥哥要她走，婆家不能回。在村里没处去，一天到晚在我这儿玩，帮我看孩子、干活，手脚可麻利啦。"

"她多大了？"

"今年二十三。"

"比我们章明小着十岁呐！"

"她那样子，看上去跟二哥差不了多少。"

"结婚这么多年，为啥没孩子？"

"小六脾气倔，不愿意这门亲事，嫁过去后不肯和那男人同床，两人天天打架。"

母亲看着章明，章明只是咧嘴腼腆地笑。

弟弟说："反正要把衣服送给她，说说也不妨嘛。"

"你们一来，她就站在门口。你没看她瞧二哥那眼神儿？"

弟媳的话让母亲很受用："我们章明别看劳改了这么多年，站在人前还是一表人才，女人见了没有不喜欢的。要不，那个民办教师怎么会起早追到汽车站？她还是舍不得啊！你想跟这个女人说，就说说吧。反正我们明天就走了。你跟她讲好，她得马上离婚！离了婚，想找我们章明，你带她到郑州来见我。"

章明没把这桩婚事放在心上。他知道母亲看不上这女人。把用不着的衣服送她，捎带提一下亲，只是弟媳的一番好意。离开小湾，回到郑州，母亲没再提起她。踏上西去的列车，挤进乱哄哄的旅客当中，他就把这女人忘了。把鼓鼓囊囊的大包小包放在行李架和走道上，解开衣领，找个座位坐下，家乡在他心里淡漠下去，随着车轮声渐渐远去。到营地去的路那么漫长，他没法想象一个女人能只身一人在戈壁滩里一次次招手拦车，搭陌生人的便车，在风沙里穿过荒原，走几千里路，到昆仑山下的营地来找他。

那时太阳正在落下去，光秃秃的荒原反射出白惨惨的亮光。营地的干打垒房子无遮无拦地趴伏在浅黄色的大坂上。

连队收工了。人们背着工具、拉着车辆从工地往回走。章明把手推车放进敞棚，转过身看见一个女人坐在路边沙丘上，身边放着包袱，眼睛盯着放工回来的人群打转。那瞬间，章明好奇地想：谁的家属来了？

"喂——章明——"

留守在营地的木匠老陶招手喊他，那时他还没意识到这女人和自己有什么关系。

"你家属来了!"

他站住脚,用惊奇的目光看看老陶,又看看路边的女人。

"我家属?胡日鬼了!"

老陶举起手向那女人挥了一下,加重语气说:"你家属来了!"

女人站起来,冲着章明转过身,瞪大眼睛看着他。她的眼睛挺大,在夕阳下显得很明亮。她身上的衣服和那胖胖的身材、特别是她胸前两堆很招眼的肉丘让章明恍然大悟。这是她在弟弟家的小屋里试衣服时留在章明记忆里最突出的印象。章明记不得她的长相(他几乎没正眼看过她),却清楚地记得她的胸脯,转身时颤颤巍巍的差点蹭着母亲的眼睛。现在面对这个女人,他瞪着她的胸脯愣了一会儿才想起她的名字:"小六——你?"

小六站在那儿没动,只是用滴溜溜的眼睛看他。

他走到她跟前,瞪大眼睛看着她,不敢相信这是真的:"你怎么……"

这是章明第一次和她说话,第一次面对面和她互相看着。这时他才清醒地意识到,小湾里靠在弟弟家门外那个女人真的来了。她一个人走过了上万里路,穿越戈壁荒滩,绕着塔里木盆地,走过塔克拉玛干沙漠,从豫南小城的小村到昆仑山下的营地来找他了。

"你也不问人家吃饭没有?"

小六的第一句话让他觉得他们好像已经结婚了多年。

他脸上现出腼腼的笑意，用歉意的语气把她的话重复了一遍："你吃饭没有？"

"三天吃了两个干馍，人都饿扁了。"

"咋能这样嘛？啊？你这一路……"

"我身上不是没带粮票吗？这袋馍馍还是你妈给蒸的，从郑州一路吃到这儿。"

章明什么话也说不出了。他弯腰把她的包袱提起来，又把它放下。

"我去找指导员说说，给你找个住处。"

"你还不叫我跟你住一起？"

这时他真正感到了羞惭，脸上显出抱愧的样子："我住的集体宿舍。你来了，我有了家属，才能申请住处。"

"我不管，我就跟你睡一起。"

"那是大房子，十几个人的大炕。"

她白了他一眼："大炕咋了？他睡他的，咱睡咱的。"

这女人和他从前接触过的女人完全不同，说话做事都是这么直截了当。

拿到她的户口迁移证，章明才知道小六有个很文雅的名字——苗玉芳。当他称她"玉芳"的时候，小六向他挥了一下手："别酸了，那是生产队记工用的。"

他带她去见指导员，把户口迁移证和粮食关系转移证交上去。

小队长把他的铺位调换到靠墙的地方，同伴们给他腾出一人半宽的空位。小六在铺位旁边扯一根绳，搭上一床被单，两人就在这儿过新婚第一夜。被单那边，几个男人在抽烟、咳嗽，有意无意地讲俏皮话，说粗话；被单这边，小六坐在章明身边，专心专意脱衣服。房顶上电灯泡的亮光透过床单，把她笼罩在昏黄的暗影里。这女人像剥苞米棒子似的从身上一层一层往下剥衣裤。最外面是那套新衣，第二层是她在小湾穿的暗红格子外套、黑布裤子，第三层是花布做的小布衫和大花裤头，第四层是粗布做的背心。举起胳膊把背心从头顶扯下去，一对肥硕的奶子像两头小白猪似的蹦出来，让章明吃了一惊。他从没见过这么大的乳房，鼓胀，结实，沉甸甸的闪着光泽，从腋窝上方耸起，膨出椭圆的弧线，像成熟的大瓠子，顶上翘着一朵紫红的小花。看着章明惊呆的样子，小六哧哧笑。她向自己胸前看了看，骄傲地挺起身子扭动了一下，让奶头蹭着他的胸脯，然后突然收住笑容，郑重其事地说："知道吗？搭便车往这儿来的路上，碰到的人都劝我不要来，说那是劳改营呀，都是犯错误的人，干吗犯傻往那儿跑？新疆大着呢，随便落个地方就能找个好人家。"

"那你为啥还要来？一路受这么多辛苦？"

"因为你弟媳对我那么好，因为你妈给我蒸了一袋馍，你哥给我拿了路费，我要嫁了别人，怕你家骂我没良心。"

她笑了一下，把声音压得更低："还因为，我喜欢你。虽说只见了一面，闭上眼就想起你在小屋里说话、走动、抽烟的样子。我没见过长得这么好的男人。你走了以后，我天天想你。一路上什么也没想，就是想赶快见到你，再苦再累也不在乎。你看我像不像孟姜女呀？"

她跟他说话的时候，章明的手不自觉地放在那两头小白猪下面，托着它，揉摸着它，玩着它，在鼓胀的弹性里享受它的温暖、光滑。无比的欢乐和幸福溢满了他的心胸。他忍不住低下头，用脸颊贴着它，蹭着它，充满深情地亲吻它。不管一帘之隔的那一面躺着几个男人，小六捧起乳房，把乳头放进他嘴里，仰起下巴，如痴如醉地享受他的吮吸。她不知道，这第一夜的第一个动作完全改变了章明的生活。无论白天的活儿多劳累，在外面受了多大委屈和侮辱，只要夜里把头埋进小六的两乳之间，脸蹭着它，让它的弹性和温暖包围着他的面颊，他心里就涌满了甜蜜，恢复了自信。他亲亲地捧着那头魔力四射的小白猪，在小六那双大眼睛温情的注视下，把丰满的乳头噙在嘴里，章明就忘记了他在人世间遭遇的烦恼，像个享受母爱的孩童一样容光焕发。

队长批准了章明的申请。木匠老陶带他去看房。那是连队刚来时挖的地窝子，后来在地面上建起干打垒宿舍以后，这些地窝子就分给家属住。木匠老陶看管宿舍，也照看家属区，对地窝子情况很了解，和章明关系也不错。他是陕西人，说话口音让章明想起西安读书的情景，勾起他对美好时光的怀念，对木匠老陶也有了一份亲切感。老陶不是劳改人员，也不是管教员，他是盲流，内地闹饥荒时从家乡逃出来。老婆饿死了，他带着孩子到这儿来投奔老乡，因为木工泥工都会一点点，就留在营地干些修修补补的活。自己没什么文化，对犯过错误的文化人很尊敬。他带章明去看地窝子，指点他找一处避风、向阳、干燥的好位置。"瞧，生了火，冒了烟，不会往窝子里倒灌。"

地窝子让小六感到新奇。她一路看一路笑，听木匠解说，兴奋得不得了。选好了地方，她喜滋滋地往里钻。顺着坡道走下去，她惊奇地喊："章明，快下来呀！外面看是个柴火堆，里面还有这么大地方呢！"她在地窝子里转着身子，指点着："这儿打铺，这儿放桌。这儿垒灶，冒烟筒从这儿出去。墙窝里还能放灯哩。现在咱俩住，以后添两个娃娃也够住啊！"她抓起章明的胳膊悠着，美滋滋地歪头看着他，"章明！这窝儿，冬暖夏凉，比小湾里的房子美气多了！是不是？我哥家，那啥房啊！板打泥巴墙，上面缮稻草，夏天热，冬天冷，天要下雨，屋里就返潮，脚底下噗唧噗唧响。"

章明咧嘴笑，感到从没有过的快活。转头四下看，觉得小六说得对，这地窝子真好，不光冬暖夏凉，最主要的是钻进来就有一种感觉，想做那事儿。地窝子里好像比房子里更叫人兴奋。像老鼠一样在地下做个窝，唧唧哝哝压在一起，抱住使劲翻腾，比在房子里干事儿更欢畅。小六的手挨着他的手的一刹那章明身上就有一股热流涌起来，想把她撂倒，玩玩她的大奶子，扳开她的大腿，进入她粗腿挤拥着的那道深沟里去。他侧过脸看小六，小六眼里闪出同样的激动，眼珠子发出勾人的寒光，脸上绷紧了饥渴的表情。要不是木匠老陶在旁边，她一定会像馋猫一样扑过来。他开心地推她一把，笑着说："看美的你，是不是这会儿就想躺下呀？"他这样一说，小六松开手，扑通一声躺倒在地，把厚厚的灰尘扑腾起来，摊开手脚说："这儿就是我的窝，我的家，我想怎么就怎么。"

章明找到一些土坯，推着手推车去拉。小六说："你不用动手，把车子给我端好了。"她连袖子也不挽，搬起坯像甩布袋似的三下两下就装满了车。卸车也不让章明插手，只让他端着车把站在那儿。木匠老陶来帮忙，给他们垒起土炕，打起火墙，盘了锅灶。打扫一遍，把被褥拿过来，就算安好了家。小六到荒滩里去砍红柳、梭梭柴，章明到食堂去把两人的口粮领回来，小窝里开始生火做饭。傍晚放了工，从工地往回走，远远看见地窝子顶上飘起炊烟，章明脚下生风，浑身是劲儿，眼睛里充满了欢乐。

小六让章明见识了一个完全不同的女人。她不和章明谈情说爱，没有甜言蜜语，不叫章明的名字，对他说话的时候不加称呼，干那种事赤裸裸的。有一次章明没到工地去，被派到队部门口干活儿。半晌时候小六来了，她对领工的组长说："家里有点事儿，叫章明回去一下。"章明跟她往家走，一进地窝子，她把他抱起来，像扔柴火捆似的把他扔在炕上。章明勾过头说："啥事儿啊?""我想你了。想使使你。"章明还在惶惑的时候,她已经把他仰面朝天压在炕沿上,把他的东西掏出来,褪下裤子,两腿叉开,蹲在他身上。干完了事,一边系裤带一边催他快走:"别慢慢腾腾,叫组长扣你工时。"

章明蹲在门口抽烟,小六在灶台边擀面条。她突然转过身喊:"章明,过来——"他还没来得及站起来,她已经从背后抱着他,手上带着面粉去扒他的裤子,找他的玩意儿。小六解裤子的动作特别快,一转眼就把章明的宝贝淹没进她大腿中间那热乎乎的溶洞里。干事儿的时候她一点文明也不讲,嘴里说着乡下人不遮不盖的粗话,身体做着粗野动作,浑身像着了魔。她使劲抱住章明的腰,一下一下晃着喊:"快!小乖!使劲!小乖!说话,说你×我,×我!"章明嘟嘟囔囔说不出口,小六替他喊:"×!×!×死我!美死你!"

国庆节休息一天,章明从工地回来,走到地窝子门口就闻见一股香味。小六正在灶上忙乎,嘴里吹着罐口上的热气,筷子在瓦罐里搅,一张脸涌满了笑容。"今天放假,我在维吾尔族老乡那儿弄了一个羊肚子给你改善生活。"她解下腰里围裙,把章明推倒在炕上,"脱!先×了再吃。今天咱们得好好××,一整天不准你下炕。"章明苦笑了一下:"大白天的,衣服脱光?""在自己窝里,谁来了就让他看看。"两个人干得起劲的时候,章明闻到一股煳味,他说:"肉煳了!"小六说:"别吭声！"干完了事儿，小六跳下炕奔到灶台边。瓦罐口冒起黑烟，罐底喀吧喀吧响。她迅速把罐子端下来，仰起脸嘎嘎大笑："这牛粪火还真旺啊！明天我得多捡点，天冷了烧火墙，叫你在被窝里暖暖和和的，免得冻住了干不成事儿。"她转过身，把章明身上的被角掖好，像哄孩子似的拍着他说："睡会儿吧，乖，羊肚子吃不成了。我去弄点杂碎，给你做顿好吃的饭饭儿。"章明躺在炕上抽烟，小六出去弄杂碎。他知道这些杂碎都是从村里维吾尔族老乡那儿讨来的，不用花钱。这女人勤快，活辣，不怯生，经常凑到村里去帮维吾尔族老乡干活，老乡就把宰羊剩下的杂碎送给她。章明躺在被窝里，耐心等她把杂碎弄回来，做好，端到炕上，让他披着被子坐起来吃。吃完，她把饭碗扔在炕边就开始解扣子，脱衣服，钻进被窝，勾下身子，让章明的脸埋进她的奶子里。"好好睡会儿，睡醒了再干一盘儿。"

　　章明的生活变得快乐又简单：上工的时候怀里揣上老婆烙的杂面饼子，夹着调好的咸菜（里面放了羊杂碎），想着干完一天活就能很快回家。中午啃饼子，吃咸菜，喝开水，觉得别人的目光尖锐地看着他，他们一准在想，这小子不用喝食堂送来的黑菜汤了，瞧他美的！看到太阳西斜，就会想起小六那热乎乎的奶子和大腿。听到哨子响，立刻收起铁锹，推上手推车，飞快往回走，十几公里没怎么在意就到家了。黑黢黢的地窝子顶上盘旋着白白的烟雾，一下子他就认出了哪股炊烟是自家的。怕别人忌妒，他放慢脚步，把工具、车子安放好，脸上涌起腼腆的笑容，背起手，慢模悠悠往家走。一边走，一边和碰上的人打招呼，对谁都友好地笑着，谦和地点着头。

有一天，章明正端着碗吃饭，小六突然放下饭碗跑出去，蹲在地窝子门口呕吐。他说："你咋了？"她把嘴边擦干净说："没事儿。"

接下来，他发现她好像特别馋，总往维吾尔族老乡村子里跑，回来时手里掂着羊肚子或是杂碎。晚上干事儿的时候不像从前那样喊着让他使劲，好像很小心似的说："你慢点，轻点。"

到了夏天，她说："你能憋住不干这事儿吗？"

章明只是笑。

看他不情愿的样子，她把腰带解开，躺到炕沿上："你站着干吧。别弄那么深，别压我肚子。"

干完之后，她把肚子亮出来："你看看，这肚子有啥不一样？"

章明盯着她的肚子看了一阵，看不出小六的肚子有什么不同。

"你个傻瓜！好好看看。"

这一次他看出来了，小六的肚皮油光发亮。他在自己头上拍了一掌："你是不是有了？"

"往后你得忍忍了，我也要忍忍。"

其实小六没让他真的忍住，只是不像从前那样频繁，没原来那样动劲儿。当他小心翼翼进入她的身体时,小六抚着他的头,轻言细语说:"小乖,往后我不能搂你睡觉了,我把你的枕头摆到脚头儿,你自己睡吧。想了,就摸摸。"

章明心里有几分失落。这时候,他才知道小六的怀抱多么温暖,她那火热的奶头让他多么留恋、不舍。

小六的肚子一天天大起来,新修的公路一天天延伸,工地离营地愈来愈远。章明不能像从前那样早出晚归,他只能两个星期回家一趟。轮到休息日,他天不亮起床,顶着星光往外走,一直走到下午。一进地窝子,心急火燎地搂着小六,把她往炕边推。小六捧着他的脸,摸着他的脸蛋,把他的手扒开:"听我说,乖,我给你做饭。"他任性地说:"我不吃饭,我就吃你。""你不饿?""我想吃奶。"小六把上衣掀开,把他的头搂在怀里,让他的脸埋进她的奶子里。当他激动地吮吸她的奶头时,她说:"别慌,我给你做饭饭。"经她这么一说,章明听到肚里咕咕叫的声音,一天没吃饭,真的饿极了,只好眼巴巴地松开手,坐在炕沿上,等她做饭。小六不慌不忙烙馍、做汤,站在旁边,看他吃。他吃完饭,再一次急匆匆地把她往炕边推。小六抚着肚子说:"今天算了吧,他在里面踢我,不想让你进去。"章明很恼火,他满脸灰暗地说:"半个月才回来一趟!饿着肚子走了一百多公里。"小六笑着说:"刚才你不是吃过奶了吗?往后啊,你得让着点,他小,不懂事儿。"章明拿起提兜,背起挂包，赌气说："下星期不回来了。"小六把他拉回来，抓起他的手放在她肚子上："你摸摸，他在里面玩得多欢！这是你的孩子，你们章家的骨血。"孩子在他手下动，一个生命真的就要来了。章明的心情更加复杂，不知道是喜是忧还是惭愧。工地和营地分开以后，章明要在工地吃饭，这点工资两人花，还能凑合，添了孩子，他不知道有没有能力养家。

返回工地的时候，他一路在心里自责，不该对这女人那么粗暴。她怀着孩子，还到地里去捡牛粪，跟着邻居大嫂去挖甘草，找大芸苁蓉。和他结婚后，连件新衣服也没买。棉裤棉袄都是到地里去捡棉花，在巴札上买布头儿，自己动手做。挖到的甘草、大芸拿到供销社去卖掉，回来把钱塞进土罐里，留着等孩子出世了花用。日子虽然苦，她每天都乐呵呵的，很满足。

他禁不住叹了一声："这女人真是太好了！"

他们的第一个孩子出生在营地迁移的路上。

秋天将尽的时候，接到营地转移的命令，连队提前出发，沿着塔克拉玛干沙漠一直向东，在靠近阿尔金山和车尔臣河的荒野里建造新营地。家属们待在老营，新营建好才搬家。那时章明他们每天的活儿就是到沟坎下拉沙土，用木杆夹成墙模，在沙土里洒上水，拌均匀，装进墙模里，两人站在上面，拿石墩子把装进去的沙土夯结实，然后再往里装土，再夯实。筑起一人多高的土墙后，把墙模杆拆掉，上面用芦苇编扎成房顶。个把月时间，几排干打垒宿舍建成了。这是连队的基地。队部，后勤，家属区。在这个新营地里，家属们不再住地窝子，每家都能分到一间新房。门口搭建了拐角形小屋，把住房的大门掩进厨房里。章明高高兴兴把新分到的房子打扫干净，在木匠老陶帮助下，垒起灶台，打了火墙，然后搭乘连队的便车到老营去接家属。

离开地窝子的时候，小六哭了。她一边抹泪，一边收拾东西。

章明说："你哭啥呀？那边房子比这儿好，门口还有厨房。下去不远是河，担水呀，洗洗涮涮的，方便得很。"

"那儿离老乡的村子远吗？这儿的维吾尔族老乡对我可好了，给我苞谷，给我羊杂碎，给我葡萄干、杏干。"

"村子不远，荒漠不远，沙漠也不远。那儿的甘草又粗又大，肉苁蓉长得像树娃子。"

"真的？"

"真的。河滩里、石头多的地方到处是玉石，不骗你。"

小六抹着泪笑起来。

看着她沉甸甸的大肚子，章明发愁地说："我担心你这身子，几百公里，路上要走一个多星期呀。"

小六一点也不愁。那地方能挖到好甘草，找到粗大的大芸苁蓉，还能捡到玉石，有了这些东西，还有什么好愁啊？

她拿出一个小包袱，打开让章明看。婴儿的衣服、棉裤、小褥一件件亮出来，章明惊奇得两眼放光。看到包袱上的字，他明白了，这是母亲从家乡寄来的。去新营地之前，他给母亲写了信，告诉她小六怀孕了。这些小衣服，是母亲对又一代人的期盼。掂起那些小布衫、小棉袄，看着可爱的式样、细细密密的针脚，仿佛看见母亲在灯下戴着老花眼镜一针一线用心缝做的模样，章明的眼角湿润了，心里也踏实多了。爬上卡车的时候，两人心情都变得好起来。

这一路实在太遥远，路途实在太艰辛。一边是层叠连绵的大山、闪闪发光的雪峰，一边是望不到边的瀚海沙漠。山路起伏，沟壑纵横，眼前景色不断变幻。一会儿是浅山、台地、荒沟，一会儿是峻岭、荒漠、河谷，卡车像风中的小船一样摇晃、颠簸。还没跑两天，小六就扒着车帮呕吐，腿也肿得站不起来。坐在车厢里，人颠得更厉害，屁股颠起颠落，不一会儿肚里就开始翻腾。刚过了玉龙喀什河，她喊着："不行了，章明，快停车——停车——"周围的人帮着喊，站在最前头的人用拳头猛砸驾驶室。卡车刚刚停下，小六的腿裆里发出一声哗啦的响声，一股腥热的气味扑满了车厢。周围人散开来，用身子挡成一个小圈儿。一位大嫂挤进来，大声喊着："快，拿剪刀来！刀子也行。"一个浑身血水的婴儿被掂起来，大嫂在那小东西的屁股上拍了两掌，小生命哇一声哭出来，接着是连续不断的呱呱声震响了荒原。

章家的小女儿来到人世就受到很多人关注。有人拿出毛毡铺在车厢板上，有人拿出棉衣、棉被，有人找来了小褥、尿片，递上马奶子。小六搂着孩子在车厢角落里躺下去，章明弯下腰，凑在她扎紧头巾的耳朵边,小声问她:"咋样儿?能跟车走吗?"小六不吭声。他知道自己是在说废话。这地方前不扒村后不靠店,不跟车走,还能怎么办?

卡车开动的时候,他盯着路边那个刚刚拢起的碎石堆,章家后代的胎衣留在那里,成为塔克拉玛干的一部分。章明俯在小六耳边说:"这孩子生在路上,我一直在修路,就叫她路路吧。"

他们的第二个孩子出生在"努肉孜"节。章明不知道这一天是什么日子。他像往常一样在工地干活,不知道小六怀孕,更不知道她啥时候生产。修路工程进入沙漠以后,连队实行探亲制,不管家属在营地还是在老家,一年回去一次,休息四十天。上次探亲,搭便车回到营地,人累垮了,一进门就想躺下睡会儿。小六不耐烦地说:"一年不见,怎么一回家就躺下呀!"章明苦笑了一下:"你不知道沙漠里的活儿有多苦多累!今年我真的觉得老了,干一天活儿动也不想动。""不想我,不想那事儿?""躺下像死狗,还顾得上想?"小六坐在章明身边,帮他脱衣服,手伸进他腿裆,抓住他的好东西在手里玩。章明说:"咱们采取点措施吧,现在别急着要第二个孩子,等路路大一点再说。"他从口袋里掏出一个扁扁平平的小纸盒,"在台特码搭便车,路边有个小药店,看见这玩意儿,就买了一盒。"看他笨手笨脚撕开封纸,掂出一个透明的橡胶套,摆弄半天还没套上,小六一把抓过去扔到炕下:"败兴!再折腾一会儿菜都凉了!"

章明嘟嘟囔囔说:"出事儿咋办?"小六把眼睛一瞪:"出啥事儿?女人的肚子不怀孩子要它干啥?你们连队那些狗日的当官的,不拿你们当人看,一年回来一次,旱涝不均,这四十天从早到晚一会儿不停地干,也补不过来呀。"

章明在台特码买的小纸盒被小六扔了,里面的套套也没用上,探亲假的结果就是有了第二个女孩。

小六也不知道那天是什么日子。邻居大嫂说:"今天是维吾尔族的努肉孜节,生产队放假,各家各户做好吃的,像咱们老家做腊八粥那样,用五谷杂粮、枸杞、葡萄干熬粥,晚上唱歌跳舞。"

小六带上路路,和几个家属一起去看维吾尔族老乡跳麦西热甫。那样热闹的场面她从没见过。那样漂亮的女人叫人看一眼就不由得心花怒放。男男女女穿着靴子,戴着小帽,身穿华丽衣裙。男人打着手鼓,女人舞动双臂,下巴在手臂上左右挪动。怀抱长杆乐器的老人或坐或站,一边弹奏一边大声唱歌。带着鼻音的西部嗓音,唱得叫人直想笑着流泪。白衬衫,花条裕袢,男人们打扮得帅气十足,踏着鼓点蹁腿抬脚,甩开两臂,飞旋起来像雄鹰一样矫健、威武。

就在这时候,小六感到肚子开始阵痛,她说:"路路,咱们回家。"路路不想走,小六攥上她的手,使劲把她往人群外拉。这时候,她感到两腿中间开始发热,羊水流出来,浸湿了她的裤子。幸亏留守营地的陶木匠在旁边,她抓住他的手说:"兄弟,我要生了。"木匠把她扶到村外胡杨树下。等他从村里借来手推车,孩子已经生下来。村里的麦西热甫跳得正热火,手鼓声、歌声伴着婴儿的啼哭。月亮从群山的影子里升上来,把清辉洒在雪峰上。河里的冰层开始融化,喀喀的融冰声从河谷里传过来。小六把身上棉大衣解开,把孩子揣进怀里。路路一直站在旁边,看着妈妈从一根肉绳子里解脱出一个肉苁蓉,把绳子咬断,就听到了婴儿的哭声,她才知道从妈妈肚子里出来的是一个娃娃,她觉得这一切太神奇了。

孩子出生的第二天,章明接到陶木匠从营地打到工地的电话:"恭喜你呀章明,你又添了个闺女。"这消息来得很突然,章明愣了一会儿才明白是怎么回事,嘴里嘟囔着骂了一句:"个狗日的,戴个套你就嫌麻烦!"

章明见到孩子的时候,她已经会在床上翻身了。这孩子脸盘长长的,像章明,眼睛大大的,像小六。当章明俯下身面对面看她的时候,她嘴里发出呀呀的声音,眼睛骨碌骨碌随着他的脸转动,逗得章明心里痒痒的,又是欢喜又是辛酸。他伸出手想去抱她,孩子哇一声哭了。小六说:"你别招她,她认生。"

"你不在身边,多亏了木匠兄弟。他跑到维吾尔族老乡那儿借了手推车,把我们娘儿三个送回来。家里火墙不热,他又给拾掇了大半天。咱们应当谢谢人家。"

章明不知道怎样谢老陶。他不能请他吃饭。那年头,因为粮票的原因,一般都不请别人吃饭。章明一家分两地开伙,女人小孩口粮低,小六饭量大,粮食特别紧张,经常要靠老母亲从家乡寄粮票接济。也不能请他喝酒。这地方没处买酒,他那点工资,也买不起酒菜。他能想到的办法就是到维吾尔族老乡那儿去弄点莫合烟,请老陶到河边,坐在河岸上的石头滩里。老陶裁报纸,他卷烟。章明不爱说话,也说不出感谢话,两人只是对着河滩里的风景默默地抽莫合烟。抽完烟,拍拍屁股上的沙土,章明露出他那腼腼的微笑,对着老陶点点头说:"兄弟,多关照啦。"

小六说:"你就这样感谢人家?也不让人到房子里来坐坐?"

"家里有女人、女孩,不适合请一个男人来。"停顿一下,章明补充说,"这是我妈妈教育我的。"

"孩子七天的时候,木匠好心地到村里请了阿訇,给孩子念《古兰经》,起名字。是阿訇给我讲,我才知道努肉孜节是立春的意思,就给孩子起名叫春春。阿訇还按穆斯林规矩在孩子的左耳边、右耳边把她的名字各念了一遍,这样孩子就会永生不忘。"

这话让章明不高兴:"咱们也不在教,何必弄这一套?"

小六眼睛瞥着他:"瞧你这小心眼儿样子!不像个男子汉。"

章明板起脸说:"我不在家,不要让别人随便进家里来。"

这次探亲假,两人过得不快乐。小六把孩子生在外面,让一个外人把她拉回家,又自作主张请外人给孩子起名,这让章明肚子胀。他像上次探亲一样,带回来一盒套套。这次他态度坚决,一定要用,小六不得不迁就他。每次办事儿,看他笨手笨脚摆弄半天,把那根小棒棒弄得好可怜,小六很窝火,干事儿兴头也没了,就像她说的,"菜凉了",没了乐趣。身边有两个孩子。好不容易把她们哄睡,刚干上,路路忽然爬起来,照爸爸身上又踢又打,小的也开始哇哇哭。

"一年回来一趟,也不让人畅畅快快干个事儿!"

床上的事儿干得不畅快,两人心里都不舒服,为了鸡毛蒜皮的小事就拌嘴、争吵,有时候气得饭也不做,两人直挺挺躺着,一天不吃饭。

大漠落日的景象章明每天都能看到,只有这一天的情景他最难忘。这天的天气非常好,瀚海上没有一丝风。天蓝得透明,沙海安静得像一幅照片。夕阳又大又红,在他转脸的一瞬间挨近了沙漠,把沙漠和天空染上了鹅黄的光晕。沙山顶上描出柔美的弧线,浪谷里反射出一层层涟漪。太阳漂漂荡荡,粘连着浪花,在浮动中收起了光辉。当最后一线橘红的圆弧消失以后,霞光久久留在天边,辉耀着无边无际的塔克拉玛干。这时的沙漠最纯净,像水洗过一样洁白、干净,令人敬畏。章明手里握着他的斗子车,车里斜插着他的铁锹。有个队友在背后喊:"章明,潘指导叫你到他帐篷去一下。"章明把工具放进工棚,使劲往地上吐了几口唾沫。这是去见指导员必须做的动作,既是为了清清嗓子和牙缝里的沙子，见了领导说话能清楚一点，更是要吐掉晦气，以免有什么不吉利的事情发生。

一进帐篷，章明就明白了，今天不会有什么坏事。指导员脸上很平和，表情里有点酸酸的味道。只要队友们有了好事儿，指导员脸上就会有这种酸味。

"章明，你的改正通知来了。"

"我的……通知？"章明有点口吃，就像那天小六出现在他面前时一样。

这些天不断有人被改正，离开连队。可这事儿落在自己头上，章明还是觉得很突然，像在荒原里迎面遇上一只狼，叫人吃惊。

指导员伸出手，把桌上的一张纸推给他。那张纸的顶头是一行红字，下面有一根红线，中间嵌着红星："根据中央中发〔78〕55号文件精神……"章明的眼睛从那两行文字上迅速掠过，目光落在了最后几句话上："对章明同志错划……（他从这两个字上赶快跳开）给予改正。自即日起，恢复原有工作和待遇。特通知本人，于十五日内回原单位报到……"

他把手里的文件又看了一遍，确信这一次狼真的来了，他真要被改正，离开这里，回到早已不敢想的库尔喀拉去上班了。

他干咳了两下说："那……我……"

"这儿的活儿不用干了。明天回营地去，带上家属，回原单位报到吧。"指导员的语气很平静，声调也不高。

章明走到帐篷门口,停住脚,反身说:"我想今天就走。"

"今天?现在?"

"有辆工程车要回塔提牙孜。"

指导员板着脸,斜眼看着章明。他的表情告诉他,一拿到通知就这么急着走,让指导员肚子胀。可是,这一次章明没感到害怕。人真奇怪,拿到了一张纸,他对指导员就不那么恭敬了。他慢模悠悠把那张纸折好,装进上衣口袋,然后才抬起眼睛看指导员。

"你随便吧。"指导员说。

待章明转过身,他在他身后大声说:"工具,队里的东西,交给小队长,交接好。"

车开动时章明默默无语,像当初离开库尔喀拉时一样,脑子里一片混沌,就像夜色中的沙漠。望着身后渐行渐远的帐篷的灯光,他鼻子酸酸的,忍不住在眼窝里抹了一把。开车的师傅扭头看看他,半开玩笑说:"以后你吃不哈(下)塔克拉玛干的沙子儿了,那是金沙嘛。"

塔提牙孜离营地还有一百多公里。章明在路边把包袱打开,找了一身干部服。这是那年探亲回到郑州,母亲为他做的新衣。小六在弟弟家第一次看见他时,他就穿着这身衣服。现在虽然已经发白,却还像新的一样,没有补丁。这样的衣服在工地绝对不能穿。那上面两个口袋、下面两个口袋的式样是管教干部们穿的，章明穿着，会被看作不服改造，和修路干活的身份不相称。现在章明不用再忌讳这些，他可以大大方方把它穿在身上，大摇大摆在这个小镇的小街上走走。

他找到一处理发店。他想在回家前把自己打扮得精神些。

他洗了头，理了发，修了面，仔细照照镜子，扭回头问："有发蜡吗？"

理发师傅没听懂他的话，他拿手在头上比画着说："头油，搽头的嘛。"

"没有的啰。这里的，不用那尿子东西嘛，出门灰沙的沾嘛。"

他想雇一辆毛驴车，问了价钱，舍不得口袋里那点钱，就决定一路走回去。对于一个经常走几十公里上工、下工的人，一百多公里，算不得什么。

离开塔提牙孜时太阳在昆仑山顶的雪峰上徘徊，走着走着太阳没了，天空暗下来，星星从天顶闪现，路两边的风景掩进暗影里。凉气越来越重，变得透衣、透骨。鼻头、耳朵开始发热，脊背上沁出了汗水，头顶冒起热气。

他一路走，一路吹口哨。吹一阵，唱一会儿京戏。在渺无人烟的荒原公路上大声唱戏，能吓走野兽，给自己壮胆。

在黎明前的黑暗里，营地的房子像沙漠里的遗迹，光秃秃的沙岩上横着一片白森森的影子。上衣口袋里那张印有红头文字的纸在他胸口发热，让章明心里涌满了喜气。

天还早，他不想这时候敲门，把母女三人惊醒。他在心里暗暗念叨："给她个惊喜，看她狗日的有什么表情？"

他走进门廊，把行李放下，把胸前纽扣解开两粒。走了大半夜，又渴又饿，他想给自己烧点水。他走进厨房，拉开灯。这时才感到真的累了。背了一路行李，肩头发烧，胳膊发麻，手不听使唤。他掀开锅盖，拿起水瓢，从水缸里舀起一瓢水。一转身，水瓢从手里掉下去，在地上发出叮叮当当的声音。

房子里传出一声喝问："谁？"

章明心头一震。他转头四下看了看。没错，这儿是自己的家，他没走错。可为什么自己家里传出一个男人的声音？

"谁？"这声音又问了一遍。

像被人当头打了一棒，章明整个身子开始颤抖。

门突然打开。陶木匠光着身子，裹着大衣，出现在灯影里。章明随手抓起门边靠着的铁锹，眼里冒着火花，定睛瞧着这个人。

屋里传出小六的声音："谁？是谁？"

章明喘着粗重的鼻息把铁锹举起来，木匠也把手里的木棍横过去。

小六出现在木匠身后。透过木匠的肩膀，她看见章明的脸被愤怒烧红，铁锹在他手里瑟瑟发抖。

章明舞动铁锹，木匠举起木棍遮挡。大衣从他身上掉下去，露出一丝不挂的赤条条的身体。章明向前逼，木匠掉着身子向后退。章明一下一下向空中甩打，木匠一步一步跳着后退，退到沙岩边，站定步子，握紧木棍，露出凶狠拼命的样子。

章明喘着气大骂："奸夫！狗日的流氓！王八蛋！"

木匠不作声。小六把那人的衣服拾起来扔过去。章明转过身在她脸上打了一耳光。木匠扑过来，抓住他的手："有本事跟我拼！"

这当口，章明意识到了自己处境的危险。他猛甩胳膊，从木匠手里挣脱，握紧铁锨，面对这对男女，做出防御的姿势，嘴里不停骂着："奸夫！不要脸的狗日的！"

木匠伸出手把小六拉过去，护在自己身后。小六跟他走了几步，从他手里挣脱出来，转身走回房子。再出来时，她穿好了衣服，扣子还没系好。她把木匠的衣服拿出来，递给他，向他摆了一下手。

木匠走了。小六回到房子里。

屋子深处传出孩子的哭声。小六在哄孩子，章明站在原地。

黎明降临了。山顶上的雪峰重现出洁白庄严，河边的树木显出了浓绿。

遭到这突如其来的打击，章明像失去了意识似的握着铁锨，呆立在早晨的冷风里。

第七章　天山的那一边

库尔喀拉还像从前一样沉静、安详。天山铁红的山岭，洁白的雪峰，还像亲人一样亲切地矗立在那里，守望着小城。街市尽头的戈壁滩把人的心胸拓展开来，一直延伸到荒漠边缘。恍惚间只是绕着沙漠搭了一趟便车，就走过了二十年。这二十年是怎么过来的？章明的腰还没驼，只是有点躬；腿还不显蹒跚，身影却带出了老相。离开的时候，他的心气正高，尽管挨了批，送上卡车去劳改，心里并不服气。二十年后，手里拿着一张印着红字封头的纸，穿上了一直不敢在人前穿的干部服，脸上带着原来那副斯文的微笑，走在熟悉的旧街上，章明却像一个没有灵魂的行尸游魂，头脑里一片模糊。

在路上走了七天，他还是没能摆脱营地上那个黎明。他想不明白事情是怎么发生的，一个好端端的女人怎么会突然变成这样？

木匠走后，那女人给他做了饭，烙了饼，端到他面前。他没转脸，没说话。把门廊里的行李捆扎好，他直起腰说："我改正了，回原单位了，今天要赶回库尔喀拉。安排好以后，回来接你们。"那女人说："你不用回来了。我和娃娃们就留在这儿。"

章明扭回头盯着小六的脸，这女人毫无羞色的样子让他热血沸腾，气恼、羞愤，浑身战栗，说不出话来。他握紧拳头，咬紧牙关，过了好大一阵，才迸出一句话："好！苗玉芳！这是你自己说的。"临出门时，路路跑到门口，扒着门框看他。小六在他身后大声喊着说："跟你这些年，我受够了！不想受了！"

　　他先搭便车到团部，在那儿办各种手续。尽管这女人那么伤他、气他，他还是决定把小六和孩子的户口、粮食关系迁走，带到库尔喀拉。

　　一路走去，气愤变成悲伤，悲伤变成自怜。只有这时候，他才意识到这女人对他的意义。小六和娃娃，就是他的一切。没有了她们，这个世界还有什么意思？库尔喀拉既让他怀念，又叫他害怕。回到那里，他该怎样面对当年把他推入噩梦的那些人？

　　团部的房子没变，团部门口的广场也没变，广场旁边的供销点还在。他走进去转了转，里面营业员换了两个年轻人。他指点着柜台里圆柱形的水果糖，让营业员拿出来。虽然牌子和装潢纸和当年不一样，他还是买了两管。站在广场上，回想水泥包堆放在这儿的情景，努力想象宋丽英的模样。不知道现在她在哪儿？有没有改正？回到库尔喀拉能不能见到她？

　　介绍信交到单位，他住进公司招待所。

　　几天之后，小六来了。那时天已经黑透，他吃过了晚饭，躺在炕上，望着房顶抽烟。看门的老头儿走进来，站在房间门口说:"老章同志,有人找。"他跟在老头儿身后走出去,看见小六站在招待所门外的电线杆下。她这么快就赶过来找他,他很意外。瞪着这女人,章明又一次感到吃惊。

"把我和娃娃的户口、粮食关系给我。"

章明绷着脸不说话。

"跟你说过你走你的,我和娃娃留下,为什么还要把我们娘儿三个的户口迁走?把粮食关系迁走,不叫我们三个吃饭啊?"

"你是我老婆,娃娃是我的娃娃。"

"我没和你登记。娃娃你也没带过一天,你连抱都没抱过她们。"

"苗玉芳!"

"你养活她们了吗?每月你拿回来几个钱?够谁用?我背一个,抱一个,到野地里去挖甘草、找大芸,帮老乡掰玉米、摘棉花。粮食不够吃,我去维吾尔族老乡家里讨。担水,砍柴,糊墙,修房顶,你干过啥?我受的苦,作的难,你知道吗?"

小六哭了。章明也哭了。

"你改正了,好好上你的班,我们娘儿三个不拖你后腿。你那点工资够养活谁?木匠他情愿养活我们。"

"他比我年轻,是不是?"

章明问话的语气让她恼怒:"我跟着他,不受别人欺负!什么活也不用干,什么心也不用操。"

看小六态度这么坚决,章明痛心地叫了一声:"六儿——"

"明天把户口、粮食关系给我,别让我去找你们领导!你总不想刚回来就把人丢到库尔喀拉吧?"

小六走后,万念俱灰的感觉把章明打倒了。他没想到这女人在他心里有这么重的分量,想不到女人翻脸的时候会这样绝情。比起二十年劳改的经历,小六的打击才是真正的打击,把他整个人摧垮了。

他躺在招待所炕上,两天没出门。

第三天,有人敲门。他站起来,走到门口。

门推开了。一个矮矮瘦瘦的女人出现在他面前,用一种熟悉的乡音说:"听说你回来了。"

这家乡的口音让章明心头一紧,他向前凑了凑,这是他最不想看见的那张脸。

迎着他的目光,李梅露出牙齿笑了一下:"老了,这个样子你认不出了吧?"

章明没料到李梅会来看他,没想到她会变成眼前这个样子。也许是人瘦的缘故,李梅脸上布满了皱纹,和当年那个机灵的小媳妇没法相比。章明因此想,这二十年,自己是不是也改变得很厉害呀?

李梅仔细瞧瞧他:"你还行,比我想的好。"

她像当年一样家常、殷勤,很贤惠、温柔的样子,望着他的眼睛说："这些年，受苦了吧？"接着她换了一种感情深重的语气轻声问："咱妈好吗？大哥、小弟他们都好吧？"

这种亲切语调惹章明反感。他嘴里唔唔应答，眼睛直直盯着她。这女人像小六一样背叛了他，也像小六一样，脸上没有一丝羞愧的样子。人，为什么能这么无耻，脸皮这么厚？出卖了别人，让人受了半辈子罪，却像什么事儿也没发生似的。

李梅请他到巴老三拉面馆去，他没推辞。

吃饭的时候，有个年轻女孩闯进来，站在桌边直直看他。李梅平静地说："这是我女儿小丹。"

章明上下打量她，仿佛看到了李梅年轻时的模样，她比李梅个子高，脸盘长，眼睛里透出精明。想到这是老耿的闺女，他不由得皱了皱眉头，感叹地说："这么大了？"

李梅侧脸笑了一下："这是你章明叔叔，刚从南疆调回来。你也坐下吃碗面吧。"

女孩不说话，也不坐下，眼神犀利，冒着冷气，盯着章明看了一阵，转身走出去。

李梅苦笑了一下："一二十岁了，还是这么不懂事。高中毕业了，在石河子读大专。你呢？听说你也结婚了？"

章明"唔"了一声。

"有孩子了？"

他又"唔"了一声。

她突然转换话题说："你见过宋丽英没有？"

章明没有应答。他装作低头吃饭，不怎么在意的样子。

"听说她嫁了一个副团长，生了一个孩子，之后离婚了。"

章明抬起头，看着她。事隔多年，听到宋丽英这个名字，他有一种恍若隔世的感觉，心底深处有一线温热冒起来。踏上库尔喀拉的土地，她的影子就一直在他脑海里浮动，好像她就是库尔喀拉的化身，这里的街巷、店铺、树木、行人，无不隐藏着她的影子。

"她带着孩子偷偷跑了，没办离婚手续，工作也扔掉不要了。这次改正，组织上到处找她，一直没找到。谁也不知道她的下落。"

"是吗？"章明不痛不痒地说，"我还没到科里去，不知道怎么分配我的工作。"他本来想问："老耿好吗？"话到嘴边又咽了回去。

第二天，章明到会计科去。他想看看那个贪占了他的箱子和存款的科长还在不在，如果在，见了面，她会怎样面对他？同时，心里被一个念头纠缠着，很想知道宋丽英有什么消息。

老科长不在了。她害了一种怪病，几年前去世了。章明有一点安慰，又有一点遗憾，心里暗暗说：报应，这就是报应。可他并没感到高兴，只是多添了一种世事无常的忧伤。

办公室里的陈设没什么变化，里面的人却不认识了，老面孔一个也没有，一侪新人也不再年轻。院里转了一圈儿，没看到熟人,没法打听宋丽英的下落。

他到车队去。车队变化蛮大,当年那些带拖挂的解放牌看不见了,院里停满了清一色的日本五十铃。开放式大玻璃平板车头,车前缀着醒目的"ISUZU"的标牌,司机们称它是"玉苏族"。

他找到了孙师傅。他比章明早几年回到单位,人老了,不再出去跑车,在调度室帮忙登记、报班。

他和孙师傅蹲在调度室外的墙根边抽了一会儿烟,说了一阵闲话。

"伊莲娜,她个狗日的不要我了。"

章明惊讶地看着他。

"她死了,去见她的老男人了。"

章明心里一酸,眼泪落下来。他垂下头,让鼻涕垂落在两腿之间的地面上。他想对他说:"我的女人也不要我了,她被另一个男人拐走了,她还带走了我的孩子。"可他什么也没说,只是垂着头,让眼泪尽情地流过面颊。

孙师傅抽了一口烟,仰起头,看着远处的天山。过了一会儿,他回过头说:"有个司机跑车,在巴音郭楞看见宋丽英。"

"她怎么会在那儿呢?"

"她生了孩子之后,带着孩子跑了。巴音郭楞有不少湖北来的盲流,她好像落在了哪个湖北人的团场里。"

夜里睡在招待所炕上，章明心里翻腾着宋丽英的名字。他想要记起她的模样，回忆和她在一起的情景，脑子里却只有一片模糊。除了水泥垛中间那薄薄的毛毡硌着身子的感觉，连做爱的火热细节也记不清楚了。

他问自己："我爱过她吗？"他不敢肯定。

然后他问自己："我爱过李梅吗？爱过小六吗？"

他的的确确爱过李梅。那是十七岁初婚的爱，是初尝禁果带来的肉体与亲情的交融，分离后六年的思念，加深了这份夫妻情分。昨天见到她，一点感觉也没了，没有爱，也没有恨。他原以为见到她他会压抑不住憎恨，一定要把憋在心里的话当面说出来，好好问问她："我妈对你咋样？我对你咋样？你有没有良心？"可见面之后这些话却消失得无影无踪，仇恨如撒气的皮球一样瘪得找不到了，像面对一个故旧老乡那样平静。倒是小六，让他撕心裂肺地难受。和她在一起，章明没想过爱情，和她谈爱与不爱是很可笑的事。可这女人给了他一生中最幸福的时光，让他深深依恋，像三岁孩子依恋母亲一样难以割舍。

一星期后，他被分配到统计科做档案资料员。

档案室在办公室的后面，狭小，阴暗，充满了腐纸的霉味，让他感到压抑、郁闷。

他一个人坐在靠窗角落里。窗子很小，安了木栅栏。桌子陈旧，油漆剥落，椅子榫眼松动，坐上去吱扭吱扭响。拿起报表，他感到了岁月的无情。他必须到街上去买一副老花镜,才能看清报表上的数字。当年这双手打起算盘那么流利,写出的阿拉伯数字那么清秀、漂亮,现在提起笔微微颤抖,写出的数字笨拙难看,自己看了都觉得丢人。

他把笔放在桌上,久久看着面前的报表,感到从未有过的灰心丧气。当年那个骄傲自负的人,现在变得老朽无用,像路边的垃圾。机关里大多是些陌生面孔,出来进去,连一个可以说话的人也没有。他觉得自己在这里是个多余的人,一个废人,比在沙漠工地上更孤独。

就在这时,他收到一个邮包。看到它,章明的心剧烈地搏动了一下。那是一本旧书,装在白棉布封套里。一本薄薄的书,外面用账页包了书皮。掀开封面,看见扉页下角的小字:"1956年4月/章明购于库尔喀拉"。他把书皮剥开,抚摸着稍嫌起毛的封面,看着"初恋"两个字,心里涌起了热流。把封包书本的账页纸拿起来,他嗅到一个熟悉的女人的气味,百雀羚的气息,夹杂着羊脂、羊奶的膻味。他快速地把书翻了一遍,书页当中夹着一张发黄的购书发票。发票下,压着几根纤细的头发。他把那缕头发捏起来,放在掌心里,映着阳光仔细察看。柔软的亮光背后,闪现出一幅图画、一个女人,手里牵着孩子,走在一望无际的草原上。她背后是青色的山峦、墨绿的丛林。她的背影还是那么年轻,让他想起她娇柔的身体。他不知道自己是不是爱过她,可她的身影里叠印着他们的青春。

黄昏时分，他走上小街。当年的书店还在。书店的房子翻新过了，门面更宽，门头上用汉字和维吾尔文书写的"新华书店"的牌匾更加醒目。他走进书店，转了一圈儿。书店里到处悬挂的彩色领袖画像逼视着他的眼睛，让他心里怦怦直跳，像小时候走进城隍大殿那样，被敬畏和恐惧压迫得透不过气来，不敢抬头。他像逃跑一样快步退出去。

经营民族用品的商店里走出几个身穿牛仔裤的少年。商店的双卡收录机里放着一首歌。一个沙哑的嗓子在维吾尔族乐器伴奏下唱着："……流浪的人儿踏过了天山，越过了戈壁……"这歌词触动了他。他站在那儿，听着手鼓的节奏，颤动颈上的脑袋，跟着鼓点哼唱。

他走到街市尽头，面对巍峨的天山。雪峰顶上明净的天空吸引着他，他想象着自己插上翅膀，变成雄鹰，向山的那一面飞翔。在天山那一边，地域那么宽广，景色那么壮丽。环绕着塔里木盆地，环绕着塔克拉玛干沙漠，有他亲手修的公路，像洁白的头巾，在昆仑山的影子里飘绕。

"……踏过了天山，越过了戈壁……"他重复着这句歌词，在心里对自己说："走吧！章明，踏过天山，越过戈壁，走过荒原……离开这个让你活得毫无意义的世界。"

寻访故事的主人公

第一章　故事外的故事

　　这部书稿使我陷入深深的迷惑，也使我陷入深深的忧伤。忧伤是人类情感中高贵的情愫，我不敢滥用它。在这物欲横流，追求金钱、享乐的时代，忧伤非但不合时宜，还会被人讥为有病。我自己摆弄文字多年，明白文学与史实的区别，不应该把小说中的人物、故事与真实的历史相对照。追索小说背后的真相，不免陷入穿凿附会的迷局，遭人嗤笑。何况历史本来就没什么真相可言。正如某位先哲所说，我们不能两次踏入同一条河里。任何故事，从发生那一刻起就丧失了它的真实性，谁也无法还原。然而这部书稿使我看到了亲人的影子。虽然作者使用了文学笔法，虚构了场景和细节，但那人物的命运和个性特征，使我所熟悉的亲人跃然纸上，不能不触动我的情感，勾起我的回忆和联想。也许正因为作者加入了文学元素，我的亲人们的血肉才显得更为丰满，他们的故事也变得更为有趣，与我记忆中的真实人物相比，书稿里的他们显得更真实。章明，使我看到了我二哥张书铭的一生如何被坎坷和苦难丰富，彰显出他走过人世的价值；李梅，是我生活中第一位二嫂李春梅，她陪伴我度过了难忘的少年时代，留下了富于亲情的怀念；而小六（苗玉芳）的真实姓名叫叶玉珍，她像一个符号，象征着我和太太在豫南小湾下乡的岁月。提起她，我的脑海里就会浮现出一个稻田包围的小村、架着漂板的水塘、细雨中的田埂和牛背上的牧童。冥冥中有一只大手把这个没读过多少书、没走过多远路的女人带到一座稻草覆盖的小屋门口（那是我在这个世界上拥有的第一座亲手建造的房子，由废弃的屋垣、大别山的毛竹和我亲手收割的稻草盖成），使她成为我的第二位二嫂。当她跟在我太太身后走出小湾的时候，她肯定不会想到，一个人挽着包袱穿过大半个中国，越过天山，走过荒漠，把青春时光留在塔克拉玛干沙漠边缘，一生再没回过故土。这个简单的女人，使我看到了人生的不可捉摸和命运的无法抗拒。

还有一位女性——书稿里那个与章明的命运息息相关、纠缠不休的宋丽英，她是谁？

当我在记忆深处认真搜寻时，这个形象总是处于若明若暗的模糊之中。多年以来，我一直怀疑张书铭在库尔喀拉的命运与一位女性有关，却无法证实她的存在。这种隐约的感觉，源自张书铭二十世纪五十年代写给母亲的一封家书。那时我还是个十四五岁的少年，在家乡中学读书。二嫂李春梅在县医院做护士。张书铭刚刚从乌鲁木齐调到库尔喀拉。二哥在信里说，他的办公室里有个女孩，从西安某校毕业，年轻，热情，对他很好。这个细节记忆这么清晰，是因为母亲听完这封信后的强烈不安让年少的我感到莫名其妙。母亲把信拿过去,脸上现出一种忧虑。她小心翼翼折叠起来,藏进针线包里,然后自言自语似的对我说:"赶快叫李春梅调到你二哥身边去吧。"当天晚上,母亲把二嫂叫回家。母亲坐在方桌边高背木椅里,煤油灯闪跳的光焰把她的脸映照得很严肃。李春梅坐在她侧面,做出一副悉心倾听的样子。当母亲坐进方桌边的大椅子时,就表示她有重要话讲。

"男人身边没有女人,像干棉花见不得火种,迸上火星儿就会着。最近有一批上海女孩支援边疆,到书铭他们那儿去。他身边还有年轻女孩子一起办公。不怕棉花干,只怕火种迸!你给领导打个报告,调过去吧。两人在一起,你的家才安稳。"

李春梅笑着说:"妈,书铭他不是那种人。"

母亲板起脸严肃地说:"你要听我的,马上去办!"

那时没人留意这消息的来源。我知道母亲的决定和二哥信里提到的女孩有关,如果不读这部书稿,我不会想到另外有人给母亲写信,促使母亲下决心让李春梅办理调动。

宋丽英这个人物还使我联想到1984年春节。那是一个甲子年,母亲在那年春天去世,我因而对这个时间点记忆深刻。有个女人跟二哥一起回乡探亲。她叫薛兰英,身世、现状都有点神秘,至今我对她的情况也知之甚少。当时二哥说他和这女人是在巴音郭楞相识。她会不会就是那个曾经和他坐在一个办公室里、负责监督他的那个女孩?那个结了婚带着孩子逃跑,消失在戈壁荒原里的宋丽英?

另一个人物就是章明的同学关山。

为了自己立功，在劳改营设局陷害张书铭，这件事二哥倒是说过。那是他解除劳教之后回乡探亲。母亲还在郑州，住在我大哥、大嫂那里。在一个深夜，家属楼里的邻居都已入睡，母亲问他在劳改营为什么被关禁闭，二哥抬起头望着母亲笑了一下，鼻子里哧了一声：

"他妈啦……那个狗日的，他想立功。"

他把事情的前前后后讲给母亲听，脸上带着憨厚的笑容，语气娓娓，没显出愤恨，好像在讲一件趣事。母亲在他额上戳了一指头，眼睛里冒出了火花："你个模糊！怎么会傻到这样啊！"

张书铭耸了耸鼻子："那时候刚进劳改营，受不了啊！天天就想着咋能跑出去。"

母亲叹了口气："都是我把你惯的！不知天高地厚，不长心眼儿！落了马也不知道低头。还是你的同学，他的良心叫狗吃了吗？"

张书铭显出了伤感，鼻子发齉，嗓音更低："狗日的当了小队长，对我更狠了，总是把脏活、累活派给我，天天找碴儿训斥我。吃饭、解手都给我规定时间。解手一天不准超过两次，一次不准超过两分钟。我拉肚子，他不准去，我当他的面把裤子脱下来，就地拉给他看。从那以后，他才不再管我。"

有关这个人的信息张书铭从没说过，我甚至不知道他的真实姓名，只知道他是陕西人。

这两个人物（尤其是宋丽英这个人）的不确定性，证实了我多年来的猜测，二哥有一部分生活并不为家人所知。

我不再认为这部书稿的作者是一位女粉丝（她？发给我的电子邮件让我觉得那是一位女性）。书稿中的细节，让我感觉到作者具有故事的亲历性，只有亲身经历的人，才能有如此深切的感受。我由此猜想，作者是一位男性，经历丰富，具有文学功底和写作经验。一个年轻人（也许是一位女性）帮助整理、打印了书稿，把它邮寄给我，然后进入我的博客，给我留言，与我取得联系。如果这推断是合理的，那就出现了两个问题：一、谁是发电子邮件的人？二、谁是书稿的作者？

那天夜晚我辗转难眠，在半睡半醒之间冷不丁冒出一个念头。这念头使我吃了一惊。

我披衣坐起，把床头灯拧亮。

太太被乍亮的灯光惊醒，揉揉蒙眬的睡眼，含混地问："几点了？"

我把灯头按低，点着一支烟。

"你说，谁能这么深入细致地了解张书铭的经历，写出他内心隐秘的感情？"

太太还没从睡梦中完全清醒。她把头支起来，眯起眼睛看着我："怎么，那包稿子叫你睡不着了？"

"男性，经历丰富，有文学功底，有亲身体验，谁符合这些条件？"

太太迷惑不解地看看我。

"这书稿，会不会是二哥写的？"

太太从喉咙深处笑了一声："你觉得，二哥还活着？"

"直到现在，不是还没有证据证明他已经死了吗？"

太太没有再笑，她和我一样陷入了沉思："……如果二哥还在，有八十多岁了吧？"

"我应该去一趟。"

"去哪儿？"

"去新疆。"

"你是读多了西域探险的书，想学那个瑞典人，到沙漠里去找一座古城吧？"

"起码我应该到库尔喀拉去一趟。"

"前几年，你不是到新疆去过吗？"

太太的话让我语塞，脸上掩不住一缕愧色。十几年里，我两次到新疆游玩，去了天池、吐鲁番、赛里木湖、怪石沟、玛纳斯、乌尔禾……几次从库尔喀拉经过，却从没想过要在那里停留。

"大家一辆车，不好意思单独行动。"

这当然不是理由。真正的理由是我害怕触动心底的阴影，不想把好不容易忘掉的伤痛揭开。车子从库尔喀拉城外经过时，我掉过头和车上的同伴说笑，把迅速涌上来的张书铭的影子驱散，故意不去看那座小城。

"小说里的事儿，能当真吗？"

"小说不就是把梦想当真，让时光倒流，死人复活吗？"

我披衣起床，走进书房，打开灯，面对墙壁站下，看着墙上画框里的照片。那是二哥改正后（也是他离婚后）回乡探亲，在老家照相馆里拍的全家照。母亲端坐中央，我的小儿子被她搂在怀里，长子和女儿围绕在她膝前。二哥和我并肩站在母亲身后，太太立在我旁边。二哥脸上带着他常有的微笑。那是张书铭独有的表情：微绽的嘴唇，谦卑的眼神，对所有人展现出彬彬有礼的样子，仿佛随时准备向人示好。他在家人群里，站在我的孩子们中间，突显出孑然一身的孤零。母亲脸上遮掩不住的灰暗阴郁暴露出照片里的气氛和家人的心境。

我于是想起那个多雨的初夏。

那时我还在故乡街道办一家小厂。入春不久的一天，收到一封来自新疆的信。信封上的字是二哥的笔迹，信封却是"新疆维吾尔自治区第五汽车运输总公司"的公用信封。我的心禁不住怦怦悸动，拆信的手有点颤抖。在很长一段岁月里，二哥的来信都是手写的白皮信封，地址不断变化，从拜城、巴楚、泽普、民丰到且末……环绕塔里木盆地的很多地名因为二哥的来信成为激发我的遐想的幻境。现在突然看到印着红色铅字地址的信封，心中未免有种惊奇和预感。读完这封信，我立刻把桌面上的东西塞进抽斗，匆匆赶回家。为了压抑激动的心情，我慢慢推开大门，让门轴的响声缓慢悠长地传进院子。母亲问："谁？"我用平静的声音回答她。当我走进堂屋时，母亲放下手中针线，摘下眼镜，好奇地看着我。

"不是还没到下班时间吗？"

我把信拿出来，指着信封上的红字，用平淡的声调说："我二哥改正了，回原单位上班了。"

母亲把信封拿过去，在手里翻来倒去看了几遍，然后让我给她读信。听完信，老人瞪着门外，眼神空旷，半天没有吭声。

我说："我去买点菜，今天中午咱们喝一杯。"

我转身出去的时候，母亲从袖子里拉出手绢，在眼窝里揾，然后站起来，冲着我的背影说："给你二哥寄的粮票，那个地址，他还能收到吗？"

那是一个暖意融融的春天。全家人沉浸在二哥恢复工作的喜庆心情里，说话，走路，一言一行，都带着欢畅的情绪。这是几十年来家里从没有过的气氛。我喜欢母亲端起酒杯时那美滋滋的神态。她把酒杯举到鼻下，深吸一气酒香，嗞——长抿一口，下咽后，发出一声惬意的叹息，满脸洋溢着陶醉的笑容。清明节，我在父亲坟前烧纸，特意多洒了三杯酒，多放了一挂鞭炮。我站在坟前喃喃告慰父亲："爹，二哥改正了。他回原单位上班了。"

然而，没过多久，突然接到大哥从郑州打来的电话。那时我正在厂里上班,隔壁机器的响声很大,屋里又有人,我把电话拿起来,蹲在办公桌下,躲开别人的眼睛,大声喊叫着和大哥通话。

"喂——什么?什么?"

"书青,你能不能请个假,到郑州来?叶玉珍要离婚,你二哥他没主意,我想让你去一趟……"

"去哪儿?到库尔喀拉,到二哥那儿去?"

"要是你能请半月假……"

我立刻回家,把大哥的意思讲给母亲听。听到这消息,母亲像我一样感到迷惑不解,眼睛里满是迷茫:"你二哥不是改正了吗?这么多年苦日子都撑过来了,她怎么现在要离婚?"

大哥想让我去一趟,看究竟是咋回事。他想让我给他们调解一下。

看到母亲的脸色,我很后悔,不该把大哥电话里的内容告诉她。这些日子,母亲虽然没显出太多得意,可她脸上流露出几十年来少有的宽慰、安详,街坊邻居看见她,言谈间增加了友善和尊敬,我不应该用这样烦琐的消息打击她,败坏母亲刚刚变得开朗的心情。

在郑州火车站,往西去的车票特别难买。售票窗口的队伍一直排到广场上,不少人身边放着大包小包,就地睡觉,一排就是几天。幸亏大哥的单位与铁路局有关系,没费太大劲儿,买到了三天后的车票。拿到车票后,我到邮电局去给张书铭打电话。外面下着大雨，雨水一阵一阵打在邮电大厅的窗玻璃上。我挂了长途电话号，靠窗坐着，听着哗哗的雨声，看着风雨中的大街。电车在雨幕中行驶，电臂刷在电缆线上迸溅出火花。从早上一直等到下午，长途迟迟没有消息，时间仿佛凝固了。没感到肚子饿，也没感到口渴，人像木偶一样呆坐着。直到下午五点多钟，觉得今天没希望了，小肚子胀疼难受，再不去厕所也许膀胱会爆炸。刚走到大厅拐角的厕所门口，广播里传出一个声音："321号！321！张书青——四号电话间。321，张书青——"我匆忙进入四号电话间。沙沙的声音从听筒里传来，让我感觉到线路的遥远，路途的漫长。接线员一遍遍呼叫："五公司，五公司，张书铭，张书铭……"然后在若断若续的信号声里传出张书铭的声音："喂，喂——""二哥，我是书青。我买好了车票，后天到你那儿去。玉珍二嫂在吗？你能不能跟她说一声？有什么事，等我去了再说，好吗？"停顿了片刻，二哥用一种低缓的声调说："书青，你不用来了。她坚持要离，去找了我们领导。昨天我和她办了。已经离了。她回且末去了。""没法……挽回了吗？"听筒里很久没有声音。"喂，二哥！"线路的沙沙声弥漫了几千里的空间，我禁不住抽了抽鼻子。"孩子呢？孩子怎么说？""算了。书青，把车票退了吧，你不用来了。"二哥的声音听不出伤痛，只有沉闷、喑哑。

我把照片从墙上取下来，拂去灰尘。

这张照片是二哥回来过年时拍的。因为叶玉珍的离婚，张书铭重新变为单身，可以享受每年一次的探亲假。这是他十七岁离家后，第一次在母亲身边过年。我和太太忙着蒸年馍、炸年菜。母亲坐在墙根椅子里晒太阳。张书铭坐在她身边。母亲八十多岁了，不再如几十年前那样刚强气盛，每到严冬季节春节临近的时候，总会病上一场。二哥在她耳边絮絮说话，她以病弱的目光默默看着院里的石榴树。腊八节的时候，儿子给石榴树喂了粥饭。喂过腊八粥的石榴树，来年能结出更多果实，为这个家庭带来多子多福的吉祥。一群麻雀在树上蹦跶，叽叽喳喳啄食枝杈间剩余的粥渣。母亲听着二哥的话语，目光随着麻雀游移。

当二哥的声音停下来时，母亲说："那个人，对孩子咋样？"

"他对孩子还不错，我去看过一次。"

母亲点一下头："那你就放下吧，一个人好好过。"

在母亲面前，二哥显得很平静，好像与叶玉珍离婚并没给他造成多大伤害。在舅母家，他却没能把持住自己。这是他离家几十年后第一次按照乡俗大年初二到舅家去走亲戚。表兄陪我们吃饭，舅母在灶下忙碌。那时的乡俗，酒菜摆上之后，主人要首先站起身，拿起壶，向客人敬三杯。一般的客人并不真喝（乡下亲戚们的酒来得不容易，过年到供销点打几斤散酒，要招待整个春节期间走亲戚的客人），只是端起杯说："我见见酒。"在唇边沾一下，让主人添一次，主人添过三次就算三杯酒敬过，可以自由划拳。张书铭不懂乡下的礼俗，他把表兄敬的酒老老实实喝下去，两位表兄各敬三杯，表兄的儿子又敬三杯，他已经满脸通红，显出了醉意。舅母到桌边来和他说话，亲切地看着他的脸："娃儿啊，你怎么不让孩子跟你一块回来看看？"张书铭抓住舅母的手哭起来，眼泪鼻涕沿着腮帮往下淌。两位表兄目瞪口呆，表嫂连忙拿过一条毛巾，在脸盆里打湿，塞进张书铭手里。二哥抑制不住涌上来的悲痛，歪倒在舅母怀里，放开声音，吭吭大哭。舅母和表嫂不知缘由，被二哥的悲恸感染，也都跟着哭起来。那一刻我才明白，叶玉珍的离婚对他的打击有多么沉重。他在母亲面前一直装出无所谓的样子，被舅母触动痛处，再也无法压抑。

张书铭离家前，全家到照相馆去照了这张合影。

当二哥扛上行李走出院门时，母亲说："明年还回来。"

二哥说："好。"

然而，第二年春节，张书铭没能赶回来过年，他一直到正月十七才回到家。正月十七是老鼠嫁女的日子，按乡俗要包饺子，为老鼠捏嘴。亲戚走到十七八，又没豆腐又没渣。过了十七，年就过完了，给老鼠捏嘴，不过是为了让人们回味一下过年饺子的味道。

母亲靠在藤椅里，看着我和太太在她身边小桌上包饺子，一边包，一边和她说话。这个春节，母亲像以往一样发了高烧。大年初一强撑着病体，穿戴整齐，站在神案前，接受我和孩子给她拜年。听完祝福，从袖筒里拿出压岁钱。崭新的手帕，包着崭新的小票子，分发给三个孩子。整个年节，母亲常常拄着拐杖，坐在门口藤椅里，目光呆滞地望着门外。我知道她是在盼望万里之外的二哥，我和太太就找一些亲戚间的陈年趣事和她聊。聊着聊着，她突然叹口气说："这个二模糊！"太太说："妈你不用操心，二哥他在火车上，正往家赶呢。"我也跟着说："是啊，二哥不是来信说了吗，今年车票特别难买。"母亲叹了一声："过年的菜，还能留得住吗？"

就在这时，一个高大笨重的身影出现在门口，遮挡了外面的阳光。母亲仰起脸，张大了嘴巴。我一转头，看见张书铭穿着臃肿的棉衣站在门口。他把两个沉重的提包从肩上卸下来，咧开嘴对妈笑。母亲生气地说："不是说好了回来过年吗？"张书铭继续笑着，没回答母亲的话。我太太站起来，提起暖瓶往脸盆里倒水，让他洗脸。张书铭拍打着身上的尘土，淡淡地说："外面还有个人。"母亲和我都愣住了，不明白他的话什么意思。

"薛兰英跟我一块来了，在外面呢。"

我仍然有点懵懂，太太却显出了她的机灵："是带了新嫂子吧？书青！还不快出去迎接一下！"

我家的院子紧挨护城河。这年春节天气晴朗，没有雪雨，护城河边的杨柳已经萌出了嫩黄。走出大门，沿路张望，一个女人站在护城河边的树影里，脚下放着一个包袱。我向她走近的时候,她平静地望着我说:"是书青弟弟吗?"那神情仿若一个一起生活了多年的亲人。我把包袱拎起来,她跟在我身后,一直走进堂屋,在母亲面前没显出丝毫拘束,像多年的儿媳一样,熟络地走到藤椅前,俯下身,亲亲地看着母亲的眼睛说:"妈妈,你身体还好吧?"

这个女人像天上掉下来似的突然出现在我和家人面前,我们都有点猝不及防。母亲两手叠放在拐杖上,下巴搭着手背,时不时抬眼打量这女人,脸上徘徊着复杂的表情,说不上是悲是喜,还是无奈混着凄怆。二哥浑然不知,兴高采烈地绕在女人身边,用欣赏的目光看她包饺子。这女人包饺子的动作很麻利,填馅、捏皮,手指灵活,神情专注。二哥在她身后喃喃念叨:"放那么多馅,下到锅里不撑破呀!"女人低声说:"你懂个屎子!""狗日的……""你个狗日的!"母亲的眉头皱起来,眼睛里闪射出严厉的光。太太仰起脸哈哈大笑。张书铭耸耸鼻子,吭吭笑着说:"个狗……"母亲顿一下拐杖,喉咙深处发出一声吭响,二哥把没骂出口的话咽回去,望着母亲嘿嘿傻笑。母亲毫不留情地翻起白眼瞪他。太太笑得更起劲。这女人转过头说:"妈妈,是他个狗……"她弯下腰笑着说:"他……骂惯了,你打他吧。"母亲也忍不住笑了,微微摇一摇头,瞋目对着张书铭,说了一句同样粗俗的话:"傻鸟!在家里当着家人,能这样骂吗?"二哥嘿嘿笑着照女人屁股上拍了一掌:"还敢告我的状!"女人站起身,张书铭转身就跑,女人拍打着手上的面粉在后面追。两人一直追到大门外,沿护城河跑了一圈,再跑回院子,靠在堂屋门框上呼呼喘气。女人逮住他,在他背上捶。

晚上,母亲吩咐张书铭住西屋,薛住东屋。薛说:"不用了,妈妈,我和书铭住一起。"

母亲说:"你们不是还没登记吗?"

二哥说:"管它个屄子呢!不就那回事!"

薛在他身上推了一把,两人兴冲冲往西屋走。母亲在他们身后喃喃地说:"要是街道上来查户口……"

太太笑着说:"妈,谁来查户口就让他来好了!那么大年纪的人了,怕谁呀?"

太太给他们抱去一床干净被子,想要帮他们收拾床铺,那女人挥着手说:"你走吧,我自己来。"

从西屋回来,太太走到母亲床边,凑近母亲的脸,哧哧笑着说:"妈,我还没转身,蛮子就抱住二哥亲了一口。"

母亲笑着叹了一声:"这个二模糊!从哪儿弄了这么个女人?"

西屋的灯熄灭后,太太蹑手蹑脚走过去,站在窗外,听了一阵,捂住嘴哧哧笑着跑回来,一进堂屋就喘着粗气笑着说:"妈,二哥他俩热火得很呢。"母亲说:"你去听了你二哥的房?"太太走到母亲床前,唧唧哝哝向母亲学说两人熄灯后的表现,惹得母亲跟着一阵阵发笑。

第二天,我和太太去上班。母亲吃了药,喝了水,围着被子坐在床上。张书铭和那女人腿上盖着被子,相倚着坐在母亲脚头暗影里。母亲微闭眼睛休息,两人扭过脸,悄没声儿地搂着亲吻。亲一阵,回头看看妈妈。过一会儿,再搂着亲亲。母亲终于忍不住,扑哧一声笑出声来。二哥傻傻地笑着说:"你以为妈妈真睡着了?妈妈闭着眼睛也知道你在干啥。是不是,妈妈?"

二哥和那女人亲昵的样子让我诧异,我对太太感叹说:"二哥怎么会变成这样了?"

"啥样?"

"还像个有文化的人吗?"

太太斜眼看着我,不屑地说:"他要文化有啥用?改造了几十年,早已斯文扫地,你还要他装斯文?他俩早已习惯了说粗话,不忌腥浑,很轻松,不是挺好的嘛。"

我不得不承认太太的话有道理。人讲粗话的时候最放松。扔掉了斯文包袱,做个粗人,口无遮拦,张书铭被压抑了大半生的天性才得以释放。

此后的日子,二哥和那女人像孩子一样,捶包捶,藏猫,吹叫鸡,在城河里比撇瓦片……玩出各种各样淘气花样。我虽然不再惊奇,心里还是有点不安。张书铭和那女人究竟是焕发了童心,还是被改造傻了?刻印在我儿时印象里的二哥,那个彬彬有礼、举止文雅的张书铭,到哪儿去了?他曾经是我崇拜的对象啊。

张书铭的探亲假就要结束的时候,母亲去世了。不知她是因为二哥又有了妻室,可以不再挂念他的孤单,还是因为无力再承受一次儿子远行的离别。对于一个卧病多日的老人,她心里很清楚,今次的离别,也许就是此生的永诀。当张书铭在又一个女人的痴爱里重现孩童的烂漫时,母亲陷入了深深的忧虑。尽管她没向任何人吐露,可我清楚地感知到这一点。惦记二哥,担心二哥,为远离身边的孩子担忧,是母亲几十年来深藏的心结。当张书铭的营地转移到中国西北最边远的地方时,母亲戴上花镜,让我拿过地图,把"塔什库尔干"这个地名指给她看。看过之后,她说:"我不该让他到那么远的地方去读书。他的同学退学回来,在县城工作,不是安安稳稳过了一辈子吗?"然后,她长叹一声说:"你二哥小时候流鼻血,流起来止不住。生意忙的时候顾不上,后来打仗逃到乡下,没把他照顾好,鼻血流亏了。比起你们几个,他就是模糊。"张书铭的营地每转移一处,母亲都会自责一次,好像二哥的遭遇全是她的过失造成的。看到张书铭和那女人傻傻的样子,母亲肯定和我的心情一样复杂。她年事已高,自知没有心力再去教诲他,也没有能力再去帮助他。我猜想,母亲弥留之际的心情,是不是既有不甘也有无奈呀?

然而,母亲去世时很安详,不像有什么心事的样子。两天前她的病情显著好转,想吃馄饨。二哥到街上去买馄饨。薛把一盆热水端到床前,拧出毛巾,说:"妈妈你不要动,我给你洗脸。"妈妈不让。她多年来习惯了自己料理自己,不让别人伺候。只要不发高烧,无论病情轻重,她每天都会坚持起床,穿戴整齐,扎好腿带,自己洗脸、梳头、去厕所,自己坐在小桌边吃饭。可我这位新二嫂很倔,她一手按住妈妈,另一只手插在盆里试水温,不但要给母亲洗脸,还要给她擦澡:"妈妈,你今天身体好一些,我烧了热水,给你洗脸,擦身子。"妈妈拗不过,翻了几次身挣不脱薛的手,只好乖乖躺下,任她摆弄。她把母亲的眼窝、耳朵、鼻子、下巴仔细擦拭了两遍,再把毛巾涮干净,伸进被子,让母亲平躺,再侧身,再平躺,把她的身体擦了一遍。母亲很感动。我下班回来坐在她身边,看她吃东西,她悄悄对我说:"这蛮子挺会伺候人的,拿热水给我擦了身子,很舒服。"午饭后,母亲要我们陪她打麻将。我私下对二哥说:"妈一打麻将,病就好了。"薛说:"因为给妈妈擦了澡,她才这么精神嘛。整天躺床上,不擦澡怎么行?"第二天中午母亲吃了香肠、煎饼汤。这是我的拿手饭,必须我亲手做,母亲才会满意地吃。下午政治学习。有二哥在家,我可以不请假,不缺席单位的学习会。正当我在学习会上发言的时候,看见张书铭站在门口,探头探脑向会议室里张望。我有点不好意思,把发言打住,走出来,一脸不高兴地问他:"你怎么这时候来找我?"二哥畏畏缩缩地说:"咱妈……不会说话了。""吃午饭的时候不是好好的吗?怎么会……""她一直睡,我叫她,叫不醒。"我有点不耐烦:"妈每天下午都睡。她睡着了,你叫她干啥?"二哥吞吞吐吐说:"薛兰英叫你回去。她说妈妈的样子不对劲儿,叫弟弟回来吧。"站在会议室门外,我悄声对二哥说:"妈卧病到现在,我几个月没参加学习,好不容易来一次……"张书铭脸上露出为难神色,我只得很不情愿地向领导请假,跟他一起回家。妈妈侧身向里躺着。我凑近她的脸,低声叫她,她没有反应。这时候,我仍然认为妈妈只是睡熟了,不会有什么大碍。二哥嘟嘟囔囔说:"要不要给大哥发电报?"太太回来了。她俯在母亲脸上看了看,喊了两声"妈,妈!"母亲还是没反应。她把手伸到母亲鼻下,试了试,向我点了点头,表示母亲还在正常呼吸。我决定去请陈大夫。他一直给母亲看病,母亲很信任他。邮电局就在县医院旁边,虽然我认为母亲不会有什么问题,可既然路过邮电局门口,就给大哥发个电报吧。发了电报,陪着陈医生往回走,我仍然觉得母亲会像过去每次病重时一样,吃了药,打了针,第二天就能坐起来,穿衣,起床,洗漱,吃我亲手为她做的煎饼。走到堂屋门口,看到屋里人乱纷纷的,母亲已经被移放在当门槁荐上,太太在给她穿寿衣、寿鞋。我不敢相信眼前这一幕,拨开人群大声喊:"妈!妈!"二哥一把抱住我,不让我向前扑,声音颤抖地说:"书青,妈妈她不行了,她走了。"这时候小儿子放学回来,一进门看见奶奶躺在地上,顾不得扔下书包,扑上去,伏在母亲身上大哭:"奶奶——奶奶——"

　　母亲的葬礼像一场梦。在新土堆起的坟冢前,整个世界突然变得不可理解。仅仅少了一口气,母亲竟真的永远离开了我们,再也不能相见。她的眼神,她的话语,她拄着拐杖的身影,她对我们永不衰减的慈爱，从此真的从这世界上消失了吗？最让我遗憾的是，母亲临终前我不在她身边，我不知道母亲是怎样离开这个世界的。在这悲痛时刻，一个堂姐说："都是蛮子女人作的祸！给老太太擦身子，不是给老人家送行吗？"大家都觉得她的话有道理。这两天，老太太的病情不是明显好转了吗？她想吃馄饨，想打麻将了。蛮子给她擦了身子之后，怎么说不行就不行了？我虽然并不认同堂姐送行的话，可也怀疑蛮子多余的殷勤让母亲着了凉，诱发了她的心脏病。在整个葬礼过程中，大家有意无意躲着薛，不正眼看她，不和她交谈，眼里流露出敌意和嫌恶，张书铭也跟着受到冷落。大家都在忙碌，他和蛮子在人群外转悠。坟头快垒起时，二哥在泥土里发现一颗牙齿。他捧着这颗牙齿，跑到我跟前，像孩子一样咧嘴大哭。这是父亲的牙齿。父亲的坟墓在"大跃进"年月里曾经被公社社员们掘开，为的是把棺木挖出来，填进小高炉去炼钢铁。当年埋葬父亲时，母亲选用了最好的柏木棺材，使用了最好的油漆，棺木在小高炉里燃烧得非常旺盛，父亲为大炼钢铁赶英超美做出了贡献，他在天之灵感到自豪，不会计较自己的尸骨被随便抛进墓穴。母亲生前曾对我说过："我死后，你们要小心破坟。你爹的骨头散落在墓坑里，你们切不要随便动土。"按照她的吩咐，在破开父亲的坟墓为母亲打墓时，帮忙的亲戚都很小心，尽可能不翻动父亲墓穴里的旧土，以免惊扰父亲散乱不全的尸骨。可这个模糊二哥，像不谙世事的孩童一般，全然不顾兄弟姊妹的心情，不知从哪儿找到这颗牙齿，捧给大家，鼻一把泪一把伤心痛哭，让在场的人陷入尴尬。他哭得很伤心，仿佛因为众人包围着母亲，他没法靠近最亲他爱他的人，满腹委屈无处诉说，只能对父亲倾诉。他悲痛的样子没能唤起同情，所有人都默默无语，兄弟姊妹们谁都不想证明那是父亲被抖乱的遗骸。一位年长的亲戚叫着他的乳名劝慰他："安，你妈已经入土为安，亲人们不兴再哭了。"我忍住心里怨气，含着眼泪，小声对他说："你没看大家都在忙吗？把它埋了吧。"

　　望着母亲与父亲合葬的坟冢，我顿然悟到人世的冷酷，人在世上的孤独。没有了母亲，兄弟姊妹的亲情突然淡薄下来，像断了线的风筝，将要各自飘飞，不再互相依恋。那一刻，没人能体谅张书铭独自远行的心情。与历次不同的是，没有了母亲，他就没有了家，也没有了故乡。登上离去的班车，意味着告别他在人世间最后的温暖。不知出于什么原因，我没到车站去送行，没有惜别的留恋。他和蛮子女人扛着提包走出家门时，我只是淡淡地说："到了，写信来。"二哥微微笑着点点头。倒是薛的背影引起我瞬间的哀戚。她转身走出院子时，一只手在脸上擦泪。我的心忽悠一下沉下去，意识到我和家人对这女人很不公平。她不远万里跟随张书铭来到陌生的县城，守护在母亲床前，为母亲沐浴、送终，守到最后一息，像家人一样戴孝、守灵，参加葬礼，在坟前尽了儿媳孝道，不但得不到我们承认，还受尽亲友冷眼。望着她离去的身影，我心底浮上了一丝歉意。这歉意随着岁月沉淀，变成对一个身世模糊的女人的悬念。每当回忆起母亲去世的情景，我心底就会浮出一个疑问：那个名叫薛兰英的女人，现在在哪儿？她还在人世吗？

三天圆坟后，葬礼完成。客人们走了，哥哥、姐姐们各自回家。小院沉寂下来。石榴树上的鞭炮纸屑在风中颤动，母亲坐过的藤椅空空落落放在树下。那一刻，我知道，哥哥、姐姐和他们的家人们不会再像从前那样眷顾这座小院。这里不再是他们心中的家，我也不再是与母亲联为一体的家人。对于他们，我和我的家人不过是无数个家庭单元中带有特殊色彩的单元罢了。

为了减少母亲触目惊心的遗迹在一家人心中引起的伤痛，我在小院里大搬大动，给堂屋做了地平，粉刷了墙壁，把母亲原有的家具挪动位置，重新摆布，然后拼命读书、写作，努力忘掉旧事。第二年，我调入省城，离开了母亲与我生活多年的家屋，开始了新的生活。直到这时候，我才意识到自己真正长大了，必须独立面对复杂纷纭的世界，遇到难题，只能自己做主，自己决断，做全家人的主心骨，不能再与母亲商量（她一直是我心中的依靠，人生的导师）。

张书铭回到库尔喀拉后来过一封信，很简短，只是告诉我，他回到单位，上班了。在我的记忆里，张书铭从来没写过这么简洁的信，连一句问候语也没有。大约他的心情和我一样，随着母亲的离去，兄弟姊妹之间找不出什么话要说了。我忙着调动、搬家，对他这简短的来信不予回复也算很有理由。当我融入省城的喧嚣之后，张书铭远离了我的生活，他的影子在我心里渐渐模糊下去，不再受到我和家人的牵挂。偶尔与太太谈起，只是把他和蛮子女人的傻事当作茶余饭后的笑料。也许是受了母亲的感染，从还是一个高三学生时起，挂念二哥，就成了我的习惯。每隔一段时间，我会到邮电局去，把母亲缝好的邮包寄走。里面是大哥和我穿过的旧衣服（母亲说二哥正在劳动改造，不能给他寄新衣。我怀疑这是母亲的借口。家里按人头发放的布票每人每年二尺六寸，要给二哥做套新衣，就须占用全家的布票，母亲不想为了二哥拖累一家老小），还有母亲为他做的鞋子、裤头，上了底的袜子，孩子的小褥，充分展示了一个中国母亲的智慧和手艺。那是她在商店里排队买的布头和手帕做成的艺术品（布头和手帕不要布票，价钱又便宜），拼接得天衣无缝，还有美丽的图案和纹饰。每天做饭，不管是米是面，母亲总会从将要下锅的瓢里抓出一把，放回坛里，到了月底，把这些从每顿饭里抓出来的三两斤口粮兑换成粮票，积攒起来，托人想法，费尽心机，把地方粮票兑换成全国通用粮票，寄往张书铭的新址。这让我多少年来看见印刷精美的全国通用粮票都会心跳加速，眼睛放光，恨不得一把抓过来。

现在这一切全都不必操心了。不必像以往那样，下了班走到母亲跟前，问"妈，今天咋样？吃什么没有？"离开家乡前的很长一段日子，我无法改变潜意识里的举动，下班回家，先到母亲住的东屋,掀开门帘……面对空空的床铺、改变了位置的家具,半天醒不过神儿来。单元房子的小厅里不再有母亲的痕迹。对哥哥、姐姐和他们的家人,也都不再如以前那样记挂。把姐姐、哥哥们的来信拿给母亲,当着她的面拆开,读给她听,曾经是我和母亲的幸福时光。

在省城,我的生活变得前所未有的简单、轻松。

这样的时光并没持续多久。当我想要把张书铭淡忘的时候,接到大哥打来的电话:"书青,你来一趟吧。"停了一下,他补充说:"你二哥来了两封信,我想让你看看。"

"他又出什么事儿了?"

大哥叹了一声:"你过来看看再说。"

两封信都很长,每封都有五六页。读这些信,仿佛是张书铭坐在面前,对着大哥絮絮叨叨说话。这是他和家人见面时惯有的风格,声音不高,慢模悠悠,拉拉杂杂。这也是他写信的文风。像任何一个曾经喜爱文学、喜欢读书的人那样,拿起笔有种无法自已的炫耀文采的欲望,讲一件事,总是夹杂着评论、感叹、插叙,把简单的事情弄得云里雾里,支离破碎,使人不得要领。

他的第一封信是讲蛮子薛兰英是怎样离开他的。

……那小子一米八九的个子,身体强壮,手大胳膊粗,他一进来就抓住我的领子，把我勒得喘不过气来。他大声对我吼叫，骂我这个狗日的老右派、臭流氓，拐骗他妈妈。我说我没拐骗她，是你妈妈自愿到我这儿来的，她爱我，我们两个是自由恋爱。他什么话也不让我说，就是大吵大闹，闹得单位的人都出来站在那儿看热闹。他二十多岁，身强力壮，我年过半百，体弱多病，我怎能是他的对手？薛兰英上前劝解，他伸手把她拦过去，不让她靠近。自己的儿子让她在大家面前丢丑，她脸上盖不住，气得自己打自己的脸，那小子也无动于衷。这是她从小娇生惯养的孩子，我不明白她是怎么把他带大的，这么蛮横，不可理喻！在这之前，她跟我说过，这个儿子很浑，她从小把他惯坏了，长大以后，越长越像他那土匪爸爸。其实他爸爸也不是土匪，她只是这样称呼他。她说那人粗鲁，不讲理，对她凶狠，在床上很野蛮。她来了例假，他还要强迫和她发生关系，她不愿，他就打她，整夜折磨她，不让她睡觉。在外面有什么不如意，或是和朋友喝了酒，回去就打她。那浑儿子不想让她离开家。他媳妇快生孩子了，他想让薛兰英给他带孩子，做家务。她的退休工资在家里能归他用，她一走，每月一百多元没有了，他当然不甘心。薛兰英没想到他会跑到这儿来闹事。伤心，气愤，打完自己脸，指着那孩子说："我从小把你娇生惯养，一个人带着你在团场干活。那么重的砍吐镘，把我的手都磨烂了。坐在拖拉机拖耙上，腿裆里长热疖，下了拖拉机瘫在地上，不会走路。我背着你，一边哄你，一边砍柴，刨甘草。省吃俭用，把你带大，让你接我的班。给你找下媳妇，结下婚。"她说这些不是对牛弹琴吗？那小子瞪着她，连眼睛也不眨一下……那是她的亲儿子，碰到这样浑的儿子，她有什么办法？

这个蛮子女人离开张书铭，我没感到意外，也不感到惋惜，只是有种说不出的悲哀。我没法想象两个疯疯癫癫的人怎样一起生活，怎样与周围人相处，也想不出这女人往后的日子该怎么过下去。也许母亲早有预感，对他们俩放心不下，临终才显得心事重重吧？

大哥把另一封信递给我，点着一支烟，背过身，在屋里踱步。在读这封信之前，我没意识到这个女人的离去会给张书铭的生活带来什么样的变化。

信的开头使我吃了一惊：

  大哥，亲爱的大哥：救救我吧！你快来救救我，再不救我，你就见不到这个二弟了……

这封信写得很激动，文字也显得杂乱无章。那正是现代派文学流行的年头，看了张书铭的信，我对大哥说："二哥最近是不是读了意识流小说，想写荒诞剧呀？"

大哥苦笑了一下:"你看他还能在单位待下去吗?"

我也苦笑了。在张书铭的信里,他的单位像一座人间地狱,领导为难他,同事打击他,所有人都找他的麻烦。调换了三个办公室,每到一个新地方,都有领导安插的亲信,刁难他,监视他,跟踪他,给领导打小报告,汇报他的一言一行。"……不管什么时候,只要我去厕所,后面就有人跟着,装作撒尿,一边尿,一边拿眼睛盯我。有一次后面没跟人。我心里说,这回咋这么仁慈?转头一看,大便池上蹲着一个人,眼睛滴溜溜地盯着我。你瞧瞧!狗日的们手段多毒辣!无所不用其极呀!"最恐怖的是,他周围总有人千方百计想要谋害他。"必欲置我于死地而后快"。"人多的地方不让我去,亮堂的地方不让我去,让我管档案。把我关在档案室的小黑屋里,门口摆一张桌子,坐一个人把守着。统计科来送材料,有人在里面放了迷药,我一打开封皮,里面蹿出一股毒气,我当时呛得透不过气儿来,眼泪都流出来了。胸闷,气短,要晕倒。我大声问:'这是谁干的?谁在里面下了毒?有种站出来!'在场的人都瞪着眼不说话。"单位发工作服、手套,他在工作服口袋里发现一个不明不白的纽扣,怀疑那是窃听器;手套里有个线疙瘩,他觉得里面藏着毒剂。"这种毒剂是现代新科技,厉害得很,戴到手上以后,毒剂从指甲渗入身体,要不了一星期,人就会痴呆、瘫痪。我戴了一次,浑身发热,指尖上像有蚂蚁在爬。我拿上这些东西到后勤科去问,找到负责发放劳保用品的人,他不认账,他说这东西不是他们发的。当面说谎,无耻之极,令人发指!出了这么严重的事,不让我追问。我去追问,领导就找我谈话,说我这是没事找事儿,无理取闹。他们只许州官放火,不许百姓点灯。是可忍孰不可忍?"

我把信纸一页一页反复翻看,嘴里不由得发出一声声叹息,最后禁不住摇了摇头。

大哥站下来,盯着我的脸:"他信里说的,你相信吗?"

"单位的领导为什么这样对他?别人为啥要害他?应该有个理由啊。一个将近退休的人,他还能和谁争官位?挡谁的财路?和谁争女人?争职称,争待遇?为什么事和人结仇,弄到非要整死他不可,还不惜这么周密的布置,动用高科技手段?"

"书青,我的单位里如果有一个像你二哥这样的人,我该咋办?"

"我不明白。我不知道张书铭在单位里究竟出了什么事。"

"你不知道吧,昨天他给我打了长途电话,说有几个人把他骗到戈壁滩里打了一顿,把他的牙都打活动了。"

我惊叹了一声:"真的吗?"

"信上的事儿真不真不知道,昨天他在电话里说有人打他,我相信是真的。他把周围的人惹烦了,谁会容忍他?"

"可是,公然把人弄出去殴打,单位也不管?"

"我最担心的是,这样下去,他信上说的事儿都会变成现实。你想想看,一个精神上出了问题的人,领导怎么办?大家怎么对待？"

我转过身，自言自语似的说："张书铭这样……咱们该咋办呐？"

大哥脸上现出一片阴影："咱们得想想办法，看能不能把他调回来，调到咱们身边。或者，让他退休？像他这样，单位肯定很头疼，会同意他提前退休。退了休，回内地来，换换环境，好好休养一段，也许会好些。"

大哥动用了自己的老朋友、老上司、老同事，为张书铭寻找接收单位。有了眉目之后，他让我给二哥打电话。

我把电话打过去，对方说："张书铭没来。"

我问："他什么时候能来？"

那边说："不知道，一星期没见他了。"

我把情况告诉大哥，大哥给张书铭单位党委办公室打电话。

隔一天，党委办公室的人回电话说："张书铭上周末独自外出，现在还没回来，也没跟单位请假。"

大哥把张书铭来信所说的内容和被人殴打的情况向党委做了汇报，他认为张书铭的脑子出了问题，请求党委关心，帮助查找。对方态度很好，说他们正在调查。有人反映，星期六下班后看见张书铭在奎屯河边的公路上搭便车，肩上挎个绿挂包，手里拿着两个馕。

这消息让我和大哥焦虑不安。新疆那么大，地域那么宽广，如果张书铭搭上便车，像小鸟飞进山林，海阔天空，到哪儿去找他？

"你应该建议他们到巴音布鲁克去一趟。"

"我让他们先到薛兰英那儿，然后再找一下他前妻叶玉珍。"

除了这两个地方，张书铭还会去哪儿？

我拍了一下头："他会不会往边境那边跑？"

大哥沉吟了一下："张书铭不是二十多岁的年轻人了，还能那样犯浑？"

"如果脑子出了问题，什么可能没有？"

对于一个脑子出问题的人，想象和行动的空间，正常人怎能料到呢？——这是我说服太太的理由。在张书铭失踪的二十多年里，我常常夜里突然醒来，脑子里闪过一个念头：张书铭踏过了天山，越过了戈壁。……不管他是否活着，他的灵魂都系在那条梦幻般的公路上，在塔里木盆地边缘的沙尘里。当他穿越塔克拉玛干时，他会化为气雾中的蜃景，在大漠上空显现。

一个亲人，当你失去他时，才会意识到对他亏欠了很多，此生无法弥补。这部书稿不仅唤起我对亲人的怀念，也唤起了我心底深深的愧疚。张书铭每次探亲回来，为什么我不能多花费点时间陪陪他，耐心听听他那些啰啰唆唆的倾诉？为什么不能多给他一点亲情，多给他一点温暖？我自以为对他够宽厚够仁爱，其实那只是一种怜悯和施舍。读那些荒唐的来信时,为什么我心里没有同情,只有嫌怨和不耐?以至于把他的失踪看作是我和大哥的解脱,还觉得对他已经仁至义尽?

我把库尔喀拉选为第一站。那里不仅是书稿的来源地,也是张书铭炼狱历程的起点。沿着这个起点,重走二哥走过的路,章明就会在我的寻找里复活。

太太送我到车站,她牵着我的手说:"希望这趟在你小说里的旅行能有惊喜的发现。"

第二章　积雪下的黑水

到库尔喀拉来，我本无意寻访春梅二嫂。在书稿里，她叫李梅。她是张书铭的原配，第一任妻子，是我少年时期上学路上的伙伴，和我有很深的叔嫂感情。与二哥离婚后，几十年不通消息，她应该已经做了奶奶、外婆，寻访她，还有什么意思？可冥冥中好像有一种未尽的缘分，在寻找二哥的踪迹时，李春梅的故事是我接触到的第一个采访线索，那是我在几天奔波毫无收获的失望中偶然碰到的。

在蒙语里，库尔喀拉是"积雪下的黑水"，这名字诱发我的想象，增加了边塞小城古远的神秘感。进入城区时，我既激动又失落。经过城市改造，今天的边疆小县与内地看不出太大差别，马路、楼房、街市、绿化带都很相似，只是因为行人车辆稀少才显出了偏远。迎头碰到一辆卖瓜果的三轮车，小贩的河南乡音使我备感亲切，他车上的东西却是中原少见的西域特产：金灿灿的黄河蜜，皱皮椭长的哈密瓜，绿底赖纹的伽师瓜，花朵似的蟠桃，即使形状颜色相同的西瓜，也显出特有的滋润、光鲜。

比起瓜果的诱惑，一闪而过的西域女人更吸引眼球。她们顶着七月炎阳，裹在华丽衣着和丝绸头巾里。我分辨不出她们是哈萨克族还是维吾尔族,那珠光宝气、目不侧视的样子使我油然生出艳羡,不由得停下脚步,转动脖颈追逐她们的身影。在她们走去的背景里,天山雪峰巍然屹立,头顶是一望无垠的蓝天。库尔喀拉于是显出峻美的西部风光,使我眼里涌满感动。

我住在"华夏大厦"十楼,是新近结识的网友帮我订的。出发前,我进入库尔喀拉地方网站,流连其中,对这座小城的历史、地理、政情、民情有了更多了解,知道了这儿的环境、气候、旅游景点、饮食文化,还读了当地作者的小说、诗歌、散文,被这里丰富多彩的民族文化吸引。汉族小曲,回族花儿,哈萨克阿肯弹唱,维吾尔麦西莱甫,蒙古族江格尔……在库尔喀拉网里,我读到"会咬人的草"写的诗,她(?)的网名和她的文字引起我的联想,我无端地觉得,她和寄来书稿的"梭梭草"会不会有什么关联?我给她发帖子说:"库尔喀拉在我心里是个神话,你把它写得这么美,让我很向往。"她很快回复了我的留言:"很荣幸得到老师的顶赞。老师的博客我登录了,内容丰富,使我受益匪浅,以后还请多多指教哦。"这使我又一次感悟到文字的魔力。文学其实就是一种宗教,它和宗教一样,以语言来魅惑人的精神。人们喜欢网络聊天,就因为在聊天的时候人可以虚拟一个自己,用语言的亲和力使自己显得单纯、可爱、风雅。我以一个网友的亲切姿态对她讲,我哥哥曾经在库尔喀拉工作了大半生,我一直有个愿望,打算到那里去看看,寻访哥哥的人生轨迹。"会咬人的草"热情地回复说:"库尔喀拉正举办啤酒节,欢迎你来品尝我们的啤酒,那是有百年酿造历史的西域美酒哦。"

她帮我订了宾馆,还答应请我喝啤酒,吃烤肉,看维吾尔族朋友演唱麦西莱甫。

我对这家宾馆挺满意。它的格局与内地这类酒店大同小异,一楼临街商铺,二楼饭店,三楼歌舞厅。最让我惊喜的是马路对面有一个农贸市场。在观光电梯里看到那片破旧的屋顶,拥杂不堪的摊点,卖小吃的棚子,随处停放的三轮车、自行车、餐饮车……心情格外兴奋。它是这座小城还没来得及拆迁的旧街风光,给我带来一缕往日景象的联想。我拿出相机,隔着电梯挡风玻璃,对着那片屋顶拍了几张照片。——也许用不了多久,这照片就会成为库尔喀拉老街的绝版留影。

放下行李,我立即到马路对面去逛市场,我希望能在那里找到二哥当年生活的踪迹,找到他曾经工作的五公司,从五公司开始我的调查。即使人员变动,新老更替,档案材料应该还能查得到。

我首先被烤馕小店吸引,站在街边,看扎着围裙的维吾尔族老乡不断弯腰把烤好的馕从馕坑里扔出来。一个维吾尔族男孩把它码在货摊上,堆成高高的馕山。来到库尔喀拉的第一顿午餐很惬意。站在馕坑边吃着焦热的馕,喝着奶茶,一边参观烤馕手艺,撇着新疆口音和打馕的维吾尔族父子聊天。这使我想到张书铭初到库城的情景。"馕吃,茶喝",是标准的新疆句式。我用这种语法问："巴郎子，五公司嘛，知道吗？"男孩一脸迷茫，他的父亲从馕坑边抬起头看着我："五……公司？"我点着头，笑着。维吾尔族老乡把身子从馕山后探出来，伸手向左边挥舞："这儿的嘛过去，五分钟嘛。"

能这么容易地找到五公司，我很兴奋。以我的想象，五公司应该像任何一家国营运输公司那样占有不小的停车场，有宽敞气派的大门和像样的办公楼，车辆进出繁忙，门前很热闹。如果能找到张书铭的老同事，就不难打听出他最后的行踪。我的心愿是能查到张书铭的档案，看看里面装有什么，在关键时刻怎样影响了他的人生。

我穿过市场，走过旧城门，走进一片老城居民区，小街，土路，干打垒围墙，泥抹的屋顶，西部特有的白色泥墙院落和半坡高墙的单面房屋。院落里走出头戴白帽的老人、裹着头巾的女孩……这景象使我依稀进入了书稿里的年代，明白了这里才是没被改造的旧城区。一直走到清真寺门口，除了路边有间中国移动的门店，没看到像样的楼房。问了几位路人，没人知道五公司在哪儿。大约打馕的维吾尔族老乡没明白我的话，把移动公司当作我要找的五公司了吧？

压近屋顶的夕阳有点晃眼。望着清真寺华丽的宣礼塔，我不知该往哪儿去。一转身，看到路边竖着公交站牌，眯缝了眼睛，仔细查看，上面有"五公司路口"的站名，这让我喜出望外。

然而，"五公司路口"只是个路口。下了公交，眼前是一条新修的马路,四周空空荡荡。正前方是天山,巍峨雄伟地堵着地平线,山顶雪峰在晚霞里闪着洁白的光。左边是郊外,灰蒙蒙的戈壁滩有些零星建筑。右边是城区,已经亮起灯火。我望着灯光方向走,一路走,一路问。马路两边是一幢幢住宅楼,看不到机关,也没有商铺。太阳向雪峰背后沉落,夕照渐渐暗下来。路边有家商店,我走进去问五公司在哪儿,店主微笑地摇摇头,好像听不懂我的话。我不禁纳闷:"公交站牌上明明写着五公司路口,怎么会找不到五公司呢?"一位老者从店门前经过,他站下脚打量我:"你找五公司?"我说:"是。"老人那身穿着让人一眼就看出他是一位退休老同志,我满怀希望地转身看着他。

"五公司——"他顿了一下,脸上现出激愤的神情,"没有啰!倒闭啰!"

看我满脸疑惑,他用标准的西部普通话一字一顿地说:"倒闭十来年了嘛。那么大的公司,说倒就倒了嘛。地都卖给开发商,盖楼啰!"

这出乎我的意料。我眯起眼睛,回头打量来时路。暮色像大海一样涌过来,淹没了马路和楼房,夜色中只有电线杆上的路灯发出幽幽的光。没有了五公司,失去了目标,我不知道库尔喀拉之行应该从哪儿开始?

这时,我的电话响了。电话里传来一个女孩的声音:"我是'会咬人的草'。"(这让我兴奋,我猜对了,她确是一位女粉丝。)

"老师,你到了吗?……住哈(下)了?"

"我在城里转了一下午,正准备回宾馆。"

"你到啤酒广场来喝啤酒吧,有几位网友想见见你。"

"会咬人的草"长得不算亮丽,有一副西部女孩的浑厚面孔,脸颊丰满而富有弹性,肤色健康,焕发着日照充分的光泽。三男两女,五位网友,陪我度过了一个愉快的夜晚。喝了库尔喀拉啤酒(和慕尼黑啤酒相比,这里的啤酒有种清新的植物气息),品尝了从俄罗斯传过来的格瓦斯(它的酸甜味道压倒了碳酸泡沫的冲劲儿),吃了烤羊肉(比澳洲牛排更鲜美、细嫩,更香)。带几分酒意,我看着她的脸说:"你这棵草真会咬人吗?"

她咧嘴一笑:"哪天我陪你到巴音草原去看看,那里阳坡上长满了这种草,只要你碰它,它就会咬你,咬一口让你火辣辣疼几天。"

"是不是梭梭草啊?"

"梭梭草不咬人。梭梭草是新疆最好的草。我爸他们刚到新疆来的时候,用梭梭草搭地窝子、烧火、赶蚊虫,现在列入生态保护,不准随便砍了。"看来她是内地移民的疆二代。

当我讲到整个下午绕城奔波的可笑经历时,"会咬人的草"露出漂亮的白牙,浅笑着说:"你住的华夏大厦就是五公司呀!你还到哪儿去找?"

我吃惊地望着她的脸。另一位网友补充说:"华夏大厦是五公司办公楼的旧址,楼下左手就是五公司大门。这家公司从前是库城最牛的单位,占了半个县城。从你住的地方一直到城南那条新修的马路,全是五公司的地盘。"

看来我和华夏大厦真的很有缘!我站起来,急不可耐地要去看五公司旧址。

"会咬人的草"和另一位网友陪我,绕过华夏大厦,站在一片新建的小区门口。城市灯火与清冽的月光把一片望不到边的楼房笼罩在混沌的光影里。大门像一座牌楼,两个立柱拱着横梁,牌楼两侧蹲卧着威武、高大的石狮。走近去,横梁上金属镶嵌的大字闪闪发光,显出一个洋气的名字——"圣菲斯花园"。自动栅栏门拦住正门,右侧通道上有人推着电动车向里走。

"会咬人的草"挥一下手说:"我小时候从这儿过,里面停满了汽车。大货车,大轿子,一眼望不到边。现在,地皮卖给一个南方人,开发房地产了。"

夜色下的小区让我心潮澎湃。这儿,就是当年张书铭曾经进进出出的地方?门口挂着"治安室"牌子的小屋,是不是公司的传达室?旁边那面墙壁上曾经钉着单位的信札吧?宋丽英拆看章明来信的故事应该就发生在这儿。紧挨治安室是一个理发店。也许它曾是公司保卫科,张书铭走过这儿,会不会感到精神紧张?理发店打烊了,店门口的彩色灯柱还在旋转,窗帘背后透射出粉色光晕,带几分神秘,挑逗着我的想象。屋里有没有发廊小姐?

川妹子，陇妹子，三秦妹子，还是地道的疆妞儿，俄罗斯、西亚美女？

回到房间，站在窗前，从十楼高处向下看，曾经停满车辆的地方矗立着海浪般的楼群。浅色墙体，深灰屋顶，屋顶上的太阳能水箱如一个个鸟巢，映衬着天山的影子和闪亮的雪峰，一直涌向夜色深处。空阔的天宇朦胧的月光使这幅图画显得深沉、静穆。我点上一支烟。张书铭的影子从飘飞的烟缕里闪现出来。他离开家乡的情景历历在目，仿佛是昨天的事。天空下着小雨，张书铭背着行囊跨出家门。他撑开手里的雨伞，回头对我挥了一下手，穿过长街，走下码头。家乡的河在细雨中闪着麻麻的涟漪，二哥走上河面木桥，身影随着雨伞摇曳……

转瞬间一切都被时光湮没，这里不但找不到张书铭的形迹，辉煌一时的五公司也没了踪影。安静的小区里，一个个窗口闪射出温馨的灯光，坐在电视机前的男男女女过着他们的日子，继续着人世的爱恨情仇，对这片土地上曾经炽烈进行的故事浑然不知。不管是我的寻找，还是书稿里的记述，都不能让时光倒流，它只是个人情感的一点波澜，与灯下人们的生活毫不相干。

第二天，我在"圣菲斯花园"里游荡，希望能找到一两个老人，聊聊五公司的旧人、旧事。小区很安静，年轻人出门上班之后，楼道里很难碰到闲人。花园健身器旁聚着一些老人，他们照看着玩耍的孩子，一边和邻居聊天。凑上去搭讪之后，发现他们大多不是本地人,来自四面八方,操着不同口音,说着不同方言,听到"五公司"这个词儿,脸上很茫然。我恍然悟到,几十年时光看似短暂,其实很漫长。张书铭的故事发生时,这群老人和他们现在照看的孩子差不多大小吧?让我刻骨铭心的那个年代,在他们的记忆里也许只是一片混沌,除非父辈遭遇同样命运,否则,怎能责怪他们善于忘记历史呢?"物是人非"这句成语其实并不贴切。人的一生像蚁虫爬过草叶。蚁虫去后,草叶零落腐烂,一切万劫不复,物和人都不会重现。不管发生过多少故事,张书铭已被岁月湮灭,我对他的追寻充其量只是为了满足一点自私的情怀罢了。

一切漫无头绪的时候,我想起了网友。

我请"会咬人的草"和她的朋友们吃手抓羊肉、喝啤酒,请他们在网上帮我查找五公司的线索。

隔一天,"会咬人的草"打来电话:"老师,你哥哥的前妻叫李春梅,对吗?"

我说:"对。"

"'雪下黑'找到五公司的一位老人,说是李春梅的同事,和她很熟。"

这消息使我激动。我带上西瓜、甜瓜、蟠桃,酸奶、纯奶、奶酪,像去看望一位失散多年的亲人。在"会咬人的草"和"雪下黑"的陪同下,绕过新建的马路、楼群,走进城市边缘一片旧院落。

这儿是五公司家属区，二十世纪七十年代的老样子，小院，旧房，石渣土路，水管，水池。走进院子感到很亲切，有种回归历史的感觉。终于找到五公司的一片旧址，心下有几分激动。

邓阿婆八十多岁了，和李春梅年龄差不多，退休前是五公司车队的电焊工。老伴几年前去世，孩子在外地，家里只有她一个人。原本冷清的小院来了一群客人，老太太很开心。她身体硬朗，思路清晰，乐意和人聊天。遗憾的是，她并不认识张书铭。

"听公司的人说李春梅前边的男人是个文化人，对她很不错，我进公司的时候，他已经去南疆劳改了，我没见过他。我到公司晚，1959年才从四川老家过来。我家老汉是五公司老人，他肯定认识你哥哥。我到库尔喀拉时，李春梅刚生下她的大女娃儿，我们两家住在一间大房子里，她住东头儿，我住西头。中间盘两个灶，做饭，放煤球，支案子，放锅、碗、瓢、盆、水缸。房顶是芦苇编的，没抹灰泥，下了雨，两家轮流拿脸盆接房顶漏下的雨水。那时候新疆雨水少啊，一年也难得见一场雨，不像现在。那时候布票、粮食都困难，内地闹饥荒，李春梅的爹妈带着她的弟弟从河南老家过来跟她一起生活，李春梅吃穿都很节俭，裤头都是补丁摞补丁，洗了搭在外面，别人看见私下里笑话。这女人在公司里人缘不错，不管谁头疼发烧，都找她拿药、打针。她比她男人老董强。老董这个人在我们四川老乡当中算是有头脸的，在政治处当个什么头头，整天板着脸，端着臭架子，我家老汉不爱搭理他，两家住在一个房子里，进进出出肩擦肩，也很少跟他说话。"

邓阿婆是个随和人，我和她聊得很投机。她不经意间透露的细节使我窥见春梅二嫂当年的生活。尽管她和我已经没什么关系，我还是很想知道李春梅离开二哥后过得怎样。

"人家都说，因为李春梅想进步，老董看上了她，才把她男人整去劳改。"

我不知道这个老董是不是书稿里的老耿，说他看中了李春梅才把二哥整去劳改，我不太相信。可这传言又让我感到一点安慰，起码它证明张书铭在大家眼里并不是坏人，他被劳改，只是因为有人想要夺占他的妻子。普通职工并不理解一个知识分子为什么会突然变成劳改对象，他们只能用这样朴素的故事去解释那场运动。

"两家挤在一间房子里，谁家都有自己的私事儿，老董不喜欢别人知道他家的事儿。他们两口子争吵，总是关起门，压低嗓子，摔东西打架也不起高腔，孩子哭也不放声。我老汉不跟老董多说话，出来进去低着眉眼，对他家的事儿装没看见。装没听见，就是不想招他疑心，日后落闲话。"

"他们两口子常生气吗？"

"李春梅这个人很能耐呀。吵完，打完，走出屋门，见了邻居还是脸上带笑。眼窝青紫，说是夜里碰到桌角了。"

"是不是老董脾气不好？"

邓阿婆脸上浮出一抹浅笑："他这人，说不上脾气不好，他是心里有事儿。"

邓阿婆话里有话，勾起我的好奇心。我仰起脸看着她，等她把话说完。可她笑了一下，转移了话题。我猜想她是不想在陌生人面前讲老同事老邻居的隐私。

也许是看出了我的心思，当我起身告辞，走到大门口时，她在我耳边悄声说："老董说李春梅生的女娃儿不是他的。"

"有这事儿？"

邓阿婆脸上浮起一个莫名其妙的微笑。

她这一笑，害我一夜没睡好。回到宾馆，我不断琢磨她的话，琢磨她说话时的神态。如果李春梅的女儿不是老董的，她该是谁的？

我把书稿找出来，翻到第七节，找到章明改正后回到库尔喀拉，李梅请他吃饭的情节：

> 吃饭的时候，有个年轻女孩闯进来，站在桌边直直看他。李梅平静地说："这是我女儿小丹。"

初读这段文字我心里曾闪过一丝困惑，李梅女儿的出现有点突兀，如果不是伏笔，完全没有必要。邓阿婆的话让我对书稿里的"小丹"生出一些联想。我掐指算了一下，张书铭和李春梅结婚八年，在老家新婚一年，互相分离五年，调到库尔喀拉后，两人一起生活了两年。那时他们正值青春年华，又是久别重逢，虽然经历了如火如冰的情感波折，却没耽搁正常的性生活。那年头，不存在计划生育这回事，人们不懂避孕常识，市面上没有避孕套、避孕药这类东西，李春梅和二哥身体都很好，她知道母亲早就渴望抱上孙子。按照常理，两人同床两年，应该有了后代的消息。如果老董认为李春梅生下的女儿不是他的，那就有理由怀疑她是张书铭的骨血。

我脑子里突然跳出一个念头，像爆出一个闪电：这个"小丹"，会不会就是"梭梭草"？根据书稿里留下的线索，李梅向章明介绍她说"高中毕业了，在石河子读大专"。这女孩应该有整理书稿的文化基础。

邓阿婆那儿藏着不少故事，我必须再去拜访她。我很想知道李春梅和她的女儿现在在哪儿，能不能找到她，和她好好聊聊，在她们那儿也许能打听到张书铭的消息。

在库城期间，我单独到邓阿婆家去了几次。每次去，都给她捎点小礼品，尽量显得亲切、随便，像家乡熟人。她用自己做的酸奶招待我，掰碎茯茶砖，烧奶茶给我喝。我和她聊得很融洽。她用夹杂着四川口音的新疆话和我讲李春梅的故事，声音不高，语速平缓，慢模悠悠，讲得很细致，很生动。

我关心的第一件事是"老董为什么认为李春梅生的女娃不是

他的"？

答案很简单，却完全出乎我的预料。

"老董从五十七军转业，打仗时受过伤，不知道是蛋子儿没了，还是肾打坏了，办那事儿不太行，也不会生育。他的战友们都知道。第一个老婆就为这和他离了婚。李春梅遇见老董的时候，单位运动正在风头上。男人出了事儿，家庭出身又有污点——好像李春梅的父亲干过什么伪职，从老家来库尔喀拉后，老董一直不让他和他们一起住。一个女人家，单身独马在这边，没靠山，不好混。李春梅心眼儿活，会处事儿，做事有纹有路，老董喜欢她。找老董，在单位也算有了靠山。不是老董，她咋能当上医务所的所长？"

邓阿婆的话使我恍然大悟。此前我一直不明白，这位曾经的二嫂不论在学校还是单位，为什么总是表现得那么积极？她的家庭出身不算高，不是地主，也不是富农，只是富裕中农，没必要表现得那么突出，那么进步。我想起二哥订婚后母亲做出的决定。她把二哥叫到面前说："李春梅的爹当过保长，村里人说他是伪人员，不如把她接到咱家来读书吧。"看来母亲把李春梅接到我家读书，不光因为县城的学校比乡下正规，教师水平更高，她的用心恐怕是为了让她避开家庭出身的阴影吧？

"我们同住一个房子的时候，老董总是在办公室待到很晚才回来，蹲在门外抽莫合烟，抽到半夜再进屋。进了屋，两人在床上折腾来折腾去，然后就低声拌嘴。李春梅起来喝水，走动，把搪瓷缸摔得叮当响。老董气得打孩子。我家老汉在我耳边暗笑，说：'是不是老董又犯软了？'车队的人嘴上缺德，拿老董的事儿当笑话说，取笑谁装熊，就说：'你咋是老董的家什，一会儿硬一会儿软！'"

"这么说，这个大女娃应该是我们张家的人了？"

"别人都说，老董骗了李春梅，李春梅也骗了老董。两人够本儿。"

"你不是说她还有个儿子吗？既然老董不会生育，这儿子是咋回事儿？"

邓阿婆笑得更诡谲：

"这里头的事儿，说起来话长了。那个大女娃出生后，老董和李春梅经常生气。老董处处看这女娃不顺眼，经常当着李春梅的面用我们四川脏话骂她，骂得难听死了哈，还动不动找碴儿打她。把李春梅惹急了就和他拼，关起门来摔东西。那年头没什么东西好摔，锅碗瓢盆舍不得，只能摔那只搪瓷茶缸。屋里的地面是泥地，摔起来声音闷响。摔漏了托我点焊一下，下次再摔。那是老董转业时发的，上面印着部队番号。那一天老董的战友到他家来，正碰上两人打仗，搪瓷缸子在地上蹦跳。他战友推门走进去，弯腰把搪瓷缸捡起来，举到脸前看着说：'这不是咱们部队的纪念品吗？嫂子是想检验检验，看它结实不结实？'李春梅笑着说：'丫头拿着玩，掉地上了。你看老董这熊样，恨不得把人吃了！'隔一天，这个战友把自己的新搪瓷缸拿来，哄女娃玩。

捎了一只羊腿，在他家吃饭。这个小于是老董在五十七军的排副，一起打过仗，救过老董的命，两人关系特别好，跟亲弟兄一般。人长得高梢梢的，比老董年轻、英俊。刚转业到塔城，在老董这儿住了个把星期，请一帮战友吃吃喝喝，要李春梅帮他找对相。此后隔三岔五就从塔城过来耍。李春梅也经常到他那儿去。一来二去，两人就耍到一起了，有了这个娃娃。"

"老董知道吗？"

邓阿婆从鼻子里嗤了一声："别人都说是老董想要个娃娃，拉他的战友来帮忙。看老董那样子，这话不像是瞎说。李春梅怀孕后，老董对她特别好，回到家来，洗衣服，打水，做饭，收拾屋子，什么家务都干。娃娃出生后，老董对他很亲。车队放电影，演节目，老董总把他拱在脖子里，架在肩膀上。后来李春梅把她表妹从内地弄过来，嫁给小于，让孩子认小于做干爹，两家来往很亲热。小于在老董这儿很勤快，打煤球，担水，劈树疙瘩，劈柴，架在屋檐下。带娃娃出去玩，给他买葡萄干、杏干、牛肉干。还给他弄羊髀骨，教他按维吾尔族巴郎子的玩法打羊髀石。"

"老董这么大涵养，不吃醋？"

邓阿婆哈哈一笑："不知当初他是怎么给小于说的，后来肯定没想到两人动了真情，胆子越来越大，越来越不把他放在眼里。小于一来，李春梅丢下医务所的事儿就往家跑。老董没下班，大房子里没人。两人一进屋就关起门儿办事儿，办完事儿出去买菜。李春梅眉毛眼睛放光,见了人高高兴兴嚷:'铁蛋儿的干爹来了。'有一天,公司活儿少,我下班早。一进家,看见李春梅的屋门插着,我知道肯定是小于来了。正准备退出去,听见李春梅在门里说:'你能再来一次不能?'两人小声推搡着转回去。我从房子里退出来,刚到门外,看见老董下班回来,我故意大声和他打招呼,想惊动屋里的人。谁知她两个根本不在乎,老董走进房子,站在屋门口,他俩好像还没办完事儿,老董在外面等了一会儿屋门才打开。李春梅在床边系裤子,小于的皮带还没插好,老董像没看见似的,一声不吭往里走。

"真正惹恼老董是那年春天。塔城、伊犁下大雪,车队的人都窝在屋里,蹲在火墙边打扑克、下棋。有辆嘎斯车去塔城办事,李春梅要搭便车去找小于,说铁蛋想干爹了,在家里闹,趁下雪,医务所没啥事。老董不让去,她抱上孩子就坐进了驾驶室。谁知车在半道抛了锚,司机到兵团连队去找拖拉机,李春梅和孩子在大雪里困了半夜。拖拉机开过去的时候,人冻僵了,几个人用雪给他们搓才把她救醒。人是活了,可孩子的一只耳朵垂儿冻掉了。老董顾不得脸面,当着我和老汉的面跟李春梅大吵大闹,揪着头发,指着她鼻子说:'再和那狗日的来往,看我剥了你的皮!'李春梅不怕,她大声呛他:'有种你杀了我!咱们现在去离婚!'

"老董不跟她离婚。老董用他的办法整治她。趁着清查盲流,他把李春梅的父母、弟弟、妹妹都交给遣送队。两个老人被遣送回老家后，连批斗带冻饿，不久就死了。然后，他检举小于，说他私自向苏联那边放走了一二百边民。小于被关起来，写检查，挨斗，差点送进监狱。李春梅在外边借房住，不回家。他逼着大女娃红旗嫁一个比她大十几岁的老转。红旗从小受委屈，和爹妈关系不好，老董把她逼急了，从家里跑出去，多年没音信。"

邓阿婆最后这句话触动了我的神经："这女娃现在在哪儿？"

"红旗比她妈有本事。她跑出去后，到和田、且末去弄玉石，到奇台、伊吾去弄硅化木，南疆、北疆到处跑，生意做得不错，听说在圣菲斯花园买了房。"

"李春梅呢？她现在在哪儿？能见见她吗？"

邓阿婆侧头看我一眼，咂了一下嘴："你不知道？她死了，出车祸死了，有二十多年了。"

我张口结舌看着她，一时说不出话来。尽管李春梅早已和我没什么关系，可这消息还是让我感到意外。

邓阿婆把我送到大门外，指着路对面不远处一片阴影，向我讲述当年的情景：

"那时候，我已经搬进这院子，李春梅也搬进了前面那个小院，瞧，那个大门头儿，就是她家。过了中午，一点多钟了，我家老汉刚把午饭做上，正在炒菜，听见外面喊叫。孩子跑进院来嚷嚷：'李阿姨轧死了！医务所那个李阿姨！'家属院的人都跑出去看。我出来的时候,她就躺在这儿,自行车撂在那儿,一辆五十铃'玉苏族'停在旁边。她下班回来骑着车往家走,离家也就几步路了,一辆拉砖的卡车从坡上下来……那情形真惨!现在想起来还叫人打寒战。不知道谁拿了一领破席把她盖住,等到老董回来。"

"……埋在狼娃子沟了。"

站在车祸现场,我意识到我对李春梅仍然怀着一份难以割舍的亲情。张书铭第一次回乡探亲时说到李春梅揭发他的情景,在母亲面前气愤地说:"这个没良心的女人,早晚不得好死!"母亲当时狠狠瞪他一眼:"夫妻一场,不许这样咒人!"在母亲心里,李春梅是一团最难平复的纠结,也是我心底最复杂的一份感情。她是母亲亲自为张书铭挑选的媳妇,得到母亲的关爱最多。她十五岁到我家,和我一起在城关一小读书,是我少年时期亲密的伙伴。尽管她对二哥做出那样无情的背叛,说起她,母亲只有惋惜,我也很少怨恨。在我心里,李春梅对二哥的背叛和她遭遇的车祸,不过是时间与空间运动的蝴蝶效应,大自然不经意间造成的交叉,道德评判并不能解释历史背后的真相。

路灯昏黄,光影氤氲,我盯着树影里那片路面。李春梅倒下的地方好像还残留着暗黑的血迹。我没法想象狼娃子沟是个什么地方?李春梅的坟冢在哪儿?长眠在异乡的荒漠里,她会不会感到寂寞?如果当年母亲没有催促她调动到这座小城来,如果她一直与母亲厮守,待在老家县医院里做她的护士,那个上学路上和我有说有笑的可爱的乡下妞，和塞外这个遥远、荒凉的狼娃子沟还会有什么联系吗？二哥的故事，会不会改写？

回到宾馆，我把采访的收获整理了一下，点着一支烟，站在窗前，望着圣菲斯花园的楼群。

脚下这片土地，让我多了一份联想，多了一层血肉相连的牵挂。阑珊的灯火里，哪扇窗口是董红旗的家？她模样长得像谁？生活过得咋样？"梭梭草"是不是她？

我打开笔记本电脑，发了一封邮件。

> 梭梭草：你好！知道我在哪儿吗？我在库尔喀拉，在华夏大厦。此刻我正站在十楼房间的窗前，看着圣菲斯花园的灯火。我在猜想，哪个窗口是你家？你在干什么？上网？看电视？读书？我必须说，你的书稿深深触动了我心底的伤痛，让库尔喀拉成为牵挂我灵魂的地方。不到这里来，不把张书铭的故事写出来，我会寝食难安。我知道，你不回复邮件，肯定有你的原因。张书铭从我脚下这块土地上消失了二十多年，作为他的弟弟，我没能为他做些什么。你的书稿唤起了我的愧疚，唤起了我的思念，我想当面向你表示感谢。我想和你聊聊。听你说说那张照片、那部书稿。你把书稿寄给我，没有要对我说的话吗？我从万里之外来到这儿，与你一墙之隔，错过见面的机会，会留下终生遗憾。明天，

我到小区去拜访一位名叫董红旗的女士（我觉得她是书稿里小丹的原型），我希望你能帮助我，请她接受我的采访，为寻找章明、寻访书稿里的人物提供一点线索。你乐意帮忙吗？

你诚挚的朋友张书青

见到董红旗的一刹那我有点失望。尽管我在心里已经计算过她的年龄，但面对一个已显发胖的女人，我还是觉得与想象中的人有点落差。

小区里查不到她的信息，靠网友帮忙，我才找到她。有位叫"何必当初"的网友说："红旗不在城里，她在安集海弄石头着呢。"听说那地方离库城一百多公里，要穿过奎屯河河谷往天山深处走，我很向往，又很犹豫。这位网友热心地说："我开车陪你。我也好久没见她了。""会咬人的草"附和说："我说过要带你去巴音草原嘛，就在安集海上面，咱们顺便过去看看。"

这是个山间小镇。弯弯的小街随着山势起伏，十几户人家错落在大山褶缝里。临街门店全是奇石玉玩，摆放着各色石头、玉器、硅化木。店里伙计在嘶啦啦的电锯、电钻声里加工各自的石料和工艺品。价格都不低，从几千、几万到十几万。董红旗的工作室像个高档陈列馆。迎宾位置两段粗大的硅化木，古朴，凝重，有种岁月的沧桑感，标价接近百万。玻璃展柜里的玉雕、手镯、吊坠、饰物，晶莹可爱，在柔和的灯光下显得高贵、典雅。

我饶有兴味地在展柜前巡看，想给太太、女儿捎点小玩意儿。凑近看了标签上的数字，立时泄了气，不免心里嘀咕：人们是不是疯了？这么偏僻的地方，这么贵的价钱，有人买吗？然而，街道上虽然游客稀少，可小镇的店铺却都很忙碌，每天开着门，没生意谁干？我不得不暗叹自己真的很愚钝，整天关在书斋里，不知外面世界今夕复何夕，有钱人究竟有多少钱，他们在怎样消费？对当下闲玩市场的行情两眼一抹黑，完全看不懂。

我对这个看上去并不年轻的女老板强调说，自己从河南来，是她妈妈的老乡，张书铭的弟弟。她好像并没被我的话触动，只是客气地微笑，点头，拿起纸杯，到纯水机旁打一杯水，放在我面前，然后就转头和"何必当初"说话。两人很亲热，说起话来顾不上别人。

我暗自观察她的长相，审视她的身材，心里发问：她真是李春梅的女儿吗？为什么一点也看不出春梅二嫂的模样？看不到张书铭的影子？那一刻，她是不是"梭梭草"这个问题在我心里开始动摇。来时路上我问过董红旗的网名，"何必当初"说她叫"天山菠菜绿"，她解释说："那是一种玉，透明滑润，绿莹莹的，是天山碧玉里最好的一种，就产在安集海峡谷里。"

"会咬人的草"提议到巴音草原去，董红旗拿一箱枸杞汁放在车上："我请你们到蒙古包里吃午饭。"

这顿饭吃得很有兴味。在丽日高照的草原上，享受蒙古包里的凉爽，坐在餐单周围，喝奶茶、枸杞汁，吃手抓羊肉、宽片子面、西瓜、甜瓜还有李子、蟠桃。走出帐篷,眼前一片翠绿,上面是墨绿的高山森林,下面是沟壑纵横的峡谷。安集海河时隐时现,从峡谷深处流过。牛羊在草地上随意踯躅,花狗勾头卧在帐篷阴影里。三个网友一边漫步,一边继续她们在帐篷里的争论:世界上有没有靠得住的男人?进山前我知道"何必当初"和董红旗都已离异,她们在网上建了QQ群,讨论女人的命运,搜集各种案例,为遭到背叛的女人维权。我是她们当中唯一的男性,比她们年长,当她们激烈辩论的时候,我只是默默听着,偶尔一笑,并不发表意见。

董红旗突然回过头问:"老师,你说,世界上有没有真正的爱情?"

我愣了一下:"这问题确实很难回答。要说有呢,好像在骗人;要说没有,又不甘心。当下是个贪欲横流的世道,人们追求享乐,金钱至上,性泛滥,情淡漠——爱情、亲情、友情都淡漠,现实生活里到处是背叛、欺骗——既然世界以自我为中心,背叛、欺骗也就算不得罪恶。可是,正因为真情难得,咱们还是要相信世界上有真爱,有真情,要不然,人类不是太绝望了吗?"

三个女人全都停下脚步,定定地看着我。

"男人靠不住,女人靠得住吗?爱情,友谊,博爱,忠诚,这些美好的东西,哪个靠得住?问题是,靠得住要靠,靠不住也不能放弃,人类总要有梦想。对不对?你来到人世,人世给你什么你都得承受，生活给你多少伤害，你都只能挺住。有什么办法？上帝造了你，父母生了你，你到人世来，就是要承受人世的一切。幸福和磨难、忠诚和背叛，像钢镚的两个面，没有磨难就没有幸福（有时候幸福就在磨难里），没有背叛也没有忠诚。人本身比钢镚更复杂，人性的正反两面往往混在一起，没法剥离。当我们崇尚自由，更重视个人利益、个人幸福的时候，人的行为也就没什么忠诚不忠诚，你说是不是？"

董红旗突然背过身弯下腰，掏出餐巾纸擦眼泪。

"何必当初"凑在我耳边说："老师，别看红旗这么光鲜，她很苦啊。离了婚，她还舍不了那男人。辛辛苦苦挣的钱都让那家伙吃喝嫖赌养小三了。糟践她，还把她当提款机，不知道她是怎么想的！在别人眼里是个女强人，还帮别人维权，其实整个一个窝囊废！"

"她是没法战胜自己。一个人面对自己的感情，总是很软弱。"

下山的时候，董红旗要我坐她的车，说要回市里办事。

走过安集海大桥，"何必当初"把车停下，向我们招手："瞧河里人都在找玉石，咱们也下去看看吧。"

两个女人挽起裤脚，舞着手向河滩里走。董红旗和我站在桥上，居高临下看着河里翻找玉石的人。

安集海河像一条大蟒从天山影子里钻出来，一路跳过山崖、峭壁，在桥下跌落成一片峡谷。河水在谷底分散成细流，静静地淌过裸露的河床。铁红的河岸夹杂着赭黄、暗绿，反射出彩虹般的颜色。从高处看去，找玉的人像河滩里蠕动的虫子，花花点点，聚集在河岔浅滩上。少数几个人涉过急流，在河心沙洲上挥着铁锹起劲翻挖。

"你不下去看看？"

"坡岸挺陡的，算了吧。"

"节假日，周末，河里挤满了人。"董红旗侧脸看着身后的桥，手向对岸挥了一下，"他就是沿这条路翻过哈比尔尕山，进入巴音布鲁克的。有人在巩乃斯碰到他。"

"谁？你说的是——"

"你到库尔喀拉来，不就是想调查你哥哥张书铭吗？"

我惊异地瞪着她的脸。

"我看过那份报告。五公司倒闭后，公司没人要的档案堆在一个破屋子里，没人管。"

我想起来了。那是一份《关于张书铭失踪的调查报告》，五公司党委曾经给大哥寄过一份，只是因为年深久远，细节忘记了。

"你们家的人是不是很恨我妈妈？"

我抽出一支烟，背过身去想把它点着。

"这里不能抽烟。"

我栽头笑了一下："这都是命，你妈妈和张书铭摊上了。你来到这个世界上,该遇到谁,该有什么故事发生,该在哪儿成,在哪儿败,遇到什么坎儿,有什么结果,上帝的册子里都写着,自己并不能当家。"

"照你这么说,人只能听天由命,自己没一点用?"

"我的哲学是尽人事,听天命。同样的情形,人肯定会有不同的选择。虽然这选择也是在听命当时当地的处境,但起码应该掂掂内心,过后会不会后悔?人在保护自己的时候,有没有什么东西不可逾越?人在伤害别人的时候,有没有什么灵性不可泯灭?人在做,天在看,这话还是有一点警示作用吧?"

她长长地吁了一口气。

我也长长叹了一声:"我只是觉得张书铭很可惜。他很有才华,是我小时候崇拜的偶像。他京戏唱得好,英文比我强。画画,写诗,打算盘,本来能为社会做些更有用的事。"

"我知道,我妈给我讲过。"

我叹了口气:"这个模糊,一辈子平和、软弱,偏偏在人生节骨眼上耍了一次小孩子脾气,显示了一下个性,不光毁了自己,也误了后代。世界上的事,真的说不清楚。"

董红旗用闪动的目光看我,眼睛里流露出一抹亲情:"我妈妈最钦佩你母亲,提起她,总是满脸放光。"

"你妈妈勤快,懂事儿,老太太很喜欢她。老人家直到晚年也没怨恨过她,念叨起来,还有点想念。"

董红旗无声地叹了一下。

"会咬人的草"和"何必当初"挥舞着她们的收获从陡岸下爬上来。董红旗掏出小手电筒,对着她们拣来的石头照。几块暗绿光滑的石头透明亮堂,引起两人一阵欢叫。

"会咬人的草"把质地最光滑的一块捧到我面前:"老师,送给你啦!算是安集海的纪念。"

石头不大,圆滑玲珑,深绿里透出缕缕细纹,对着太阳一照,显出剔透、亮绿。

这趟安集海之行的另一个收获是认识了"会咬人的草"用作网名的那种草。它就是荨麻,深绿,沃硕,叶子带刺,在草原的阳光下显得特别蓬勃。

"小心!不要碰它,扎到了叫你火辣辣疼几天。"

我笑着说:"你是自己被扎过,还是扎过别人?"

"何必当初"说:"她就是不许别人碰,才起了这个名字。"

回宾馆的路上,董红旗说:"我那儿有张书铭的一些材料,你也许用得着。明天我给你送过去。"

夕阳在车窗上闪光,董红旗手握方向盘,目不转睛地盯着道路前方。她的侧面让我看到一个熟悉的影子,心里有股热流涌上来。她是不是"梭梭草",也就无关紧要了。

第三章　眺望之城

董红旗进来时，手里提着一只小木箱。我眼前猛然一亮：这不是春梅二嫂结婚时的嫁妆吗？枣红色，铜扣，铜提手。轻巧，灵便，像个手提匣子。我的眼神惊动了她，她看看我，再回头看看木箱："这是我母亲留下的。"我说："我知道，我认识它。"

岁月消磨，木箱显出了老旧，可它唤起的记忆依然清晰。二哥结婚那天，李春梅坐着牛车，她舅舅捧着两只一模一样的小木箱来送她。我好奇地接过去，急不可耐地把箱口上的红纸封条揭开。第一个木箱上面是一幅折叠好的绣花门帘，隔一层白棉纸，下面摆放着压箱饺子。元宝形小饺子，个头匀称，精巧玲珑，排得整整齐齐，像摆满了银锭。另一只箱里放着两双新鞋，新郎、新娘各一双。听母亲解释，压箱饺子是新娘家的祝福，象征富贵吉祥；两双鞋表示夫妻相随，白头偕老。在"大跃进"年月里，李春梅陪嫁的大箱子、小桌椅和牌坊街各家的家具都被填进小高炉，为大办钢铁添柴加火，只有这两只小木箱被张书铭和李春梅各人一只带在身边，幸存下来。今天能见到它，让我又惊喜又感动。当她把小木箱放在桌上时，我忍不住伸手去抚摸。手指荡过翘起硬皮的油漆，心里感叹：二哥那一只，今生还能见到吗？

听我讲箱子的来历，董红旗鼻子里干笑一下："我妈去世后，我打扫屋子，在柜顶角落里发现它。我把它带出来，一直放在我家，以为藏着什么宝贝。打开一看，就是些破书、旧信。扔掉吧毕竟是母亲的遗物，箱子也不错，掂出来几次没舍得往外丢。"

她打开箱子，把里面的东西拿出来摊放在桌上。旧蓝布袋，装着一捆书信，倒出来时，粉尘飞扬，散发出陈旧的纸屑气息。几本旧书，几个笔记本，封面装帧的式样、图案、纸质把人带回到那个年代。

拨开这堆信，张书铭熟悉的字迹映入我的眼帘。二哥当年写给李春梅的信，让我有一种时光倒流、恍若隔世的感觉，不由得抬起眼睛叹息一声，对董红旗说："谢谢你，这东西太珍贵了。"

一整天我埋头这堆旧纸，沉浸在消逝的岁月里。这些书信让我跌入一对小夫妻两地分居的热切思念和深深爱恋之中。那时我还在故乡中学读书，每当收到来自遥远的边疆的信，全家人都很兴奋。幽暗的光线透过卧室窗子，映照出李春梅的侧影。她一手拿信，一手抓住手绢，一边读信，一边不停擦泪。读完信，站起来，走到盆架前，用毛巾把脸擦洗干净，再把二哥写给家人的信拿出来。母亲端坐在靠背木椅里，两手搭放腿上。李春梅读信的声音细润、清晰，母亲脸上逐渐漾出慈祥和安慰。当李春梅和二哥的情爱湮没在历史深处时，这些书信便成了时光的记忆。

《钢铁是怎样炼成的》《马雅可夫斯基诗选》，是那个年代青年中最流行的书。扉页上有张书铭的题字："爱妻春梅存读 张书铭1954年3月于乌市"。落款处的印章规规矩矩，显示出一个刚刚拥有会计资格的人对名章的自豪感。

压在破旧笔记本下的一本旧书引起我的兴趣。淡灰封面，倒梯形方框图案，圈围着两行繁体字：亚洲腹地旅行记/开明书店民国三十六年。扉页上的题字是：张书铭1953年6月购于乌市古旧书店。这是斯文·赫定的著作。到库尔喀拉来之前，我在网上买到了2000年新出的版本，草草读过一遍。这位瑞典探险家在沙漠中发现楼兰古城的传奇让我对神秘的南疆向往不已。张书铭初到新疆就买了这本书，他心里埋藏着大西域探险的情结。也许他没料到，冥冥中有个力量掌控着他，绕着这本书描写的地方兜了大半生，现在又牵系着我的灵魂，继续他未完的行程。

掀开破旧的笔记本，看到李春梅记下的日用账。柴米油盐，牙膏牙刷，肥皂、毛巾，甚至一卷桑皮纸、一盒火柴，三分钱的针，二分钱的线，都记得清清楚楚。每到月底，会有一行这样的小字："今天到会计室预支了三元钱。"有时是五元，有时一元、两元，从这些账目里可以窥见李春梅那些年的日子。

1965年的账本上记着这样一句话："7月6号给那人寄了五斤粮票。"这行字引起我的沉思。这个"那人"肯定不是她的家人，也不可能是同事或亲戚，要不，有什么必要隐去姓名？

这堆旧书信里有一封来信使我联想到也许和这里记载的粮票有关。信封上的地址是：新疆泽普生产建设兵团工三师……大队……小队，邮戳上的时间是1965年6月18日。那时张书铭应该正在南疆劳动，和李春梅离婚多年，怎么可能还有信写给她？

春梅同志：你好？请原谅我冒昧地给你写信。因为有一事相求，请你多多见谅。在领导和管教干部帮助下，我努力劳动，深刻反省，改造思想，经过七年多的劳动改造，最近就要被组织批准解除劳动教养了。我衷心感谢领导，感谢同志们对我多年的帮助、教育。解除劳教人员可以就地就业，也可以申请回原单位。我最近身体不太好，不适应这里气候，口粮指标比较低，食堂的苞谷面多，我的胃也出现了问题。我想回库尔喀拉，在你们大家的监督下继续改造。到车队劳动也行。我写了一份申请，麻烦你转交老董。他在政治处工作，能不能帮忙把我的申请送给单位领导研究审批？如果能回库尔喀拉，我一定会努力工作，回报领导和同志们的关心。

问候你全家安好。祝老董同志身体健康。

张书铭的申请依旧装在信封里，已经折出了破痕。这个模糊二哥的天真单纯叫人惊叹。即使春梅二嫂旧情还在，以他的身份，以她的处境，她能出面去求老董为他帮忙办事吗？在那个年代，李春梅没把这封信拿出去向组织汇报已经算是很够意思了。——这封信，说小了是个人自由主义，非组织行动，说大了是借机反攻翻案。他这不是自找麻烦吗？对照账本上的日期，这笔粮票应该是寄给张书铭了。李春梅不能给他帮忙，寄去几斤粮票，算是表达同情。张书铭继续在兵团劳动，直到十几年后改正，回到库尔喀拉。这使他躲过了"文革"期间更凶险的风头，避免再一次被送进劳改营，为我的小说省略了一段故事。当年没回原单位，也许是值得庆幸的事。

真正引起我注意的是账本封底的两行小字。这是一本较新的账本，应该是年代最近的一本。

  巴音郭楞　克孜里亚 225 团场　薛兰英
  且末　尼亚布拉克生产建设兵团工三师16团12连基地 叶玉珍

看到这两个名字，我惊讶得张大了嘴巴。在李春梅的账簿后，怎么会出现这两个人的名字和地址呢？仔细翻看账本，它的截止日期是1988年8月，大约李春梅在这个时间遭遇车祸，人遇祸离世，账目当然也戛然而止。据此推断，这两行字应该是1988年8月之前写下的。张书铭失踪的时间是1987年，那时我刚从县城调动到省城，安下家，准备开始写作。这两个地址，会不会是李春梅帮助单位调查张书铭下落时查到的线索？

我给董红旗打电话,问她在不在市里,能不能过来一趟,一起喝杯咖啡聊聊天,有些事想和她交谈。

我找了个有简餐的酒吧,选择了一个安静角落。在聊天中核实了李春梅车祸的时间,我把账本拿出来,指着那两行字问董红旗:"知道这两个人是谁吗?"她摇了摇头。

"这个女人是张书铭在南疆劳改时的第二任妻子。另一个女人,在他改正回到库尔喀拉以后跟他生活过一段,两人没有正式结婚。"

"妈妈为什么会记下这两个人的地址呢?"

"也许是当时为了帮助查找张书铭的下落吧。"

她把地址拿过去,仔细看一遍,手指点戳着:"这都快三十年了,兵团变动很大……"

"我还是要去一趟。"

她沉默了一会儿,把账本放回桌上:"我陪你去吧,我在且末、和田有生意往来,这一路我常跑。"看我脸上现出犹豫神色,她补充说:"库尔勒有个QQ群上的网友,他在那儿粉丝群很大,说不定能帮你找到更多线索。"

她这番话打动了我,我一连说了几个"太好了!"

"晚上我请库尔喀拉的网友聚一聚,给大家辞个行。明天咱们就出发。"

沿着张书铭走过的道路翻越哈比尔尕山,进入那拉提草原,这趟旅行使我心情复杂。我用二哥的眼睛看这沿途风光,想象他背着挂抱、水壶,拿着馕,一路搭乘便车,从这世界上地貌最丰富多彩的地方走过。天山用铁红色山岭遮挡住世人的视线,使人想象不到它怀抱里藏着多么精彩的世界:一会儿峭壁冷岩,一会儿山岭翠绿;刚绕过积雪覆盖的达坂,迎面就是郁郁葱葱的松林。峡谷深处,河水从乱石滩上流过,雪山流下的水清凉诱人。出了山就是一眼望不到边的草原,鲜翠欲滴,像水洗过一样干净。面对这样美丽的风景,童话般的世界,周围不再有令人生疑的目光,身后看不到使人惊惧的影子,那个瞬间,张书铭会不会感受到自由的美好?

董红旗的网友"铁门三少"建议我住库尔勒,以这里为根据地。"往西去库车,往东去托克逊,往南去且末,往北焉耆、巴仑台,兵团团场都在附近,路况又好,不是国道就是省道,还有专用道,往哪儿都很方便。"

在维吾尔语里,库尔勒是"眺望之城",扼守着进出西域古道的最后一道关卡。到达库尔勒时天近黄昏,晚霞里现出高楼大厦,我感到很意外。和大多数内地人一样,我对库尔勒的印象仅仅是装在纸箱里、包在薄纸里的香梨。它是改革开放带给内地人的第一个口福,过去从未见过,特异的形状,怪小的个头儿,咬到嘴里细腻、脆嫩,满口香甜,水分充足,没有一点渣滓。地图上看到库尔勒濒临孔雀河,坐落在塔里木盆地边缘,以为是沙漠绿洲里的小城，没想到竟是一座繁华都市。

"铁门三少"为我订了金胡杨快捷酒店。在十二层窗口眺望市区，一条灯火辉煌的马路冲着眼睛从远处蜿蜒而来。左手是霓虹灯闪烁的高楼，右手滨河花园簇拥着孔雀河弯弯亮亮的河水。董红旗在我身后说："你看像不像上海外滩？"我说："有点像。""铁门三少"自豪地说："这是新疆的小上海！"

贴近窗子往下看，小广场上夜市已经排开，各种小吃摊点摆下桌凳，亮出了五光十色的吃食。人流熙攘，市声嘈杂。周边的时装店、超市、音像店、水果店……彩灯交织，光影晃动。

第一个地址的调查花费了将近一周时间。

在热心网友的引荐下，我们首先到兵团干休所拜会了一位退休老领导。

"现在的兵团，人员变化大得很嘛。除了一部分兵团二代，大部分老人都离开了嘛。内地来承包土地项目的年轻人，他们什么事儿也不知道，跟他们打听几十年前的老人，门儿都摸不着！老人们退休后分散到全国各地。进城安置的人，新疆哪个城市都有。回老家的，随儿女到内地的，北京、上海、广州、海南……全国到处都有。兵团的名称、驻地，几十年里改过多次，你这个地址早就不管用了嘛。这个老薛，既不是部队下来的，也不是改造人员，又不是盲流，想找这样的人，难难——的了……"

他的话虽然叫人丧气，可也没出乎我的预料。一般退休的老同志都很有修养，和蔼可亲，乐于助人。老领导看我态度诚恳，他拿着那个地址，皱起眉头看了半天："你不如到库车去找老段。他退休前在老干办工作，和兵团老人联系比较多，也许能提供点线索。"

红旗记下他的地址，我们就去库车。

库车是龟兹故地，这个地名使人想象力活跃，生出探险的渴望。见到老段，听他讲一些不着边际的话，我没感到懊恼，有机会来拜访一个两千多年前的古国，是人生幸事。老段用罗布麻茶招待我，说是只有罗布泊出产，降血压、降血脂，养胃护肝，非常神奇。临别时他说："你留个电话吧，我再给你联系一下另外几个老同志，看他们能不能提供点材料。"

道了谢，走出小区，我对"铁门三少"说："能不能找个地方喝喝奶茶，听听龟兹古乐？"

"铁门三少"说："到库车王府去嘛，那儿有茶，有歌舞，是四星级旅游点。我说呀，你既然到了这儿，大峡谷、克孜尔千佛洞都应该去看看，那都是难得一去的地方。"

红旗随着附和。我痛快地说："好！能不能找到人，先看看风景再说。"

库车让我度过了快乐的两天。富有伊斯兰特色的华丽王府，异域情调的艾乃姆演唱，火焰般奇谲的大峡谷，荒凉的土岭上的洞窟，两千年前的僧房佛殿。在遁入洪荒的感觉中蓦然回头，一条小河从脚下流过，绿洲里草木葱茏、生机盎然……我忘记了此行的目的,好像能不能找到薛兰英已经无所谓。人在旅途,本来就很容易迷失,何况在这么壮丽的风景里。如果张书铭来到这儿,在千佛洞下的河湾里洗把脸,沿着荒原古道,穿越对面那座青灰色山岭,他心里一定会浮出神圣的向往,灵魂净化,从人世忧烦中超越。那是通往西天的路,留下了执着取经、追求真谛的高僧们的足迹。

我举起右掌,凑近下巴,喃喃自语:"今生今世,来过一趟。"

也许朝拜了圣地就有惊喜,刚说完这句话,我的电话响了。

"老张,我是老段呐。你打听的那位薛同志,是不是湖北人?"

我说:"是。"

"在团场是不是开过拖拉机,上过砖瓦窑?"

"好像是。"

"她儿子是哈萨克混血?"

"这我倒不清楚。"

"知不知道吐孜热木的湖北村?"

"铁门三少"说:"我知道,那儿有个湖北人聚居的村子。"

"听说这个姓薛的曾经在那儿住过,你去看看吧。"

湖北村坐落在一片小平原上,周围是棉花地和向日葵。看到路边的榆树和沟坎下的芦苇,就看到了村里的泥墙和白色屋顶。和这里大多数村庄一样,房屋赤裸裸暴晒在阳光下,像摆放在旷野里的一片白色积木,没有树木绿荫,给人一种干枯、贫瘠的感觉。其实,他们的房屋很宽敞,院落也很舒适。院子的过道安静凉爽,呈现出一种富足、安康的景象。四轮拖拉机、面包车、小轿车停放在村路场院里,一只黄色卷毛狗奔跑着冲我们汪汪吠叫。

"铁门三少"打开车门,站在路边,按老段给的电话号码拨打电话。

一个老人的声音从电话里传出来。

"铁门三少"提高声音说:"喂,喂——你好!您是韩九生韩书记吗?我们是库尔勒过来的……对对……噢——是的,是的。噢——好的,好的。我们这就过去。"

"他在路边瓜棚里呢,刚刚咱们从那儿过,他看见了。"

我和红旗同时"噢"了一声。路边的瓜棚我们都看到了,我还说:"瞧这瓜多漂亮!回来时记住买几个。"

韩书记是个瘦高的老头儿,坐在矮椅里,脸上布满皱纹。站起来时,身材、动作和那精明的眼睛都像维吾尔族老汉,只是没穿袷袢,没戴花帽。他切开一个西瓜,我们三个围着小桌,站着,吃着,夸着,甩着手上的西瓜汁。

坐在瓜棚下,享受田野上的凉风,在路上时而掠过的车影里听韩书记讲薛兰英。他那湖北味的新疆话听起来很吃力,语速稍快一点我只能啊啊应着,脸上现出似懂非懂的迷茫,要靠"铁门三少"翻译了才能明白。他讲了不少往事,对薛这个人颇多同情，常会咂一下嘴表示惋惜和无奈。

"这女人太溺爱孩子！儿子十来岁还和她睡一张床。读了初中就不去上学，接了他妈妈的班，在团场开拖拉机。啥事儿也不会，处处依赖老薛，离不开她。老薛退休后找了库尔喀拉那个人，文文气气，挺好的，她儿子死活不接受。两人来往一段，她儿子掂着砍吐镘跟她拼命，白天黑夜盯着她，管住她。"

"库尔喀拉那个人最后一次到湖北村来是啥时候？"

"大概……1985、1986年的样子。"

"1987年之后来过吗？"

"1987年团场转移，人员变动比较大，薛一家搬走了。"

"现在薛兰英在哪儿？能找到她，见个面，聊聊吗？"

韩书记笑了："恐怕你很难找到她了。1988年的时候库尔喀拉五公司有人来找她，一直没找到。听说她孙子考上了内地的大学，现在在杭州工作。找到他，说不定能打听到老薛的消息。"

"你那儿有他的联系方式吗？"

"隔壁老郭有，她孙子和他是同学，两人常联系，逢年过节发个短信什么的。"

"找到他的电话就好办了，回去让网友们想想办法。""铁门三少"说。

韩书记讲了几个团场转移的地址，我把它记下来，作为下一步寻访的目标。

得不到薛的确切消息，我想象中多了一份安慰。她那么喜欢张书铭，如果两人见了面，她一定会不顾一切地跟他走，也许现在就躲在塔里木盆地边缘某个地方，像在老家时那样，过着简单、开心的日子。她掏出手绢替二哥擦鼻涕的情景清晰地浮现眼前，让我想起来就想笑。

韩书记是个种瓜老手，他的瓜确实不错。瓜棚里除了西瓜、伽师瓜、黄皮蜜，还有一种扁圆形甜瓜，绿条纹。他们叫"老头儿笑"，甜，面，水分饱满，非常好吃。

站在棚下，以他漂亮的瓜堆和远处的棉田为背景，和这位湖北老人合照了一张相。我们三人照了一张，我自己又单独照了一张。然后买了几个"老头儿笑"，放在车上，回去和库尔勒的朋友们共享。

离开瓜棚时，我对红旗说："薛这条线索很重要，我不能轻易放弃。"

晚上，和库尔勒的一群网友在孔雀河边聚会，吃烧烤，喝啤酒，分享库车的"老头儿笑"。这一切都由"铁门三少"张罗。他热心、豪爽、干练，给我留下深刻印象。

他带着一个年轻人走到我跟前，介绍说："这是'阳光金手工作室'的'猫小编'，做文印设计，编印书册，手里有部书稿想让你看看。"

那一刻我没意识到他会带给我什么，只是泛泛地说："你做的业务不错嘛，现在这类需求是不是很大呀？"

"猫小编"很有礼貌地哈着腰坐在我身边小凳上："就是帮别人圆个出书梦嘛。不用买书号，费用低，一般人都能承受，像年轻人自己写的诗集、散文集，老年人的回忆录之类。现在的退休老人都爱写回忆录啊什么的，他们不想掏那么多钱买书号嘛。……我们也做宣传手册一类的活。"他边说边从斜背的挂包里掏出一部厚厚的书稿。

我把书接过来，正反两面翻看："这是你们编印的？"

"这只是打印稿。要编辑了，装帧了，设计封面、版式，加上题花、尾花……印出来的东西很精致，不比大印刷厂差啦。"

借着灯柱上投下的淡光，我翻看书页，听他讷讷地说："老师不是正在调查一段历史吗？我觉得这部书稿对你也许有点用。这位老同志年轻时有文学梦，现在还很执着，计划要写三部回忆录，这是第一部。八十多岁了，天天戴着老花镜伏在案子上，想找个作家看看，指导指导。如果老师能替他看看，写个序，那就太好了。"

他的话让我心有所动："我到这儿来，就因为收到一本老同志的书稿，里面的故事触动了我。"

"我在群里看到了老师的事。我觉得这本书的作者跟你哥哥有一定关联。"

"跟张书铭有关联？"

他把书稿拿过去，翻到其中折叠的一页，指着一段文字说："瞧，这个地方……"

我们这届学生入学时分公路、运输、会计三个专业。会计班三十八个同学是从河南、陕西、湖北招来的。学院学生处的老同学帮我查到了当年入学的花名册，把全班同学收齐了。

下面是一份影印的学生入学花名册。"猫小编"伸出手指，点着第二页第三行。我的眼睛猛然一亮，心头涌起了热流。

张书铭　17岁　民族　汉　籍贯　河南省唐河县　家庭出身　小土地出租　个人成分　学生　入学时间1951年8月

这样确凿的原始记录使我心头震颤。我翻开封面，念出作者的名字，激动地问："这位赵宛民在哪儿？"

"他退休多年，住在花林小区。一生也很坎坷，有不少故事，要不，怎么会打算写三部回忆录呢？"

"能安排时间见见他吗？"

"你去看他，他会很高兴的。"

晚上，我认认真真翻读赵宛民的回忆录。他的名字引起我的联想。二哥考学那年，西安交通专科学校在南阳招了一批人。宛民，说不定不光是张书铭的同班同学，还是一位南阳老乡。——

那他就不是在劳改营坑骗张书铭的那个关山了。在那部书稿里，关山是陕西人（转念间，我对自己的想法感到可笑。小说里的人物不等于现实生活里真实的人，陕西还是南阳，这样的细节只是小说的虚拟，完全不具有现实推理的基础）。

读完打印稿的第一段，我的猜想被证实："1932年夏天，我出生在河南省社旗县青店村一个贫苦农民家里。父亲是个石匠，一年四季背着锤子凿子到四乡去给人锻磨，打石臼……"他的出生地离我的故乡县城只有二十多里路。他记述的童年、少年的乡风使我感到亲切。

这部稿子里有几处说到张书铭。

被西安交通专科学校录取后，到南阳集中报到，在那里，赵宛民和张书铭相遇相识，与其他几位同学一起告别故乡，长途跋涉，远赴西北。

> 这个唐河小兄弟很腼腆，别的同学都在兴奋地大呼小叫，他坐在一边，脸上笑笑的，很少说话。谁也没想到他的京戏唱那么好。在火车上，有人唱京戏，唱得荒腔跑调，他在一边笑。后来忍不住说："我给大家唱一段吧。"他一唱就把大家镇住了。他唱的《甘露寺》里乔国老的一段："劝千岁杀字休出口……"嗓音不高，有板有眼，晃着脑袋，很入戏。

另一段还是写张书铭唱京戏，是在新生入校后第一个新年联欢晚会上。

> 张书铭上台唱了一段马连良的《空城计》："我正在城楼观山景，耳听得城外乱纷纷，旌旗招展空翻影，却原来是司马发来的兵……"他这一唱，惹出了一段小插曲。那时，为照顾交通干部子女，班上有两名从南疆来的维吾尔族姑娘阿娜尔罕和阿依古丽。她们的父亲在交通部门上班，她们被送来培训。年轻、漂亮、活泼，爱唱爱跳，是学校的校花，会计班的骄傲。联欢会结束后，阿娜尔罕就缠上了张书铭，要跟他学京戏。她汉语说得不太流利，学京戏很难。每天一下课，她就拉上张书铭到校园西北角那片小树林里去，边比画边唱边学汉语。阿娜尔罕还创造发明了一下，用维吾尔语在晚会上唱《苏三起解》，逗得全场叫好、哄笑。她托阿依古丽问张书铭，毕业后愿不愿到新疆工作，愿不愿到她的家乡和田来？听说张书铭已经结婚，家里有妻子，阿娜尔罕还哭了一鼻子，抹了眼泪，伤心了一阵子。此后两人关系一直很好，像亲兄妹一样。张书铭教她汉语，她教他用维吾尔语唱"在那遥远的地方"，在晚会上大出风头。

这班学生毕业后，张书铭志愿报名援疆的情景回忆录里写得很生动：

那天晚上,学校团总支给大家开最后一次动员大会。会计班团支部全体团员纷纷站起来表决心,表示一定要响应组织号召,放弃内地工作机会,志愿到边疆,到祖国最需要的地方,到最困难的地方去。张书铭朗诵了一首模仿马雅可夫斯基的诗,激昂慷慨地挥着右臂:

骏马

 踏过

  湍急的河流,

雄鹰

 不怕

  暴雨狂风,

我们是

 勇敢的

  青年团员!

我们是

 新中国建设的

  先锋!

大家群情振奋,当场在志愿书上签下了自己的名字。

下面是一幅合影照。标题是"援疆十八团员合影",画面里二十人,大约两位头戴花帽、身穿民族服装的维吾尔族姑娘没有计算在内。我猜想，这批团员踊跃援疆的热情和这两位美丽的维吾尔族女孩有一定关系，她们两个充当了新疆特使的角色。

在这张珍贵的照片上，我看到了张书铭即将告别学生时代的形象：面目清秀，发型整齐，脸上带着他常有的腼腼的微笑，眉宇间流露出自信和清高。他穿的那件三个兜的列宁装是在西安某个缝纫店做的，他曾在信上告诉过母亲。由于学习成绩好，他被评上先进分子，得到十几元奖学金，他用这奖金做了一件新衣，照了一张相，寄给家人看。

赵宛民回忆录的第一部从童年写起，以西安读书的经历为主，到毕业奔赴边疆为止。对于一个八十多岁的老人，第一部的结尾只是他踏入社会的开始，人生故事的序幕。读完手里的稿子，我非常期待和他见面，听他讲讲入疆后的经历。虽然尚未谋面，我已经从他那儿看到了二哥的影子。

第二天，赵宛民的儿子开车来接我，"猫小编"同行。"铁门三少"陪红旗去考察玉器、古玩市场。

看到他的三菱越野车，我半开玩笑地说："宛民老兄这孩子是不是大款啊？"

"猫小编"说："赵东是苏乌提农牧场的老总，承包着几百亩地呢！"

赵东谦卑地冲我笑，脸上带着南阳人那种不露声色的矜持。

车子穿过光秃秃的土岭，你会以为这里是不毛之地，转眼一座绿油油的丘陵出现眼前,草原美得令人窒息。这就是新疆的神奇之处。

车子冲着一溜白房子跑过弯曲的土路,停在一座两层小楼前。一只浅黄色拉布拉多犬以优美的姿势奔跑着迎上来,缠着赵东蹿上跳下,伸出舌头舔舐他的胳膊和胸脯。

赵宛民站在门口,一见面就拉着我的手说:"张书铭比我小两岁,他属狗,我属猴。我应该叫你老弟。对不对?"

亲切的乡音一下子拉近了我和他的距离。这样地道的乡音,我在郑州倒是很难听到。

他把我拉近窗口,指着外面的草原、牧场:"我把你请到这儿来,是想让你体验一下巴州的生活。这儿空气好,风景美,瓜果甜,是个难得的好地方。这儿比市里的小区好。如果你在大城市待腻了,就搬过来和我一起住。住个仨月俩月,三年两年,都没问题。那些年头,我遭罪,孩子跟着受牵连,上学、参军、参加工作都受影响。赵东这孩子,十几岁下农场干活,没读过多少书。承包了这块地,才翻过身儿来。这些年干得还行。孙子考上了兰州大学,孙女去国外了。牧场是一家哈萨克老乡经营,我们只管那边的棉花地、果园。咱们老家过来十几户人家,在这儿一起干。我们老两口在市里住,夏天会来住些日子。"

赵宛民的老伴也是南阳人,很热情。他女儿忙前忙后招待我和"猫小编"。老先生絮絮叨叨和我说话,好像终于找到了一个能听他倾诉的人,从毕业后来到新疆,一直讲到当下。

"我比你哥受罪多。我比他年龄大,又是红山文学社的头儿,我受的处分重。到煤窑去劳改了三年。回来又因为和领导吵架,下放到托克逊劳动了十几年。再后来就是跑申诉,跑平反,又是十几年。这才过上几年好日子,人就老了。"他解嘲地笑了笑,"虽说受了大半辈子磨难,可我还是喜欢这儿。当初报名来支疆,不后悔。"

老伴在一边笑着插嘴:"孩子也不想回老家,他们在这儿习惯了,说老家太热,受不了。"

老先生马上接过老伴的话讲他的孩子:"你不是想去且末吗?过两天,赵雅陪你去,她大哥在那儿承包枣园。若羌灰枣,知道吧?全都销到口里去了,你们郑州也吃这种枣吧?"

然后,他给我介绍赵雅:"她爱人前几年搞医疗器材,现在跑药材。这里有几种药材好得很呢!甘草、麻黄、肉苁蓉、罗布麻叶……"

我叹了一声:"你总算熬过来了!"

"是啊,还有不少人没熬到今天。"

"你应该感谢嫂夫人。凡是能熬过苦难的人,背后必然有个坚强、贤良的女人。"

他吃惊地看着我:"你这话还真有道理!我这辈子就是塌欠你嫂子太多。我下煤窑,她在煤窑旁边荒坡上挖个地窝子,带着孩子,每天给我做饭,照顾我。领导劝她离婚,有人给她介绍对象,她都一口回绝,死了良心跟我受罪。要不是她,这一家人咋能过到今天？"他若有所思地看着我，"你哥就比不得我了。同学们都说，五公司有个领导看中了你二嫂，才把张书铭弄去劳改。是不是？"

我笑了："这都是他的命。张书铭这辈子确实没少吃女人的亏。咱们男人的命运，全靠女人掌握。有个好女人，你就有好命；女人不贴心，你就别想有好日子过。你说是不是？"

赵宛民把回忆录中那张合影照原件拿出来，指着上面的同学，一一向我介绍：某某，遭遇了什么，啥时候不在了；某某，受不了红塔小集团案的压力，跳水渠了；某某，多才多艺，因为男女关系……

"十八先锋，现在只剩下六个，有一个还卧病在床。好不容易把几个人联系上，我请他们下星期到农场来聚聚。现在正是旅游的好季节，叫赵东弄个商务车，把他们拉到博斯腾湖去玩玩。你也去。"

我说："我想赶快到且末去找叶玉珍，她是我的第二任二嫂，看能不能从她那儿打听到张书铭的消息。"

老先生合了一下手掌："你就住下嘛，参加我们同学的聚会。你不想见见阿娜尔罕？——阿依古丽是来不了了，她在北京。文学社的事儿闹过之后，我和张书铭再没见过，也没联系。阿娜尔罕可是跟你哥有联系呀。张书铭在民丰劳动时，阿娜尔罕在和田，她到营地去看过他。她认识你后面那个二嫂，还认识那两个侄女，说不定她知道她们的地址。"

"有个侄女从库尔喀拉陪我过来,我怕她生意忙……"

"叫她回去嘛。南疆这一片让赵雅陪你,她没啥事儿,车开得好,嘴巴又甜,会操心,你想跑哪儿都成。"

我很想见见阿娜尔罕(如果她知道叶玉珍的地址,能提供二哥的消息,那就太好了!),也想确认一下谁是关山的原型。根据老先生的介绍,当时分配到交通厅的只有两个人,一个是张书铭,另一个是刘丰年。在照片上我辨认过了。这位刘丰年确实犯过错误,改正后回到乌鲁木齐,从交通厅下面的二级单位退休,下周来参加同学聚会——我在自己头上拍了一掌,这是不是又在犯傻?虽然二哥被好友设套坑害的情节并非虚构,可小说中的人物怎能和现实中的人相对照呢?

回到库尔勒,我把赵宛民的意思告诉董红旗。她说:"没事。我这边有事做,你不用为我操心。且末、和田那边也有事做,还是一起去吧。"

我知道,除了生意,她还有网友们的活动。她和"铁门三少"风风火火出去的时候,脸上洋溢着活力。她在这儿玩得很开心。"铁门三少"对她很尽心。我无法判断他们的关系,普通网友?网上情人?还是二者兼而有之?这代人过着完全不同的生活,男女之间无法用传统目光去观察。他们有自己的快乐和不幸。她放下生意陪我跑了这么多天,我不知道用什么方式感谢她。我拿出了一些钱,觉得这是应当承担的费用,想给她买点礼物，不知道她喜欢什么。对她的苦闷、孤独、烦恼，找不到话说，不知从何说起。这代人不需要安慰，不需要同情。望着她的背影，更多的只是一种感喟。

博斯腾湖的气势让我震撼。站在湖边，望着连天碧浪，我喊了一声："哇——"就再也说不出话了。

"没想到。真没想到！"

新疆太神奇了！戈壁，荒漠，铁红、墨黑的高山峻岭，背后却藏着这么漂亮的大海，纯净、湛蓝，波光潋滟，带着天山融雪的甘甜气息，无边无际，在蓝天下涌动。

我见到了阿娜尔罕。她老了。漂亮的头巾、华丽的民族服装，拥着一张富态的大脸，把她装扮成一个典型的维吾尔族老太太。虽然腰板硬朗，脚步扎实，温良有礼的笑容使她依然优雅，可那侧影和背影还是显示出她的年龄，只有开心言笑的瞬间才能看到一点当年的痕迹。

我也见到了刘丰年。矮矮的劲巴的小老头儿。眼神明亮，精神矍铄，很结实的样子。不苟言笑，不爱说话，脸上没什么表情。别人唱歌、唱戏的时候，他坐在一边默默听，很安静。不像赵宛民，一见面就拉着我的手说个没完没了。我试着和他聊天，他听的多，讲的少，句子都很简短。当两个穿着暴露的女孩从面前走过时，他突然爆发，满脸涨红，口沫飞溅："这世道成啥样儿了？人不人鬼不鬼的！贪官污吏，男盗女娼。瞧这博湖！这是西海，圣海，圣水！淡水湖！养着孔雀河、塔里木河，养着大半个新疆！瞧瞧！把躺椅放在水里，人躺在水里，脚伸到水里，还弄了游船！这是把圣水当游泳池啊？人心真是坏透了，钻到钱眼儿里了！为了钱，为了享乐，啥缺德事儿都干！山水都不得干净！"一阵激动之后，他拍一下腿，摇摇头，低笑了一声，"唉，咱们老了，还不装瞎，装聋，装傻，操什么闲心？现在啥事儿也不干，每天吃吃玩玩，国家还给你发工资，你有啥不满足的？唉？"

我跟着笑了。这老头儿不太招人喜欢。可是，绕了很多弯子，我最终确定他不是关山。虽然他和张书铭一起分配到交通厅，1957年也犯了错误，可他并没和张书铭一起去南疆劳改。当我问他"你哪年到兵团去的？"他回答得很干脆："我没去过兵团。我在煤矿干了几年就回乌鲁木齐了。""你没修过路？""张书铭修了几十年路。我没修过。"既然他根本没到南疆去过，书稿里的关山应该另有其人了。

一位姓陈的同学带了一架手风琴（他就是那位多才多艺犯过男女关系错误的人，虽然老了，仍然一副风流倜傥的样子），这群老人在沙滩上放声高歌，仿佛又回到了学生时代。

"有一个人骑马来自远方，是年轻的哥萨克……"

"我们新疆好地方啊，天山南北……"

"掀起了你的盖头来，让我看看你的脸……"

阿娜尔罕跟着音乐起舞，摆动双臂，扭动她的大裙子，一转身，双手架在脖子下，错动下巴，做出标准的新疆舞姿。老头儿们欢呼鼓掌。

我忽然有一种想要流泪的感觉，声音里带出了嘶哑。

几个人沿着栈桥向水里走（尽管刚刚还在牢骚，刘丰年还是跟着大家向湖面远处去了），我和阿娜尔罕坐在岸边茶廊里。茂密的芦苇像绿色的云，从天边蔓延到近处，应和着波浪的声音，在光影中浮动。

阿娜尔罕的汉语还是不很流利，可她那温和、友善的态度让我感到亲近。

"你哥哥嘛，好人的嘛。"

"他在民丰的时候，你去看过他？"

"他修路的嘛，我在交通局，听说了，就去看他了嘛。"

"你到他家去过？"

"两个小娃娃，小克子，可爱得很。那个洋冈子，好好能吃苦啊。"

"我这儿有个地址，请你看看。"我把本子上记的第二个地址拿给她看，"这个地址，能找到她们吗？"

她连连摇头，笑着说："工三师的嘛早没了嘛，他们的营地也撤走了。"

"你见到张书铭，是哪一年？"

她眼睛向上翻动着想了一会儿："1978年嘛？还是1979年？"

"从那以后再没见过？"

"兵团盖了小区，都搬进城了嘛。"

"你是说张书铭的孩子们在库尔勒？"

"那一年五公司有人来调查，拿的也是这个地址嘛，我带他们去过。兵团营地都搬走了。"

"五公司来调查过？"

"来了两个年轻人嘛。"

"那是哪一年？"

"好像……1987年秋天的样子嘛。"

我明白了。

"我二哥，张书铭，你有他的消息没？"

阿娜尔罕摇一下头，又说了一遍："好人嘛，是个好人。"

"张书铭教的京戏，还记得吗？"

"一马儿离了西凉界啊——薛平贵好一似孤雁归来……"

她唱京戏的发音比说话更准确。

"……词儿嘛，记不得了嘛。"她遗憾地摇了摇头。

我向她身边靠近了一点，举起手机："咱们拍张照吧。认识你太高兴了。"

"我也高兴很的嘛。张书铭那个洋冈子，库尔勒的可能在嘛。"

第四章　出生在荒漠路上的女孩

找到小路的电话号码，"铁门三少"和他的粉丝们没少费工夫。她是张书铭的小女儿，出生在营地转移路上。说起她，二哥总是带着浓浓的怜爱之情："这个娃娃得了昆仑山的灵气嘛，长得好得很，聪明得很。"也许是出于对这个荒漠路上出生的女孩特别怜爱，在书稿里，她被写成章明的大女儿。母亲对她也特别眷念，她病重卧床时，对身边的二哥不断念叨："那个小路，啥时候带回来让我见见？"现在有了她的消息，母亲却再也没有与她相见的机会。如果母亲知道这女孩的姓氏从"张"改为"高"，"张路路"变成了"高路路"，她肯定会有一种刺心的隐痛。叶玉珍这个曾经与二哥患难相依的女人，换了男人，把孩子的姓氏改掉，抹去了张家血脉的痕迹，不能不让我有点心寒。难道女人背叛婚姻、情爱时真的比男人更绝情？

拨打这个号码，心情难免激动。电话接通后，要说的话涌到嘴边："小路，我是你叔叔，从河南老家来。"然而，还没等我开口，电话里的长鸣就变成短鸣，接着响起语音应答："您所拨打的电话正在通话中"。我虽然有点失望，可仍然感到宽慰，既然电话能接通，说明不是空号。

此后又打了几次，每次都是接通后被对方挂断，话筒里传来"您所拨打的电话正在通话中"。于是，我给她发了一条短信：

  小路，你好！我是你叔叔张书青，从河南老家来，如果方便，我想到家里去看看你和你妈妈。好吗？你的叔叔

不久，收到了一条回信："去死吧！河南骗子！"简短，干脆，让我哭笑不得。

我正和几位网友在孔雀河边吃烧烤。天没完全黑下来，晚霞还没散尽，灯火从两岸的高楼间闪耀出来，倒映在河面上。这条从博斯腾湖流向罗布泊的神秘的内陆河，被混凝土堤岸和城市的影子装扮出一道现代风景，使人想象不出它如何在荒野间恣肆横流，漫过戈壁沙漠，沁入罗布泊深处。如果不是岸边的树木带着与内地不同的形态，我会觉得自己正坐在故乡的滨河花园里。我没法想象这条被维吾尔族老乡称为"昆其达里亚"（皮匠河）的河岸上曾经麇集着手艺人的帐篷，皮匠们在河里忙碌地漂洗皮子，精美的皮货从这里流向天山南北。

收到短信，我把目光从河面上收回来，独自笑了一下，回过头说："小路这娃娃是不是受过电信诈骗的害？回了这么一条短信。"

董红旗看了看，扑哧一声笑了："没准儿她真把你当骗子了嘛。"

我又发了一条短信，尽量把语气放得诚恳些：

你好！你是小路吗？你父亲是不是张书铭？我是张书铭的弟弟张书青，从河南老家来，想去探望一下你和你母亲。我住在金胡杨酒店1218房间，在库尔勒停留到周末。希望你接听我的电话，与我联系。如果你不是小路，敬请回复示知，本人深表歉意。

吃过晚饭，几个人坐在河边花园里聊天，回到房间将近十二点。在内地已是深夜，这里却有两个多小时时差，街上人流依然熙攘，楼下夜市还在喧闹。我把"铁门三少"从网友群里收集到的信息下载了，存在笔记本里。其中最有价值、最吸引我的是两条：

今年春天，查干库都克沙漠边缘发现一具风干男尸，口袋里有一张1987年9月的发票。身边有一个水壶、一个绣了"为人民服务"红字的绿挂包，挂包里装着两本书，一本普希金诗集，一本俄罗斯小说。（这条信息缺乏一个重要细节：小说的书名和作者。是不是屠格涅夫，《初恋》？）

塔克拉玛干沙漠公路旁边的六眼泉附近有一对老夫妇，住在兵团留下的地窝子里，在周围种苞谷，种向日葵，挖甘草,挖大芸,采麻黄。据说是二十多年前从天山那边流浪过来,一直在沙漠边缘活动,八十多岁了,身体很健康,老汉说一口河南话。(老太太是不是湖北口音?)

这两条信息把我带入遐想。我希望第一条信息与张书铭无关(尽管他口袋里有证明时间的发票,挂包里有张书铭喜欢的书);我更期望到塔克拉玛干沙漠腹地探访一下住在地窝子里的老夫妇,仅凭老汉说一口河南话,我也应当去见见他。

一阵敲门声把我惊醒,抬起头,随口问了一句:"谁?"回过神来的刹那,我心里掠过一种预感。

打开门,三个人站在门口,两个小伙子,拥着一个女孩。看到这女孩的第一感觉,我冲口而出说:"小路!你是小路吧?"

女孩板着脸,用冷峻的目光瞪着我。走廊的灯光把她笼罩在柔和的光影里,使她的脸颊显得浑圆,眼窝、鼻翼和嘴唇的明暗对比分明。

一个年龄稍大的瘦男孩走到我跟前问:"你是谁?到家门口来骗人!"

我把房门让开,和悦地说:"进来吧。小路,你们进来说话。"

"你有没有搞错?我姓高,不姓张。我没有叔叔。"女孩满面怒容地站在那儿不肯进屋。

"我知道,你现在姓高。难道你妈妈没跟你讲过?"

瘦男孩插话说："我警告你，别在这儿胡日鬼！我是她哥哥，她是我妹妹，我们高家只有爸爸、妈妈，没有叔叔。她也不认识谁叫张书铭！我们不是河南人，跟你这河南骗子不沾边儿！"

他这种色厉内荏的样子让我觉得好笑，我咧一下嘴，用宽宏的声调说："好吧，小路，你回去问问你妈妈，看她认不认识张书青这个人？从郑州下乡住在她家隔壁那一对大学生。你问她是怎么到新疆来的？谁陪她从小湾到郑州，把她送上火车？问问她，张书铭是谁？你出生在卡车上的时候，谁脱下贴身小褂把你包起来，给你起了小路这个名字？……"

瘦小伙冲我挥一下手："我说过了！你别打算在这儿骗人！"

"我千里迢迢从郑州到这儿来，好不容易找到你的电话，就是想见见你，看看你妈妈和你姐姐。我是你叔叔！干吗要骗你？"

一直没说话、个子稍高的男孩走上前说："好了！不管你是谁，以后不要再打电话、发短信骚扰我们。她过得好好的，凭什么要认你这个胡杨树上掉下来的叔叔？"

瘦小伙气势汹汹推着女孩说："给你说清楚了啊！咱们走！今天放你一马，再骚扰我妹妹，小心点！"

三人走后，我发了一个短信。

　　小路，不管你认不认我这个叔叔，我还是希望去看看你妈妈。我们全家在小湾下乡的时候和你妈妈关系很好，感情很深。这么多年，她受了很多苦，我从郑州过来，就是想找到你们，和你们见个面。如果到家里去不方便，可否请你陪她到酒店来，咱们一起吃个饭？我们都老了，我没别的意思，只是想和你们见见面，说说话。希望你能理解。等待你的回复。

我和本地网友到赵东的农场去做客，把大家收集的资料汇集起来，商量我的南行计划。回到宾馆已是傍晚。走进酒店大堂，沙发上坐着一个女孩，侧脸凝神看我。她的神态让我一下子看到张书铭的影子，心里怦然一动，一股热血涌上来。我向她走近的时候，她满脸激动地迎着我站起来："你是叔叔吧？我是小普，小路的姐姐。"

我走过去握住她的手，眼睛被一片气雾遮蔽，喉咙里堵上了一团痰涎。

"小路给我打了电话，我刚从乌鲁木齐回来。"

"你……没在库尔勒？"

"我在乌鲁木齐打工。"

这女孩没有小路漂亮，却显得成熟、朴实、沉稳，让我感到贴心的亲密。握着她的手，看着她的眼睛，那眼角的鱼尾纹，眉心的川字纹，尤其是那腼腆的微笑和腮边的弧线，都像二哥的同一个面模上印下来的。

"你和你爸爸长得太像了。"我仔细看着她的脸,举起手指,把她额上的头发撩上去。她动了一下嘴角,羞涩地仰起脸向我笑。

"这额头、眼神,跟你爸爸一模一样。"

"你和我爸爸也很像啊,叔叔。没想到你还这么年轻。没想到。真没想到能在这儿见到你。"

"你是不是还有个教名?"

她惊奇地瞪眼看着我:"你怎么知道?我出生在努肉孜节,阿訇给我起的教名是立春。"

我没告诉她,在书稿里她叫春春,被写成了章明的小女儿。

和这女孩面对面站着,听她毫不生涩地叫我叔叔,一种连心连肉的疼怜在我心里翻腾,很想把她搂在怀里,狠狠亲亲她的脸蛋。这孩子出生在泽普的地窝子里,随着营地不断迁徙,小时候缺失父爱,在奔波流荡中长大,不知吃了多少苦,受了多少委屈。

好像知道我的感受,她嘴里喃喃说:"可能是血缘的关系吧,看见叔叔我就觉得好亲切啊,像看到了爸爸的影子。"

我眼里终于涌出泪水。小普也垂下了头。

这是入疆以来最温馨的一顿晚饭。侄女牵着我的手,把我带进一家南方人开的小店。杭州小笼包,馄饨。店很小,很安静。原木桌椅,干净质朴。摆上两双竹筷,两个小碟,两把汤匙。没要小菜，也没要酒水。她拿起桌上的醋具，给我和她的碟子各倒一点醋。隔着热气腾腾的笼屉，夹起包子，在碟子里蘸了醋，吃着，和她说话。

"那时候小路很小，爸爸一年回来一两次，她对他没什么印象，也不知道有你这个叔叔。我对爸爸印象深一些。他从工地回来，背着我到戈壁滩里捡柴火，到营地下边的河滩里掏鸟蛋，到维吾尔族老乡地里拾苞谷。小时候听他说过，知道老家还有伯伯、叔叔和奶奶，心里一直藏着。"

"你妈妈没说过？"

"她从来不提从前的事，我也不提。即使小路在邻居嘴里听到一些，她也不会说。"她抬起眼皮瞥我一眼，把声音放低，"我们从小就觉得这事儿很丢人，谁也不愿提起。"

我深深吸了一口气，把叹息压抑在喉咙里。只有此刻我才意识到，这孩子能来见我，有多么不容易。是父母离异让她丢人，还是父亲的身份让她丢人，或是两者都有？我不好去追问。而张书铭在孩子心里留下的阴影却这般沉重，对她细小心灵的影响外人无法想象。在贫困、流徙和压抑中长大，长成这样成熟、健康的女孩，叶玉珍这个女人，也真的付出了不少。

"你妈妈，她还好吧？"

"那个人去年不在了，胃癌。妈妈病了一场，住了一段医院。她有点哮喘，腿不好，腰也不好。"——她把继父称为"那个人"，让我心里有一点宽慰。

"那个人——对你们好吗？"

"他不像爸爸那样软弱。泥工、木工、修修补补，什么活儿都能干，出身成分好，在家属区里说话硬气，跟着他，没人欺负我们。"

我再次深吸了一口气。我不敢问她小时候是不是常受欺负，以二哥的性格和处境，我能想象她们母女生活的景况。在那样的环境里，也许只有"那个人"能保护她们，支撑起这个孤弱无助的家。张书铭一个书生，落魄之后，有什么用呢？

"前天晚上和小路一起来的两个男孩……"

"年龄大的，是那个人前边的孩子，我们叫他大哥。他亲妈1962年在陕西老家饿死了，他爸带他到这边来投奔老乡。没上多少学，十一二岁就在兵团干活。他对小路好，到哪儿都护着她。那高个子男孩是小路的老公，在市政城管队。他们的女儿七岁了，刚上小学。"

然后她说到自己的家。她和老公在乌鲁木齐打工认识，两人有个男孩，读小学三年级。老公现在随着公司的工程队到迪拜去做工程，一年回来休息两个月，收入不错，在乌鲁木齐买了房。

"我打算给小路两口子在乌鲁木齐找份工作，把妈妈也接过去。"

"好，这打算不错。什么时候……我到家里去看看你妈妈？"看她脸上现出犹豫神色，我补充说："既然来了，总得见见她，说说话。几十年没见了，下一趟不知什么时间才能来。说真的,应当感谢你妈妈,把你姊妹带大,照顾得这样好,都读了高中,有了工作,成了家,有了孩子。"

她微笑了一下。那腼腼的样子让我再次看到张书铭的影子。

"家里就不去了吧,小区的邻居都是兵团的老人,我妈肯定不想让你到家里去。我先和小路谈谈,再和妈妈商量一下。合适的时候,咱们在外面找个饭店聚聚。"

和董红旗讲了与小普见面的情景,她感叹唏嘘地说:"总算见到亲人了。"

"好了,红旗,谢谢你陪我个把星期,你也该回去打理自己的生意了。"

按照朋友们商定的意见,董红旗明天回博尔塔拉,赵家兄妹陪我沿塔里木盆地向南走。

叶玉珍看起来还像她在小湾时那样胖乎乎的,粗腿大胳膊,胸前像坠着两个布袋,比年轻时胸脯更大,人没到跟前,奶子已经堵着了视线。当初送她去新疆时,我太太陪她从小湾到郑州,大哥的小女儿看见她,舞着小手说:"胖阿姨的蜜蜜真大!"惹得一家人忍不住哄笑。这成为小侄女的经典名句,直到今天,提起叶玉珍,大哥、大嫂和我的太太都会立刻拿出这话来取笑。

我站在酒店门口。小普挽着她。两人的眼睛紧盯着脚下的台阶,一级一级,吃力地向上走。她身后,小路带着两个娃娃,嘴里叫着"姥姥!""姥姥——"蹦跳着沿台阶向上蹿。那一刻,我看到了岁月的脚步。在小湾里我第一次见到叶玉珍时她才二十出头,村里人都叫她"胖小六"。在我的记忆里,她的袖子、裤脚总是挽得很高,强壮的胳膊和小腿招眼地裸露着,趿拉着木拖鞋,站在我家门口水塘里,撩起塘水洗脸,擦脖子,把布帕伸进衣服去抹洗她鼓膨膨的前胸和肚皮。插秧,割稻,挑稻捆,赤脚在田埂上奔跑,和小伙子追逐、摔跤。转眼间,这个泼辣的乡村女孩就变成了驼背弯腰、满头灰白的老太婆。大约因为胖的原因,她脸上没有多少松皮,皱纹也不显著,还能看到当年的影子。

"二嫂,你还好吧?"

她板起脸回应:"谁是你二嫂!"

"不是二嫂,这几个孩子从哪儿来?"

她站下脚,满脸嗔色地瞪着我。我以同样表情瞪着她,然后突然一笑说:"还叫你胖小六,行不行?瞧你这样子,小六也不小了吧?"

两个女孩抿嘴暗笑,她们身后的娃娃发出嘻嘻哈哈的笑声。我趁势把两个娃娃拉到跟前,弯下腰,像变魔术似的从口袋里掏出两个厚厚的红包,每人发了一个。

小普说:"谢谢姥爷。"

两个娃娃齐声高叫:"谢谢姥爷!"

我这讨好孩子的举动没能让叶玉珍放松表情,她依然板着脸不满地嘟喃:"见钱眼开的家伙,谁是你姥爷呀!"

小路把娃娃拉过去，拢在自己身边，不让他们表现出过多的亲近。

饭桌上，叶玉珍一直保持着愤懑的样子，不肯把态度放软，仿佛憋着满肚子积怨。

"我恨死张书铭了！他把我娘儿们害的！"

她以这句话为开场白，为自己创造发泄的气氛，把一场亲情相聚变成了对张书铭的声讨会。

"张书铭这个人，是个最没用最没能力的人！除了能在单位上个班，别的什么都不会。干活笨得要死，别人经常欺负他。他又不爱说话，受了欺负都是我去充坏人，跟人家吵。队里分给他打泥坯的任务，别人都完成任务了，他完不成，我不得不去帮他干。分给他的割苇子的任务，人家早早回来了，我拉着板车跑几十里路去找他，帮他干到半夜才弄回来。营地转移的时候，汽车上有个行李蹦跳着往下掉，又不是他的行李，他慌着伸手去捞，行李没捞着，自己一头栽下去，手腕栽断了，不能干活。那行李是别人的，他是为捞别人的东西摔伤的，应该是工伤啊。小队长欺负他，不承认他是工伤，要扣他工时。我跑去跟那个王八蛋吵，他才叫他歇了几天，手没好就逼他去干活，落下一个拐肘子，天阴下雨、干重活就疼。在家什么事儿也干不成，我挺着大肚子，啥活都得自己干。他一月三十多元工资，在工地吃饭，我们娘儿三个连粮本上的粮食也买不回来。后来工地离家百十里，他常年不回来。两个孩子，我背一个，抱一个，到戈壁滩里去挖甘草,捡牛粪。维吾尔族老乡在地里掰玉米,看我可怜,隔着荒地,把玉米棒子扔给我。月底没粮食吃了,我给村上维吾尔族老乡帮忙,换他们几斤苞谷面。过年没肉吃,我到维吾尔族老乡那儿寻个羊肚子回来煮煮……"

我插话说:"我知道。这些事儿他都说过,他在母亲面前总是夸你,说你泼辣,能干,能吃苦,说你吃了不少苦,受了不少罪。我二哥他确实笨,不会干活。我也笨。我三岁没有父亲,母亲把我们弟兄几个当宝贝一样惯着,每天只管读书,什么活也不让我们插手。到西安读书之前,张书铭一条手绢也没洗过,他就知道读书、上学,一直是班上的好学生。文章好,英语好,算盘好,京戏、唱歌好,脱坯、割苇子、修路、挖土方、拉车,这些活他没干过,连见也没见过,你叫他咋能不笨?"

"笨蛋,窝囊废,还是个小心眼儿!人家谁个女人打火墙?他连个火墙也不会打,我请人帮忙打火墙,他就说我跟人家有什么什么关系,闹得像八辈子仇人似的,手里掂着铁锨,撵着跟我拼命。"

她请来打火墙的人应该就是营地打杂的"那个人"。这个敏感话题我不知道该怎么回应。两个娃娃被桌上五光十色的饭菜吸引,舞着手里的筷子,争抢好吃的菜盘,互不相让,爆出了争执。两个小母亲不得不大声喝止,介入调解。我趁机站起来,把那盘菜端起来,分拨到两个娃娃的盘子里:"够不够?不够,我叫服务员再上一份?"

转过身，我逗叶玉珍说："那些年你受苦了，今天多吃点。我这辈子只请你吃一次饭，错过今天，老张家就没人来赔礼了。"

"谁稀罕你们老张家赔礼！我遭的罪你也赔不起。"

她夹起一块鸡肉放在自己面前盘子里，没急着去吃，仍然不依不饶地数落张书铭：

"他改正了，到库尔喀拉去上班了，我带着孩子去找他，他把箱子柜子锁上，像防贼一样防着我。户口、粮食关系都攥在他手里不给我，连饭也不管。我跑去找他们领导，他才给我饭吃。他上了班，有了工作，就不想要我们了，嫌我们拖累他，想离了婚再找个有工作、有工资的。"

她把离婚的责任推给张书铭，这一点我能理解。我知道她需要一个谎言对孩子有所交代。听起来，这个谎言很合逻辑，我不想当孩子面和她争辩，也不能对这个谎言默认，我只好实话实说：

"二哥他不想跟你离婚啊！他对你和孩子很有感情，他从来都不想离婚。你到库尔喀拉去找他，他给大哥打电话，电话里都哭了。大哥要我到新疆来给你们调解。我把车票都买好了，到邮电局给张书铭挂电话。我想叫他给你说说，咱们见了面再做决定。那时候长途电话不好要，外面下着大雨，我一天没吃饭，坐在邮电局大厅里，一直等到下午五点多长途才叫通。电话接通以后，二哥很伤心，他对我说你不用来了。他说你坚持要离婚，昨天办过手续,已经离过了。离婚之后他又成了光棍一个,回老家探亲,见到老妈妈就放声大哭。要是他想离婚,能这么伤心吗?"

我的声音被喉咙里的伤感噎住,不得不停下来。两个侄女掏出餐巾纸擦拭眼窝,小普声音喑哑地说:"谁不想要个完整的家呀!他——就是太软弱了。"

两个小娃娃被这场面吓住了,咧开嘴想哭。我赶快把表情放松,挥一下手,笑着说:"都过去了,不说了吧。不管你们为什么离婚,有一点我很清楚,张书铭很爱你们,他不想离婚。"

二哥的话题太沉重,不适合再往下说。我把最小的丫头揽过来,看着她的脸说:"你说说,吃过饭,咱们到哪儿去玩?"

两个孩子异口同声说:"公园——"

我站起身说:"好!咱们现在就去公园!"

"到那个有游乐场的公园。"

"好,咱们就去游乐场。"

是的,我很明白,叶玉珍必须为自己的背叛找到充分的理由。站在她的立场,我认为她的理由是成立的。在张书铭最艰难的岁月,叶玉珍不远万里到劳改营去投奔他,吃苦耐劳,泼辣能干,给了他温暖和爱抚。她和二哥度过了一段非常艰苦却非常幸福的日子,也许那是二哥一生中最美好的时光。当她带着两个孩子远离男人,孤苦一人撑持着这个家的时候,二哥却不能给她依靠,不能给她和孩子温饱,让她们生活在别人的歧视、欺凌和怜悯中。那个在营地上打杂的男人，不但能为她打火墙，为她劈柴、挑水、刨地、开荒、搬东西、照看孩子，更能保护她不受外人欺负，让她母女过上普通人的正常生活。

然而，这些看似铁一般真实的理由也只是离婚之后的解释。危及她和二哥情感的根本原因是张书铭长年不在家，"那个人"每天都在她身边；"那个人"比张书铭年轻，比他强壮，床上功夫比他强，能使昆仑山下孤独的长夜变得激情澎湃。和生活上的种种困难相比，这是影响婚姻命运的关键点，它压倒一切理性，压倒所有的道理。

离开酒店，看着小普搀扶六胖子坐进出租车，我眼角再一次涌出湿润。这个女人其实很坚强，很勇敢。她出生在一个破落地主家庭，父亲被人民政府镇压，被迫嫁给一个腿有残疾的男人，长期住在娘家，在三个哥哥的白眼中生活，夜里睡在灶门口稻草堆里。村里人说她是"人嫌狗不爱的女娃子"。在小湾我的草屋里，她一眼看中了那个虽然落魄依然儒雅的张书铭，就义无反顾地挽着小包袱去找他。当张书铭对她失去了吸引力的时候，她就选择了"那个人"，即使张书铭改正了，上班了，堂堂正正坐在机关里拿工资了，她也没有任何眷恋，对患难中生活了二十年的男人没有丝毫心软。现在她老了，草屋里那个风流后生没了踪影，营地里给她体贴和欢愉的男人也去了另一个世界，她只能激愤地痛骂二哥，证明她对那段艰难岁月的深刻记忆，发泄一下不曾淡漠的那份感情。当苦难成为浪漫故事的时候，她激愤的回忆就是黑暗人生里绽放的火花。那瞬间,我想,如果二哥没有在那个深夜突然出现,没有看到她和那个人在一起的一幕,如果他永远不知道远在数百里之外的营地里发生的事情,也许叶玉珍就不至于离开他吧?撞破私情,不仅击垮了张书铭,也撕开了叶玉珍在二哥面前的遮羞布。

在公园里,小普对我说张书铭曾经来看过她们。

"我和小路背着书包从学校往家走,他站在路边,远远看着。我一眼就认出他了。他的眼神让我害怕,我偏转身子躲着他,拉着小路快步往家走。他一直跟着,走到房子外面。那个人的儿子走出来,抬起一只手指着他说:'滚!走远点!老家伙,想找死啊!'他站在那儿,脸上带着笑,手在挂包里摸索。我拉着小路往屋里走,到屋门口再回头看,他已经转身走了。"

"那个人就是他吗?"小路吃惊地看着小普,"当时我问你这是谁呀,你什么也没说。"

我很关切这个细节,我问:"那是哪一年?"

"我才十来岁,正上三年级,是个夏天。"

我掐指算了一下,和张书铭失踪的时间差不多。

"他是一个人来的吗?"

"他身后不远的地方有个女人,她跟着他一起走到我家房子外面。大哥呵斥他的时候,那女人走过来,拉着他的手走了。"

小路愤愤地拍一下巴掌:"他受难的时候我妈嫁给他,他改怜悯中。那个在营地上打杂的男人,不但能为她打火墙,为她劈柴、挑水、刨地、开荒、搬东西、照看孩子,更能保护她不受外人欺负,让她母女过上普通人的正常生活。

然而,这些看似铁一般真实的理由也只是离婚之后的解释。危及她和二哥情感的根本原因是张书铭长年不在家,"那个人"每天都在她身边;"那个人"比张书铭年轻,比他强壮,床上功夫比他强,能使昆仑山下孤独的长夜变得激情澎湃。和生活上的种种困难相比,这是影响婚姻命运的关键点,它压倒一切理性,压倒所有的道理。

离开酒店,看着小普搀扶六胖子坐进出租车,我眼角再一次涌出湿润。这个女人其实很坚强,很勇敢。她出生在一个破落地主家庭,父亲被人民政府镇压,被迫嫁给一个腿有残疾的男人,长期住在娘家,在三个哥哥的白眼中生活,夜里睡在灶门口稻草堆里。村里人说她是"人嫌狗不爱的女娃子"。在小湾我的草屋里,她一眼看中了那个虽然落魄依然儒雅的张书铭,就义无反顾地挽着小包袱去找他。当张书铭对她失去了吸引力的时候,她就选择了"那个人",即使张书铭改正了,上班了,堂堂正正坐在机关里拿工资了,她也没有任何眷恋,对患难中生活了二十年的男人没有丝毫心软。现在她老了,草屋里那个风流后生没了踪影,营地里给她体贴和欢愉的男人也去了另一个世界,她只能激愤地痛骂二哥,证明她对那段艰难岁月的深刻记忆,发泄一下不曾淡漠的那份感情。当苦难成为浪漫故事的时候,她激愤的回忆就是黑暗人生里绽放的火花。那瞬间，我想，如果二哥没有在那个深夜突然出现，没有看到她和那个人在一起的一幕，如果他永远不知道远在数百里之外的营地里发生的事情，也许叶玉珍就不至于离开他吧？撞破私情，不仅击垮了张书铭，也撕开了叶玉珍在二哥面前的遮羞布。

在公园里，小普对我说张书铭曾经来看过她们。

"我和小路背着书包从学校往家走，他站在路边，远远看着。我一眼就认出他了。他的眼神让我害怕，我偏转身子躲着他，拉着小路快步往家走。他一直跟着，走到房子外面。那个人的儿子走出来，抬起一只手指着他说：'滚！走远点！老家伙，想找死啊！'他站在那儿，脸上带着笑，手在挂包里摸索。我拉着小路往屋里走，到屋门口再回头看，他已经转身走了。"

"那个人就是他吗？"小路吃惊地看着小普，"当时我问你这是谁呀，你什么也没说。"

我很关切这个细节，我问："那是哪一年？"

"我才十来岁，正上三年级，是个夏天。"

我掐指算了一下，和张书铭失踪的时间差不多。

"他是一个人来的吗？"

"他身后不远的地方有个女人，她跟着他一起走到我家房子外面。大哥呵斥他的时候，那女人走过来，拉着他的手走了。"

小路愤愤地拍一下巴掌："他受难的时候我妈嫁给他，他改正了、上班了就抛弃我们,这样人,有啥脸面来见我们?"

西斜的太阳热辣辣地照在公园的草地上。远处的摩天轮映着湛蓝的晴空悠悠转动。两个娃娃在充气城堡里欢叫着奔跑跳跃。我到售货亭里买了冷饮和雪糕,把他们叫到跟前,每人递上一个雪糕。小路掏出湿巾擦去娃娃脸上的汗,让他们伸出手,把手擦干净,看他们吃完,回到长廊里,坐在我和小普旁边的石凳上。

我递给她一瓶冷饮,看她仰起脖子酣畅地喝。她的侧影唤起我深深的怜爱。

"小路,过去的事,我真的不想再说,说起来只会让人伤感。可你们已经是大人了,什么事都应该能够面对了,不讲出真相,让你爸爸在你们心里一直受记恨,这对你爸爸不公平。你爸爸是很笨,他是个读书人,是个书生。他不会干活,在劳改营里不能保护你们,不能为你妈妈分忧,不能给你们一个安稳的家。你妈妈说的都是事实。你妈妈是他受难时的依靠,你们俩是他生活中的安慰和幸福,你们三个,是他心里的支柱。没有了你们,他在这世界上就一无所有。我说他爱你们还够,他是把你们当作活着的理由,生活的全部意义。他无论如何都不能相信你妈妈会背叛他,带着你们离开他。"

小路瞪大了眼睛:"我妈妈?背叛他?"

"不管是因为生活的压力,还是别的原因,你妈妈背叛了你爸爸,被你爸爸撞见,她才逼你爸爸离婚。"

"你是说她和那个?他们在一起……那是离婚以后的事

儿啊。"

"那时候你还小,什么也不知道。我相信你姐姐应该知道一些。"

小路扭头看小普,小普垂下头不说话。

小路站起来,满脸涨红地冲我喊:"你到底是谁?你来这儿就为了对我们说这些话吗?过去三十年你在哪儿?我小时候受苦的时候你为什么不来?现在我们过得好好的,一家人和和美美,你跑来给我说这些!我不想听!我不需要你的真相!我不知道你说的那个人是谁,他没抚养过我,没付出过什么,无论他遭多少罪都跟我没关系。我只认抚养我长大的那个人是我父亲。"

眼泪在她脸上纵横,她的嘴唇和腮帮扭歪了。小普把头垂到臂弯里。我掏出餐巾纸,捂在鼻子上。那一刻我深感后悔,不该涉及这个话题,把这层窗纸戳破。

离开公园回宾馆的路上,收到"会咬人的草"发给我的微信:

"老师还在库尔勒吗?发个地址给我,给你发个快递。"

"什么东西呀?"

"好东西,很宝贵。"

"真的?"

"收到就知道了。给你个惊喜。"

第二天就收到了她从库尔喀拉发来的快递，方方正正，沉甸甸的，有几公斤重。剪开黑塑胶封套，几个厚墩墩的档案袋裹在白色塑料袋里。每个纸袋都撑得鼓鼓胀胀，从破旧程度看，已经有些年头。

档案袋封面上的字迹工整、严肃，让人一下子就回到了那个年代。

我拿起手机，给"会咬人的草"回微信：

"快递收到了。从哪儿搜来的？"

"有个网友收藏旧书，旧杂志，文件、档案，小报、传单、小册子。他在群里看到我发的帖子，就跟我联系了。"

"他从哪儿搞到的？"

"十几年前从废品收购站淘的。"

"不能让人白贡献吧？"

"我拿旧书跟他交换，是我老爸留下的七十年代的老书。"

"谢谢你啦。回去后，我用我的收藏报答你。我没珠宝古玩，只有旧书、旧杂志。如果你喜欢书法，我给你写几幅。"

"那就麻烦老师写一幅吧。"

"你要收藏好了,千年后是无价之宝。"

"千年后咱们都是无价之宝了(几个表情符号)。"

这是张书铭的人事档案,四大卷,让我望而生畏。一个人走过自己的人生,无论走到哪儿也无法逃脱这些纸袋的笼罩。它们像幽灵一样跟着你,窥伺你,支配你,主宰你,不断扩充,装进新的内容,让你生活在恐惧的阴影里。你不知道它藏着什么,不知道它会记载你多少隐私、污点、秘密,不知道它会在何时何地对你施出魔法,改变你的命运。对于一生处于监控状态的张书铭,这个幽灵具有特别强大的威慑力。把档案袋里的东西抽出来,摊开在面前,即使它已经失去了支配活人命运的力量,只是一堆废纸,如果不是有心的收藏者收拣,早已进了造纸厂的粉碎机,可这些褪色的纸张、不同笔迹的文字,仍然带着冷酷、神秘的面目,如同地狱里偷出来的生死簿,翻阅它不免心有余悸。

窗外飘着丝丝小雨,清凉的夏风挟着雨水的味道吹过纱窗,吹拂我敞开的领口。临窗望去,孔雀河上弥漫着细纱般的雨雾。云雾远方,一条黑色的公路沿塔里木河蜿蜒。按照约定,今天我请赵家父女吃饭,既是辞行,也是答谢。明天,赵东兄妹陪我到赵家老三的枣园去,然后沿塔里木公路南行。且末、民丰、和田、叶城、泽普……这一串地名在我记忆里都很亲切,它们是张书铭信封上的地址,曾经带给我和母亲刻骨铭心的思念。除了拜访阿娜尔罕,我还想去拜访一位名叫郑大川的老人,他是我在张书铭档案里发现的。他的文字材料装在第二卷里。字写得工整、干净，横平、竖直，撇捺有力，能看出一个人的个性。他的检举信是一页皱皱巴巴的稿纸，文字不长，没有批判语言，只是老老实实向组织反映情况："张书铭说，在这儿改造不知道啥时候是个头儿，他受不了，他约我往那边跑，跑西伯利亚去。他说明天晚上营地放电影，是个好机会。他在厨房东边铁丝网那儿掏好了一个洞。他积攒了干粮，藏在厨房后面石头堆里，准备逃跑路上吃。我假意答应了。特向领导揭发检举。"我打电话给赵宛民，问他认不认识这位名叫郑大川的人。赵宛民哈哈笑起来："他在交通厅和张书铭一个办公室。现在在喀什。他儿子和老三有生意上的来往，说起来，才知道他父亲和我是校友，比我们早一届。"我猜想，这个人应该就是书稿里的"关山"。他一直刺激着我的好奇心，我应该去拜访他，听他说说当年事儿，说说张书铭，一定很有意思。他肯定不会说自己有意设局陷害朋友，也不会说他立功升任小队长后对张书铭如何严酷。他会说和张书铭像亲哥儿们一样，关系特好，感情特深，他会给我讲苇滩大火死里逃生的惊险故事，讲他和张书铭如何生死与共……我不断在脑海里勾画他的形象，猜想他的体态，想象他的现状。他的身体好吗？生活如意吗？孩子孝顺吗？晚境幸福吗？

翻读这堆废纸，我用了一天半夜的工夫。张书铭小学、中学、西安交通专科学校的成绩单、操行评语，毕业鉴定，毕业证书和毕业证上的旧照，他用蓝墨水写下的入团申请书，参加工作的第一份自传……让我心里不断浮出一个问题：人生究竟是短暂还是漫长？往事历历在目，几十年恍如一瞬，而这些文字却把时间推得如此遥远，仿佛隔着一个世纪。如果人生是一条河，张书铭的人生长河是用自己的检查和别人的揭发、批判材料连接而成吗？他的一生仿佛一直在写检查，一直在被揭发、批判。他的检查和别人的揭发、批判，就是我所经历的那个时代的记录。这些文字当年具有那么残酷的杀伤力，今天读起来只觉得荒唐、可笑。而如此荒唐、可笑的文字居然能毁掉人的一生，还能改变他的后代甚至整个家族的命运。

最枯燥无味的是劳改营里的改造记录。起初是每周一次评议，后来是一旬一次，再后来一月一份。在这些评议里，张书铭小便超过规定几次，大便超时多少分钟，拉几车土，挖多少土方，站下说了多少次话，全都清楚地记录在案。解除劳教之后，改为半年考评。小组讨论，连队鉴定、领导意见。最有趣的是同伙之间的揭发。张书铭踏入人生所犯的第一个错误是参加红山文学社。大概他一辈子也想不到，文学社被定为小集团之后，一帮亲密的同学、朋友不但各自检讨、接受批判，还都揭发了别人。看到赵宛民对张书铭的揭发材料，我没感到吃惊，用现在的网络语言形容，我只是觉得"无语"，除了一声叹息，还能说什么？赵宛民详细交代了文学社几次活动的内容，把责任推给了张书铭和另外一位同学。他说张书铭特别崇拜反革命集团里的作家，把某某的小说和某某的诗歌推荐给大家阅读。社友给北京的杂志投稿，都是张书铭提供地址。他为他们提供方格稿纸，帮他们到邮局寄发。赵宛民材料里的一个细节让我禁不住心跳骤停："文学社最后一次聚会，大家传看报纸上登的反革命集团第一批材料和编者按。张书铭上厕所，把这张报纸带去擦屁股了。"我猜想，赵宛民正在写的回忆录里，大约不会有这些内容。人的回忆录之所以不可靠，就是因为人的记忆是有选择的。不管有意还是无意。

在这堆废纸里，我看到了大哥写给五公司组织的信，看到了我写给张书铭的信，还有街道政府转来的母亲的证言。大哥的信如我少年时对他的印象一样，文风严谨，思虑深刻，充满责任心。他像一个正直无私的家长，以张书铭兄长的身份向组织表态，既不袒护弟弟所犯的错误，又有对家庭影响的深刻反省和批判。我不知道我的信为什么会出现在张书铭的档案里。我对这封信早已忘得无影无踪，如果不是看到自己的笔迹，我不敢相信它真的出自我手。"二哥，你应该明白，对反革命集团的同情，就是对人民的背叛。如果你读过农夫与蛇的故事，你就不应当做那个愚蠢的农夫。森林里的毒蘑菇总是披着美丽的外衣，你被那些美丽的诗句迷惑，崇拜他们的所谓才华，就必然失去革命判断力，落入反革命、反人民的泥潭。二哥，我们是新中国的青年，我们要做暴风雨中的雄鹰，我们要做惊涛骇浪里的海燕，要做时代的先锋，你要猛醒啊二哥！你要勇敢地与反革命分子斗争，与自己的小资产阶级意识决裂……"这是我写的吗？一个十五岁的中学生，居然有这么成熟的文笔？仔细读了两遍，我确信它是我写的。它让我想起十五岁的我，充满激情，脸上洋溢着理想的光芒。

　　母亲的证言加盖了街政府的公章，是档案存留的文字里唯一一份没有火药味的文档："张书铭是我的二儿子，他父亲去世的时候他只有九岁。爱流鼻血，身子流亏了，姐弟四个当中数他最老实，不会花言巧语，只知道读书用功。中学毕业的时候他去三个地方应考，三场考试都是前几名，三个学校录取他，他选了西安。他记住了他爹活着时候对他说过的话：'好男儿志在四方。'他听他大哥的话，思想进步，要到大西北去建设边疆。他申请入团，自愿到新疆。我从小对他溺爱，教育不周，他出去以后，交友不慎，受了不好的影响，犯了错误。张书铭到西安读书，受国家培养，他知道感恩，知道要好好报效国家，他一定会接受教训，听领导的话。希望组织耐心帮助，替我教育孩子，教他改正错误，走上正道，好好为人民服务。我在这里向各位领导表示感谢。"

　　那天夜晚，我突然有一种强烈的失落感。我站在窗前，看着混沌的夜色，想起一位混沌学研究者提出的问题："英国的海岸线有多长？"地理书上告诉我们的数字可靠吗？卫星拍摄的数据与一个人徒步行走、一只蜗牛沿海岸爬行，谁看到的海岸线更接近真实？档案里的张书铭，我记忆里的张书铭，母亲心中的张书铭，李春梅眼里的张书铭，叶玉珍告诉孩子的张书铭，哪个更接近张书铭本人？正如混沌学家眼里的英国海岸线是一道无理数方程，真相的极致是无解，只有模糊数学能回答事物的本质。模糊，意味着对细节的忽略，意味着终极的无解。在这个意义上，文学中的人物才是真实的，现实中的人只是一个假象。

在饭桌上，我站起来向赵老先生敬酒，与他的儿女碰杯。我知道，几十年前的细节不应该影响当下的情绪，可读了档案里的文字，面对赵先生的笑容，心里那份亲切变成了主人与客人之间的客气。我彬彬有礼地躬一下身子，用礼貌的语调向他们表示感谢，举起酒杯，满脸带笑："谢谢你们一家对我的款待。谢谢赵东、赵雅的美意，本来约好了明天一起南下，突然接到一位朋友的电话，邀我去参加一个城市的诗会。对方很诚恳，没法推辞。今天就与大家告别，下次再去看老三的枣园吧。"

老先生瞪大眼睛说："和田不去了？泽普……喀什……"

我笑了一下："下次吧。下次再来。"

晚上，小普姐妹来看我。我问她们想吃什么，小普说："咱们吃拉面吧。"吃完拉面，我们沿孔雀河走。小普说她明天要回乌鲁木齐，我说："咱们一起走。"

小普惊奇地站住脚说："真的？"

"真的。"

"你不往南边去了？"

"不去了。"

"你不去找……"

"让尘归尘、土归土吧。"

在博斯腾湖的茶廊里,阿娜尔罕对我说:"'塔特达里亚'不会倒流,你找到张书铭,我们也不会变年轻了嘛。"在维吾尔语里,"塔特达里亚"就是"命运之河"。我们每个人都不过是塔特达里亚的芦苇,不管我能不能找到张书铭,岁月都不会倒转,二哥的青春不会再回来。

我转过身,拉着小路的手,看着她的眼睛:"小路,对不起,我不应该贸然到这儿来打扰你们,扰乱了你的生活。可是,见到你,我真的很高兴,很欣慰。了却了一桩心愿,可以告慰你奶奶了。"

小路扑过来,紧紧抱住我,把她的脸放在我肩上。我轻轻拍着她的背:"有空回来,我带你去老家,看看你爸爸小时候读书的地方。"

库尔勒的最后一夜,我希望做一个梦:一匹高大的骆驼从沙漠深处走来,屈腿跪在我面前。我爬上它的脊背,双手抓住驼峰上的铁环,摇摇晃晃走过瀚海。月色朦胧,一座古城浮现眼前,残缺的泥墙建筑里走出一位老人,脸上浮着腼腼的微笑:"书青,你来找我吗?"我惊醒过来,四处张望。公路在沙丘中起伏,我坐在越野车里,沿着公路穿越沙漠。车载音响里放着十二木卡姆,一个沙哑的声音伴着手鼓,幽咽如诉。黄尘在车后飞腾，强烈的阳光照耀着弥漫的蜃海，把今生和来世淹没在飘浮的气雾里。

然而，那一晚我睡得很安稳，什么梦也没做。我提着行装下楼，赵东已经在车边等我。他陪我吃早餐，送我去车站。我和小普相约了在车站碰面，乘坐去乌鲁木齐的大巴。赵东说那是一辆牛巴。我第一次坐牛巴，不知道这名称的由来是因为车体特别高大威武，还是因为车身喷绘了一头雄壮的大牛。

2017年6月23日于同石斋

2020年庚子春天敲定